魔刀爭霸

FANTASTIC
ORIENTAL HEROES

마도쟁패

마도쟁패 6

장영훈 新무협 판타지 소설

초판 1쇄 찍은 날 § 2008년 4월 10일
초판 1쇄 펴낸 날 § 2008년 4월 19일

지은이 § 장영훈
펴낸이 § 서경석

편집장 § 문혜영
편집책임 § 유경화

펴낸곳 § 도서출판 청어람
등록번호 § 제1081-1-89호
등록일자 § 1999. 5. 31
어람번호 § 제2-1466호

주소 § 경기도 부천시 원미구 심곡1동 350-1 남성B/D 3F (우) 420-011
전화 § 032-656-4452 팩스 § 032-656-4453
http://www.chungeoram.com
E-mail § eoram99@chollian.net

ISBN 978-89-251-1270-1 04810
ISBN 978-89-251-0668-7 (세트)

장영훈 新무협 판타지 소설

魔刀爭霸

FANTASTIC
ORIENTAL HEROES

마도쟁패

6

청어람

目次

第五十一章

결전

刀霸
魔爭

이성이 바닥을 드러낼 때 감정은 폭발한다. 폭력이 가장 큰 힘을 발휘할 때다. 환마는 그렇게 미쳐 날뛰는 상대를 많이 상대해 봤다. 그들은 거칠지만 무섭지 않다. 그 결여된 이성은 반드시 허점을 만든다. 그렇게 환마는 적들을 죽여왔다.

가장 두려운 적은 화가 났을 때 냉정한 사람이다. 지금 자신을 향해 걸어오는 저 유월처럼.

유월이 천천히 그들을 향해 걸어갔다. 점심이나 함께 먹자고 할 것 같은 평온한 표정으로. 하지만 유월의 타오르는 적의를 환마는 온몸의 솜털이 곤두설 정도로 따갑게 느끼고 있었다. 분명 유월은 분노하고 있었다.

육마존을 능가하는 세 명의 고수와 강호의 무력 단체 중 가장 강하다는 철기대를, 그것도 쌍둥이처럼 두 부대나 거느린 환마였지만 쉽게 승리가 점쳐지지 않았다. 흐릿한 안개가 눈앞을 가린 것 같은 답답함이 환마를 두렵게 만들었다.

"최선을."

환마의 한마디에 철무쌍과 철염기가 창대를 고쳐 잡았다.

철염기가 창대를 휘둘러 신호를 보냈다. 철염기의 철기대가 유월을 포위하듯 반원을 그리며 늘어섰다. 원격진을 펼치기 시작한 것이다.

철무쌍도 수신호를 보냈다. 철무쌍의 철기대가 오 열 횡대로 길게 늘어서며 돌파진을 갖췄다. 그들은 유월을 우회해 뒤에 늘어선 흑풍대를 상대하려는 것이었다.

징징거리며 울던 나락도가 울음을 뚝 그쳤다.

그 순간, 번쩍하는 섬광과 함께 뇌격세가 발출되었다.

파파파파파!

돌파진의 선두에 섰던 다섯 명의 철기대가 짤막한 비명과 함께 말에서 떨어졌다. 마치 거대한 절단기에 잘린 듯 그들은 수호갑과 함께 몸통이 잘려 나갔다. 갈라진 투구로 핏물이 고였다. 주인을 잃은 말들이 피 냄새를 맡고 울기 시작했다. 뒷줄에 선 철기대원들의 눈빛이 동요했다.

유월이 우렁차게 소리쳤다.

"내 허락 없이 아무도 이곳을 벗어날 수 없다!"

그야말로 오만한 외침이었다. 하지만 그 누구도 유월을 비웃지 않았다.

유월은 무표정하게 전방을 응시하며 나락도를 아래로 늘어뜨리고 있었다. 극마로 진입한 이후 구화마도식은 더욱 강력해졌다. 유월 스스로도 느꼈다. 확실히 베는 손맛이 달라졌다.

한 수에 다섯의 수하를 잃은 철무쌍의 안색이 굳어졌다.

'과연 구화마도식을 전수받았구나.'

철무쌍은 과거 유월이 천마에게 구화마도식을 전수받았다는 정보를 전해 받았을 때 반신반의했었다. 아무리 천마의 신임이 두텁다 해도 구화마도식은 천마의 독문무공 중 하나였다. 설마했었는데 과연 그 정보는 틀리지 않았다.

철무쌍이 차분하게 말했다.

"흑풍대주, 지금이라도 도를 거두시게."

유월의 삭막한 시선이 그를 찔러왔지만 철무쌍의 회유는 계속되었다.

"비 교주의 시대는 이미 갔네. 이제 역사를 바로잡아야 할 때네."

유월이 쌀쌀맞게 물었다.

"그게 그대의 명분인가?"

"충분하지 않나?"

유월이 잠시 침묵했다. 그의 마음이 흔들린다고 판단했는지 철무쌍이 목청을 높였다.

"그대라면 새로운 역사 속에서 큰 역할을 해낼 수 있을 것이네. 굳이 불필요한 피를 흘릴 필요가 있겠는가?"

유월이 피식 웃었다. 그 냉소 가득한 웃음에 철무쌍은 그 어면 말로도 유월의 충성심을 꺾을 수 없다고 생각했다. 부럽기도 하고 답답하기도 한 충성심이었다.

과연 유월의 대답은 표정을 그대로 반영했다.

"당신이 말하는 그 올바른 역사라는 것이 와 닿지 않는군."

"그런가?"

철무쌍이 건조하게 되물었고, 유월은 확신에 찬 대답을 돌려주었다.

"내가 모르는 역사니까."

"역사란 그런 것이지."

"나란 인간은 우리 교주님의 역사에 살고 있는 인물이다. 따라서 내가 아는 역사는 오직 우리 교주님의 역사뿐이다. 그게 옳고, 그게 바르다."

철무쌍이 탄식했다.

"충성이 과하면 결국 죽음을 부를 뿐이지."

"거기에 한 가지 이유가 더 있다."

"무엇인가?"

"당신!"

그러자 철무쌍이 이해할 수 없다는 얼굴로 다음 말을 기다렸다.

유월이 차가운 어조로 내질렀다.

"교주님의 권위를 인정하기 싫었다면 당신은 본 교를 떠났어야 했다. 떠난 그대가 적으로서 내게 창을 겨눴다면, 어쩌면 당신을 이해했을지도 모르지. 하지만 당신은 상대의 뒤통수를 치기 위해 쥐새끼처럼 숨어 있었다. 당신은… 아니, 넌 쌀통에 숨어 쌀을 축내던 쥐새끼에 불과해."

노골적인 모욕에 철무쌍이 움켜쥔 창이 파르르 떨렸다. 예상치 못한 폭언이었다. 자신의 화를 돋우기 위함이었다면 완전히 성공했다.

"나락… 너!"

유월은 그에게 반박할 기회를 주지 않았다.

"난 쥐새끼들이 싫다. 시궁창을 기어다니며 썩은 생선이나 먹고 있어야 할 쥐새끼들이 의리를 말하고 명분을 말하고 역사를 말해서 더욱 싫다. 그래서 오늘 넌… 내 손에 가장 먼저 죽는다!"

유월의 몸에서 마기가 폭발했다. 그저 분노를 뿜어내 상대의 살갗을 따끔하게 하는 정도가 아니었다.

쏴아아아아!

유월의 마기가 바람을 일으키며 전방으로 쏟아져 나갔다. 들판의 풀과 꽃들이 일제히 흔들렸고 나비와 벌들이 놀라서 날아올랐다. 두터운 수호갑은 질식할 것 같은 그 공포를 막아 주지 못했다. 유월의 마기가 호통 치고 있었다. 오늘 너흰 다 죽었다고. 단 한 사람에게 육백 명의 고수가 주눅 들고 있었다. 강호의 그 누구도 믿지 못할 일이었다.

철염기가 철무쌍에게 신경 쓰지 말라는 눈빛을 보내왔다. 그 눈빛에 담긴 위로는 한 가지였다. 어차피 죽을 자의 발악에 불과하니 노하지 말고 즐기라고. 그저 놈의 격장지계에 불과하다고.

철염기에게 있어 오늘의 패자는 분명 유월이었다. 비운성이 직접 나서지 않는 한 강호의 그 어떤 고수도 자신들 모두를 벨 수는 없다. 열을 베고, 스물을 베고, 백을 벨 순 있어도 철기대를 모두 벨 순 없다. 거기에 자신과 철무쌍, 환마까지 있었다.

그 결과는 확신을 떠나 진실이었다. 유월의 무공이 극마에 진입했음을 모르는 상태의 확신이었지만, 그것을 알았다 해도 같은 생각이었을 것이다.

환마가 코를 벌름거리며 유월의 마기를 깊게 들이마셨다. 환마는 무인의 기도에서 그 맛을 느낄 수 있었다. 정파의 협기는 언제나 텁텁했다. 사기(邪氣)는 신맛이었다. 마기는 언제나 쓰다. 유월의 마기는 쓰고도 달았다. 그만큼 내력이 정순하다는 의미였다. 환마가 혀로 입술을 핥았다.

환마의 주위를 안개처럼 맴돌던 괴이한 기운들이 빠르게 흐르기 시작했다. 환마의 눈에서 뿜어져 나오던 자색의 광채가 더욱 짙어졌다.

"그럼 어디 그 잘난 칠초나락의 실력 좀 볼까?"

그리고는 그가 한 발 물러섰다. 환마는 일단 선공을 철염기와 철무쌍에게 맡긴 듯 보였다. 비단 그가 선배여서가 아니었다. 제아무리 고수들이라고 해도 합공은 마음과 뜻이 맞고 서로의 무공이 어울려야 제 힘을 발휘했다.

유월에게는 다행히도 환마의 무공은 철염기와 철무쌍의 창

술과는 전혀 어울리지 않았다. 유월과 같은 최고수를 상대하는 데 어설픈 합공은 오히려 약점이 될 뿐이란 것을 환마는 그 누구보다 잘 알았다.

유월이 '쑵' 하고 혀를 찼다. 나락도에 시퍼런 검강이 일렁이기 시작했다. 나락도는 그 자체로 푸른빛의 검강이 감도는 마도(魔刀)처럼 보였다.

유월의 전음이 빠르게 진패에게 날아들었다.

"곧장 시내로 퇴각하도록."

앞서의 철기진으로 봐서 흑풍대는 철무쌍의 철기대 전원을 상대해야 했다. 자신이 막아줄 수 있는 것은 한계가 있었다. 두 철기대주를 상대하는 것만으로 벅찬 일이었다.

만약 이대로 철기대와 흑풍대가 붙는다면, 그 숫자상의 불리함에 지형적인 불리함까지 안고 있었다. 흑풍대에게 유리한 시가전을 펼쳐야 했다. 일이 이렇게 된 이상 송용에게 시장 골목을 비우라 명령한 것은 다행한 일이었다.

진패가 묵묵히 고개를 끄덕였다. 진패가 오른손으로 수신호를 보냈다. 모두에게 유월의 명령이 전해졌다. 마음 같아선 끝까지 남아 유월의 뒤를 지켜주고 싶었다. 하지만 그건 유월에게 짐이 되는 행동이 될 것이다. 지금은 유월의 명령에 충실히 따르는 것이 최선이었다. 언제나 그래 왔듯이 유월은 다시 한 번 위기를 넘길 것이다. 진패는 그렇게 믿고 싶었고, 또 그렇게 믿었다.

아무렇게나 늘어서 있는 것처럼 보였지만 지금 흑풍대는 조별로 대열을 갖추고 있었다. 만약 후퇴를 한다면 사조가 먼저, 오조가 두 번째로, 일조가 후방을 맡을 것이다.

철염기의 명령을 시작으로 드디어 결전의 막이 올랐다.

"출진!"

철기대의 우렁찬 함성 소리가 천둥이 치듯 하서평을 진동시켰다.

두두두두두두두두두!

철무쌍의 철기대가 유월을 중심으로 좌우로 갈라지며 일제히 내달렸다. 유월의 신형이 픽 사라졌다. 동시에 철무쌍의 신형도 사라졌다.

"위다!"

환마의 짤막한 외침이 터져 나왔다. 내달리는 철기대를 위한 고함이었다.

허공에 날아오른 유월의 나락도에선 이미 구화마도식 제삼초식 혈격세가 발출되고 있었다. 나락도의 끝에서 수십 가닥의 강기가 호선을 그리며 허공으로 솟아오르는가 싶더니 이내 꽃봉오리가 열리듯 대지를 향해 쏟아져 내렸다.

유월의 목표는 저 아래서 팔짱을 낀 채 올려다보고 있는 환마나 철염기도, 자신을 향해 창을 내지른 철무쌍도 아니었다. 목표는 흑풍대를 향해 두 갈래로 갈라진 철기대였다.

쏴아아아아아아!

그들의 머리 위로 강기의 폭우가 쏟아졌다.

파파파파파파팍!

수호갑 따위가 막을 수 있는 강기가 아니었다. 삼십여 명의 철기대원들이 말과 함께 쓰러졌다. 뒤따르던 철기대가 훌쩍 뛰어넘어 내달렸다. 철기의 물결은 끊어지지 않았다.

두 번째 공격을 날릴 순 없었다. 이미 철무쌍이 연달아 날린 두 줄기의 강기가 엄청난 위력으로 덮쳐 오고 있었기 때문이다.

쐐애애애액!

유월이 호신강기를 극한으로 끌어올리며 몸을 비틀었다. 강기가 양쪽 어깨를 스치듯 휘감으며 지나갔다.

어깨에서 철과 철이 스치는 소리가 터져 나왔다.

과연 철기대주에 어울릴 엄청난 위력이었다. 정통으로 적중당했다면 호신강기에도 불구하고 내상을 입었을 위력이었다.

쉬이익!

유월의 나락도가 빠르게 두 번 허공을 갈랐다. 거리를 벌리기 위한 허수였다. 유월은 결과를 보지 않고 바닥으로 뛰어내렸다.

그사이 흑풍대도 그냥 지켜보고 있지만은 않았다. 사조와 오조가 뒤도 돌아보지 않고 달리기 시작했고, 일조원의 비격탄에서 폭살시가 일제히 날았다.

쉭쉭쉭쉭쉭쉭!

폭음이 연이어 터졌다. 동료들의 시체를 넘어 다시 선두에 선 몇 명의 철기대가 폭발에 휩쓸렸다. 그러나 폭살시가 날아

들 것을 예상했는지 폭발권 내에 든 나머지 철기대는 일제히
말을 버리고 날아올랐다. 허공에 뜬 그들의 창에서 수십 가닥
의 강기가 발출되었다.

일조원들이 일제히 산개하며 흩어졌다. 철기대가 날린 강기
에 바닥이 갈라지며 돌이 깨어져 튀었다.

사조와 오조는 이미 강기의 사정권 밖으로 빠져나간 후였
다. 비호와 백위만이 그 중간쯤 되는 곳에서 앞뒤를 살피며 지
원 공격을 하고 있었다. 패력시와 비격탄이 미친 듯이 날았다.

그 틈을 타서 재빨리 탄창을 갈아 끼운 일조원들이 이번에
는 필살시를 날렸다. 적들은 쇄도하고 있었고, 가까운 거리에
서 폭살시는 너무 위험한 선택이었다.

쉭쉭쉭쉭쉭!

수십 발의 화살이 허공을 갈랐다. 철기대는 몸으로 그대로
필살시를 받아냈다. 적중한 필살시가 튕겨 나왔다. 예상대로
필살시는 그들의 수호갑을 뚫지 못했다. 하지만 충격이 아주
없는 것은 아니었다. 바닥으로 떨어져 다시 몸을 날리는 그들
의 보법이 매끄럽지 못했다.

"퇴(退)!"

진패의 명령에 일조원들이 후퇴하기 시작했다. 일조원 둘이
등에 강기를 맞고 쓰러졌다. 안타깝지만 동료를 돌볼 여유는
없었다. 어쩔 수 없는 일이었다.

진패가 끝까지 남아 시간을 끌었다. 그의 비격탄이 외로이
날았다.

뛰어가던 일조원들이 뒤를 향해 위협사격을 가했다. 철기대역시 그냥 당하고만 있지 않았다. 강기와 화살이 어지럽게 허공을 스쳐 지나갔다.

진패가 바닥에 몸을 구르며 아슬아슬하게 강기를 피했다. 마혈이 타통되어 몸놀림이 한층 민첩해지지 않았다면 쏟아지는 강기를 피할 순 없었을 것이다. 하지만 그것도 한계가 있었다.

철기대 셋이 창을 내지르며 진패를 집요하게 찔러왔다. 진패가 정신없이 몸을 굴렸다. 어깨에서 피가 튀었다.

"형님! 숙여요!"

본능적으로 진패가 몸을 던졌다. 그의 머리 위로 검기가 날아갔다. 뒤에서 달려온 비호가 휘두른 검기였다. 분명 전보다위력이 강맹해진 검기였다. 철기대 셋이 동시에 쓰러졌다. 하나는 일어나지 못했고 다른 하나는 일어났다가 다시 쓰러졌으며, 나머지 하나가 다시 진패에게 악착같이 달려들었다. 그 뒤로 또 다른 철기대들이 따라붙었다.

쉬이잉!

이번에는 귀를 찢는 바람 소리가 진패의 귓전을 스쳤다. 진패를 찔러가던 철기대의 얼굴에 패력시가 박혔다. 뒤이어 날아든 패력시가 달려들던 또 다른 철기대의 심장에 박혔다.

백위가 악을 쓰듯 소리쳤다.

"형님, 달려요!"

그들을 향해 진패와 비호가 뒤도 돌아보지 않고 달렸다. 백위의 패력시가 두 사람을 엄호하며 쉬지 않고 날아갔다. 마음이 다급해 평소보다 정확도가 떨어졌지만 애초에 워낙 위력이 강맹한 패력시였다.

핑, 피잉!

그 교전에서 몇 명의 철기대가 쓰러졌지만 상대는 거대한 물결이었다. 시체를 뛰어넘으며 철기대가 쇄도했다. 선두에서 달리던 철기대가 진패의 등을 향해 일제히 강기를 날리려던 그때,

파파파파파파!

선두를 달리던 십여 기의 철기대가 일제히 꼬꾸라졌다. 유월의 파격세가 다시 한 번 그들을 휩쓴 것이다.

그 한 수는 진패와 백위, 비호에겐 천금 같은 시간을 벌어주었다. 아슬아슬하게 강기의 사정권에서 벗어난 세 사람은 극한의 경공술을 발휘하며 달렸다. 거리를 재며 앞서 달리던 조원들은 조장들이 몸을 빼낸 것을 확인한 후 전속력으로 달리기 시작했다.

그 폭발적인 신법은 철기대보다 빨랐다. 하지만 이대로라면 곧 따라잡힌다는 것을 진패는 잘 알았다.

진패가 소리쳤다.

"숲길로 빠져나간다!"

흑풍대가 전방 좌측의 자작나무 숲을 향해 내달렸고, 그 뒤를 먼지를 일으키며 철기대가 추격했다.

파격세를 날려 비호를 위기에서 구한 유월이 철무쌍의 강기

에 어깨를 적중당한 채 주르륵 밀려났다. 뒤로 밀리던 유월이 몸을 비틀어 회전하며 나락도를 휘둘렀다. 다시 한 번 나락도의 목표는 철기대였다.

파격세가 공간을 찢어발겼다. 흑풍대를 추격하던 철기대의 후방에 폭풍이 일었다. 삼십여 기의 철기대가 뒤에서 날아든 파격세에 휩쓸려 사방으로 흩뿌려졌다. 이미 흑풍대와 철기대의 선두는 숲으로 사라진 후였다. 살아서 흑풍대를 뒤쫓아간 철기대는 무려 이백 기가 넘었다. 철무쌍을 상대하며 자신이 최대한 해줄 수 최선이었다.

그나마 그만큼이라도 줄여준 것은 유월이 큰 내력 소모와 위험을 감수한 덕분이었다. 이제 흑풍대의 생사는 그들 자신에게 달렸다.

자신의 공격을 받아내면서도 유월이 그와 같은 신위를 보이자 철무쌍은 내심 크게 놀랐다.

'내가 알던 흑풍대주가 아니구나.'

철무쌍의 시선이 환마와 철염기에게 잠시 향했다. 그들은 담담하게 지금까지의 싸움을 지켜보고 있었지만 내심 유월의 실력을 알아내기 위해 모든 촉각을 곤두세우고 있었다. 그들 역시 유월의 신위에 내심 놀라고 있었다.

환마가 침울하게 말했다.

"쉽지 않은 싸움이 되겠네."

"하지만 결과는 바뀌지 않을 겁니다."

철염기는 여전히 믿고 있었다. 절대 지지 않을 싸움이었다.

그사이 철염기의 철기대가 유월을 겹겹이 포위했다. 그 포위망의 한가운데서 유월이 적중당한 어깨를 주물렀다. 호신강기에도 불구하고 어깨는 시퍼런 피멍이 들어 있었다.

환마가 비웃으며 유월을 자극했다.

"부하들에 대한 애정이 넘치는군."

유월은 아무 대답도 하지 않은 채 어깨를 돌리며 몸을 풀고 있었다. 오직 신경 쓰는 것은 자신의 몸 상태였다.

그의 태도에 환마가 안색을 굳혔다.

'생각보다 쉽지 않겠군.'

환마는 직감했다. 비단 유월이 앞서 보여준 실력 때문이 아니었다.

싸움에 임하는 자세. 진짜들만이 가지는 저 진지함.

'결국 그것을 사용해야겠군.'

환마가 한 가지 결심을 굳혔다.

철무쌍이 주위에 널브러진 부하들의 시체를 침울하게 쳐다보았다.

"이젠 돌이킬 수 없다."

그때 철염기가 나섰다.

"동생은 잠시 물러나게."

유월이 피식 웃었다. 그 웃음소리는 의도된 것이었는지, 그곳에 있는 모두가 들을 수 있었다.

유월이 철무쌍을 향해 나락도를 겨눴다. 나락도가 손가락처럼 까닥거리며 철무쌍을 자극했다. 뒤로 숨지 말고 나서란 도발이었다.

철무쌍의 눈에 불꽃이 튀었다. 평소 냉철하기 그지없던 그였다. 하지만 이상하게도 유월의 도발은 자신의 마음을 울컥하게 만드는 어떤 것이 있었다. 철기대주와 흑풍대주. 그 자존심 때문이리라.

창대를 고쳐 잡는 철무쌍을 철염기가 막아섰다.

"진정해라."

철염기의 눈빛은 여전히 흐렸다. 철무쌍이 묵묵히 한 발 물러섰다.

그러자 유월이 그를 조롱했다.

"그래서 네가 쥐새끼인 것이다. 말 잘 듣는 쥐새끼."

쇄애애애애앵!

철무쌍의 분노를 대신한 철염기의 창이 무시무시한 속도로 날아들었다.

번쩍하며 날아든 창이 어느새 유월의 코앞까지 다가와 있었다.

'이기어창!'

유월이 몸을 비틀었다. 세찬 바람을 일으키며 창이 얼굴을 스쳤다. 상대적으로 약한 얼굴의 호신강기가 깨져 볼이 찢어지며 피가 튀었다. 창은 감히 그 누구도 손댈 수 없을 엄청난 열기에 휩싸여 있었다.

피를 머금고 뒤로 날아간 창이 자신을 향해 방향을 틀었음은 돌아보지 않아도 알 수 있었다.

유월이 철염기를 향해 달려들었다. 탄력이 붙은 창은 어느새 유월을 따라잡고 있었다. 마치 살아 있는 뱀처럼 강기를 머금은 창이 유월의 등을 꿰뚫으려는 순간,

번쩍!

나락도가 뇌격세를 발출했다.

동시에 유월이 몸을 비틀며 누웠다.

쉬이잉!

얼굴 위로 아슬아슬하게 창이 스치듯 지나갔다.

치익.

한 번 찢어졌던 상처가 더욱 크게 벌어졌다.

한 바퀴 크게 회전해 몸을 일으키자 철염기가 창을 회수하고 있었다.

그의 옆구리가 옷자락과 함께 검게 타 있었다. 심장을 노린 뇌격세였다. 그 역시 아슬아슬하게 뇌격세를 피해낸 것이다.

철무쌍은 형의 이기어창을 유월이 피해낸 것에 크게 놀라고 있었다. 자신조차 방금 전의 그 한 수는 막아낼 수 없었다. 유월이 자신보다 고수란 것을 인정하는 순간이었다.

철염기의 한쪽 눈꺼풀이 가늘게 떨렸다. 뇌격세가 스친 허리가 끊어질 듯 아팠다. 철염기가 진심으로 감탄했다.

"과연 대단하구나!"

그것이 구화마도식에 대한 감탄인지 유월에 대한 감탄인지는 알 수 없었다.

볼을 타고 흐르는 피를 스윽 닦아낸 유월의 눈빛이 깊어졌다. 마지막 절초가 실패한 자는 저런 반응을 보일 수 없다. 분명 아껴둔 한 수가 있으리라. 분명 철무쌍에 비해 철염기가 한 단계 더 고수였다. 분위기상 환마는 철염기보다 더욱 강할 것이다. 결국 문제는 내력이었다. 일 대 일의 싸움이라면 모를까, 차륜전(車輪戰)이 된다면 결과를 장담할 수 없었다.

유월의 생각이 깊어졌음을 눈치 챈 것일까?

철염기의 신형이 유월을 향해 날아들었다.

번쩍하며 철염기의 장창이 유월의 허리를 벼락처럼 찔러왔다.

까앙!

나락도가 창을 튕겨냈다. 창과 함께 튕겨 나간 철염기가 강기를 쏟아냈다.

쉭쉭쉭쉭!

다섯 가닥의 강기가 유월을 향해 휘몰아쳤다.

파파파파곽!

유월이 있던 뒤쪽의 바위가 깨어져 튀어 올랐다. 강기를 피한 유월은 어느새 철염기의 복부로 파고들고 있었다.

쉬이익.

나락도가 바람을 갈랐다.

까가가강!

막아선 창대를 타고 나락도가 철염기의 손을 베기 위해 미끄러졌다.

나락도와 창대 사이에서 불꽃이 튀었다.

창을 잡은 철염기의 손가락을 베어내려는 순간, 철염기가 창대를 놓고 뒤로 물러섰다. 유월이 창대를 움켜쥐었다. 나락도를 피한 철염기 역시 다시 자신의 창대를 쥐었다.

기회였다.

창대를 왼쪽 옆구리에 낀 채 유월이 미끄러지듯 철염기를 향해 돌진했다.

번쩍!

뇌격세가 발출되었다. 창끝에서 창을 놓지 않으려던 철염기의 신형이 사라졌다.

파팍!

빈 허공에 벼락 문양을 남긴 뇌격세가 사라졌다.

창은 유월의 손에 들려 있었다. 땅을 박차고 날아올랐던 철염기의 신형이 다시 원래의 자리로 내려왔다.

무기를 뺏긴 것은 무인에게 치욕적인 일이다. 하지만 철염기는 동요하지 않고 있었다.

유월이 철염기의 창을 땅바닥에 꽂았다. 곧바로 강기를 머금은 나락도가 내질러졌다.

서걱.

나락도에 장창이 매끄럽게 잘려졌다. 내력이 들어가지 않은 철염기의 창은 유월에게는 그저 기다란 쇳덩이에 불과했다. 반으로 잘린 창대가 바닥을 뒹굴었다. 노골적인 모욕이었다.

"형님!"

철무쌍이 자신의 창을 던져 주려 하자, 철염기가 손을 들어 거부했다. 철염기의 눈빛이 완전히 흐려졌다.

스스스스스스!

무엇인가 철염기의 등 뒤에서 생겨나기 시작했다. 아지랑이처럼 피어오른 그것이 삐죽하게 길어지며 창의 형체를 만들어 갔다.

가슴 앞으로 나락도를 곧추세운 유월의 안색이 굳어졌다.

'무형창(無形槍)!'

철염기가 등 뒤에 만들어낸 다섯 개의 그것은 분명 무형창이었다. 창을 쓰는 모든 이들이 도달하고자 하는 경지이자, 창술의 궁극이었다. 유월은 과거 비검의 무형비를 상대해 본 경험이 있었다. 물론 비검은 무형비의 경지를 벗어나 다시 유형의 극의를 깨달은 상태였지만, 그녀의 무형비는 실로 위력적이었다.

철무쌍이 회심의 미소를 지었다. 유월이 절대 무형창을 감당하지 못할 거라고 확신했다. 옆에 선 저 환마조차도 무형창을 상대해 낼 수 없을 것이다.

환마 역시 조금 의외란 표정을 지었다.

'철염기, 과연 비장의 한 수가 있었구나.'

절로 경계심이 들었다. 귀도가 믿는 직속 수하는 모두 넷이었다. 귀도는 그들을 사대마인이라 불렀는데, 그중 흑풍대를 이끌던 적신은 이미 죽었다. 또 다른 하나는 오직 귀도만을 지키기 위해 존재하는 호신마(護身魔)를 이끄는 마인이었다. 밖에서 활동하는 이는 이제 자신과 철염기뿐이었다. 둘은 같은 편이지만 또한 경쟁적인 관계이기도 했다. 그런 철염기가 자신이 보는 앞에서 절기를 내보였다. 자신이었다면 결코 하지 않았을 선택이었겠지만, 그렇다고 그것이 무의미한 만용은 아니었다. 유월을 죽이는 대공(大功). 그 전공은 향후 사대마인의 서열에 큰 영향을 미칠 것이다. 파천황은 이번 싸움의 전권을 귀도에게 맡겼다. 그 말은 곧 차기교주의 자리에 귀도가 오른다는 말이었다.

환마의 초조함이 그의 자색 안광을 더욱 짙게 만들었다. 그의 입장에서 철염기는 유월에게 져서도, 그렇다고 이겨서도 안 되었다. 유월을 반쯤 죽여놓고 죽어주면 딱 좋을 것이다.

옆에 서 있던 철무쌍이 그런 환마의 마음을 읽어냈다.

'늙은이, 절대 그런 일은 없을 것이다.'

철무쌍은 형을 믿었다. 죽었다고 생각했던 형을 다시 만난 것이 오 년 전이었다. 그해는 정도맹과 천마신교 간의 칠년지약이 맺어진 해이기도 했다. 죽은 줄 알았던 형이 찾아왔다. 그리고 비밀에 묻혀 있던 과거를 듣게 되었다. 그의 배신은 당연한 것이었다. 아니, 그는 그것을 배신이라 여기지 않았다. 앞서 유월에게 말했던 올바른 역사를 위해 자신을 내맡긴 것이다. 이 싸움은 반드시 이겨야 할 싸움이었다.

스르르.

붉은 기운을 머금은 다섯 개의 무형창이 서서히 뽑혀 올랐다.

유월의 선택은 빨랐고, 그야말로 의외였다.

유월이 튕기듯 뒤로 날았다. 무형창을 피하기 위한 후퇴가 아니었다. 분명한 목표를 향해 유월이 달려들었다.

쐐애애애애앵!

무형창 하나가 허공을 가로질렀다.

시공을 무시한 엄청난 속도였다.

엄청난 폭음과 함께 유월이 서 있던 공간이 길게 함몰되었다. 마치 거대한 유성이 떨어져 땅을 길게 파버린 모습이었다. 하지만 한발 앞서 유월은 그곳을 벗어났다.

그가 날아든 곳은 자신을 포위하고 선 철기대였다.

번쩍. 번쩍.

나락도가 벼락을 일으켰고, 창을 내밀고 있던 선두의 철기대원들이 한꺼번에 쓰러졌다. 뒤에 선 철기대의 창에서 강기가 날았다. 허공을 박차며 유월의 신형이 강기를 피해 회전했다.

퍼억!

유월의 주먹에 철기대 사내의 얼굴이 박살났다. 찌그러진 투구와 함께 사내가 말에서 튕겨져 날아갔다.

철염기의 안색이 처음으로 일그러졌다. 유월이 설마 자신의 수하들 속에 숨을 줄 미처 생각지 못했던 것이다. 이제 자신의 부하들은 유월의 방패가 된 것이다. 네 개의 무형창은 그대로 허공에 떠 있었다. 이 순간에도 엄청난 내력이 소모되고 있었지만 철염기는 무형창을 거둬들이지 않았다. 무형창이 아니면 유월을 죽일 수 없다고 그는 확신했다.

서걱. 서걱.

유월이 거침없이 철기대 사이를 헤집고 다녔다. 마치 화난 호랑이와 훈련 잘된 사냥개의 싸움 같았다. 사냥개의 수가 많아 결국은 호랑이가 지는 싸움. 하지만 이번 호랑이는 조금 달랐다. 유월이란 호랑이의 민첩함과 흉포함은 숫자로 극복해낼 만한 것이 아니었다. 나락도가 스칠 때마다 어김없이 사내들이 쓰러졌다. 몇 줄기 창상이라도 입히고 싶었지만 유월은 그들의 움직임을 완전히 읽어내고 있었다.

패마와 극마의 차이는 그들의 창의 길이로 극복될 수 있는 것이 아니란 것을 증명이라도 하듯 유월이 철기대를 휘저었다.

유월이 다시 사내 둘의 목을 연속 동작으로 그어버리며 착지하는 순간,

쉬이이이이잉!

기회를 노리던 무형창 하나가 유월의 심장을 노리고 날아들었다.

유월이 공중제비를 돌며 철기대 사내를 뛰어넘었다. 유월의 등 아래로 아슬아슬하게 무형창이 스쳐 지나갔다. 순간적으로 호신강기를 끌어올렸지만 등이 화끈거릴 위력이었다.

'퍽!' 소리와 함께 뒤에 있던 철기대 사내의 가슴이 꿰뚫렸다. 사내를 꿰뚫고 날아간 무형창이 뒤쪽의 사내들을 꿰뚫으

며 계속 날아갔다. 연이어 네 사내의 목숨을 앗아간 후에야 무형창이 사라졌다.

철염기가 이를 바드득 갈았다. 이미 유월 근처에 있던 철기대들을 자신의 뒤쪽으로 이동하라 명령을 내렸지만, 희생은 눈 한 번 깜짝할 때마다 한 명씩 늘고 있었다. 포위 따윈 유월에게 아무런 의미가 없었다.

한순간에 몰아쳐 이십여 명의 철기대원들을 죽였다. 그들을 후퇴시키는 상황에서도 유월에 의해 근처의 철기대들이 끝없이 쓰러지고 있었다. 적은 넘쳐 나고 있었다. 상대는 무적의 철기대였고, 자존심이라면 강호에 둘째가라면 서러울 철기대였으니까. 후퇴 명령에도 본능적으로 돌아서지 못하고 창을 질러대던 철기대들이 연이어 쓰러졌다.

오히려 환마의 입가에 미세한 미소가 지어졌다.

'그래, 딱 이 정도가 좋아.'

당장의 상황은 유월에게 좋아 보였지만 계속되는 내력 소모가 문제였다.

'그렇게 계속 내력을 소모하는 거다.'

유월의 힘이 빠지는 것도, 철기대의 희생이 커지는 것도, 모두 그가 바라는 바였다. 그의 미소는 차갑고도 잔인했다.

보다 못한 철무쌍이 유월에게로 날아들었다.

"이 비겁한 자식아!"

자신을 찔러오는 창대를 타고 날아오른 유월이 철무쌍 쪽으로 방향을 틀었다. 기다리던 기회였다.

그를 향해 유월의 나락도가 뇌격세를 쏟아내리려던 그때.

세 번째 무형창이 날아들었다. 나락도와 함께 유월의 신형이 뒤로 누웠다. 무형창이 허공에 길게 뻗어 누운 유월의 위로 그대로 지나갔다. 너무나 빨라 눈으로 확인할 수도 없을 속도였다. 역시 본능으로 피했다. 한줄기 선을 그리며 날아간 무형창이 허공에서 팍 사라졌다.

"죽어!"

철무쌍이 미친 듯이 강기를 뿜어내고 있었다.

하지만 유월은 후퇴하는 철기대를 방패로 삼았다. 의도된 보법이었고, 철무쌍의 강기에 쓰러지는 것은 철기대원들이었다.

"멈춰라! 무쌍!"

철염기의 노한 외침에 그제야 철무쌍이 창질을 멈췄다. 이미 그의 강기에 휩쓸린 철기대 숫자만 일곱이었다.

그의 창질은 멈췄지만 유월의 칼질은 멈추지 않았다. 미처 몸을 빼내지 못한 철기대 다섯이 다시 거친 나락도의 제물이 되었다.

"후우, 후우."

유월이 빠르게 숨을 몰아쉬었다. 주위에 널린 시체는 모두 오십 구였다. 내력을 아끼지 않았다면 백은 베었을 것이다. 하지만 유월은 이 싸움이 꽤나 장기전이 될 것이라 예상하고 있었다. 침착해야 했다. 이 싸움은 먼저 흥분하는 쪽이 죽는 싸움이었다.

포위를 푼 이백오십의 철기대원들이 철염기의 뒤쪽에 포진했다. 뭐랄까? 친구와 싸우다 구경하던 형 뒤에 숨은 기분이었다. 언제나 자신들을 피해 달아나는 상대의 등을 바라봤던 그들이었다. 이제 자신들이 등을 보였다. 그들은 분노와 수치심, 그리고 두려움이 뒤섞인 묘한 살기를 내뿜고 있었다.

잔뜩 자존심이 상한 얼굴로 철무쌍이 유월을 노려보았다. 이 싸움이 이렇게 어려워질 줄 정말 상상도 못했다.

두 자루의 무형창을 등진 철염기가 희미하게 웃었다.

"쥐새끼처럼 잘도 뛰어다니는군."

동생의 수모를 되돌려준 말이었다.

유월이 피식 웃으며 되받아쳤다.

"여기저기 주워 먹을 쌀이 많아서."

일시에 철기대의 살기가 쏟아져 나왔다.

유월이 피식 웃었다.

그 대단한 모습에 환마가 다시 한 번 감탄했다.

'과연 적신의 흑풍대가 당할 이유가 있었구나.'

유월에게서 약점이 느껴지지 않았다. 무공의 고강함은 둘째 치고라도 순간순간의 판단력은 가히 비교할 대상이 떠오르지 않을 정도였다. 거기에 상대의 도발에 절대 걸려들지 않는 정신력까지.

유월이 철염기에게 말했다.

"그 쓸모없는 것을 유지하기 힘들겠군. 그만 지우지."

무형창에 대한 조롱이었다.

네 번째 무형창이 날아들었다.

결과적으로 참았어야 할 공격이었다. 살기가 지나쳐 무형창을 다루는 공력에 영향을 미친 것이다.

유월은 자신의 심장을 노리고 날아든 그것을 몸을 비틀며 그 자리에서 피해냈다. 무형창이 스쳐 지나간 유월의 팔뚝에서 피가 터져 나왔다. 하나 남은 무형창을 노려보며 유월이 찌익 옷자락을 찢었다. 그리고는 팔뚝에 감았다.

철염기의 냉정함을 무너뜨리기 위한 다분히 의도된 행동이었다. 원래 유월은 이런 식의 도발을 선호하지 않았다. 하지만 오늘의 싸움은 취향을 가릴 만한 것이 아니었다. 단 일 푼의 이득이라도 취할 수 있음 어떤 수단도 가려선 안 되었다.

상대의 의도를 알았지만 철염기는 점점 말려들고 있었다. 앞서의 도발에 본능적으로 무형창을 날린 것이 그 단적인 예였다. 철염기의 마음 한구석에서 작은 의심이 생겨났다. 절대 이기는 싸움이라 여겼다가 점점 역전이 되면서 '어, 어! 이거 질지도 몰라' 란 불안감이 밀려드는 느낌. 철염기가 끓어오르는 분을 삭이며 마음을 다스렸다.

핏!

하나 남아 있던 무형창이 허공에서 사라졌다.

유월의 눈빛이 날카로워졌다. 웬만한 사람은 저 하나 남은 무형창을 저렇게 쉽게 포기하지 못한다. 어떻게든 날려서 혹시 모를 행운을 기대하는 것이 인지상정. 더구나 그것이 자신의 마지막 절기라면 말이다. 그러나 철염기의 마지막 절기는 그것이 아니었다. 바로 냉철함이었다. 유월의 예상대로 싸움은 깊고도 질퍽한 늪으로 점차 빠져들고 있었다.

철염기가 환마에게 정중하게 말했다.

"선배께서 나서주셔야겠습니다."

철염기가 패배를 인정했다.

환마의 주름이 깊어졌다. 이렇게 나서는데 자신이 나서지 않을 수도 없었다. 철염기로서는 절대 쉽지 않았을 결정을 저토록 평온한 얼굴로 할 수 있다는 것은 그의 심기가 보통이 아니란 뜻이었다.

"실망이군."

환마가 노골적으로 불편한 심기를 드러냈다. 철무쌍은 내심 울컥했지만 철염기는 여전한 미소를 지을 뿐이었다.

"뒤로 물러서게."

철염기 등을 뒤로 물린 환마가 천천히 걸어나왔다.

"강호를 돌아다니다 보면 환술을 우습게보는 것들을 만나기 마련이지. 그럴 때면 난 생각한다네. 과연 저들이 겪은 환술이 어떤 것일까 하고. 이런 정도였을까?"

환마의 손짓에 바람이 불었다. 바람에 날려오는 것은 꽃잎이었다.

분홍빛의 꽃잎이 그곳을 가득 채우며 쏟아지자 모두들 놀란 얼굴로 그것을 지켜보았다. 떨어지는 꽃잎은 분명 진짜였고, 향기까지 나고 있었다.

"아니라면… 이런 것이었을까."

환마의 손짓에 꽃잎이 뱀으로 변했다.

철기대원들이 창대를 휘둘렀다. 뱀이 끊어지며 피를 쏟아냈다. 물론 진짜 피였다. 여기저기서 불평 섞인 비명이 터져 나왔다. 제아무리 철기대라지만 비처럼 쏟아지는 뱀은 간담이 서늘할 일이었다. 철염기와 철무쌍이 서로를 돌아보며 안색을 굳혔다. 환마의 손가락에서 딱 하고 소리가 나자 뱀들이 사라졌다.

번쩍!

환마의 허점을 노린 유월의 뇌격세가 발출되었다.

철염기조차 간신히 피해낸 그것을 환마는 간단히 막아냈다. 그가 피한 것이 아니었다. 환마를 둘러싼 기이한 기운에 뇌격세가 막혔다. 정확히 표현하자면, 그 기운이 벼락을 흡수해 버린 느낌이었다.

환마가 고개를 흔들었다.

"보통의 환술을 쓰는 자들이라면 자네의 칼이면 충분하겠지."

환마가 씩 웃었다.

"하나 내 환술은 조금 다르다네. 일반 무공으로 날 죽일 순 없다네. 날 죽이기 위해선 나의 환술을 깨뜨려야 하지."

유월이 묵묵히 고개를 끄덕였다. 조금 다른 정도가 아니었다. 방금 전의 기습 역시 그러한 위기감 때문이었다. 꽃잎을 뱀으로 바꾸는 마치 장사꾼의 재주처럼 보여준 그 한 수만 해도 환마의 실력을 능히 짐작할 수 있었다.

"지금부터 보여줄 것은 멸천환혼술(滅天還魂術)이라 불리는 것이네. 한 번쯤은 들어봤겠지?"

유월의 안색이 어두워졌다. 확실히 들은 바 있다. 환술의 최고 경지에 든 자만이 펼칠 수 있는 최강의 환술.

환마가 여유롭게 말했다.

"강호 역사상 멸천환혼술은 딱 두 번 파훼되었다고 전해지네. 과거 환술의 대가였던 흑사신 양규는 한 이름 모를 보표에게 역으로 걸려들었다고 전해지지. 사실 믿기 어려운 일이지. 그건 그저 전해오는 말이라 치고, 사실 부끄러운 것이 바로 두 번째 경우라네. 밀교의 교주란 자가 펼친 멸천환혼술이 과거 천룡맹 시절의 질풍조란 자들에 의해 깨어졌네. 밀교의 역사에 그들의 이름까지 기록되어 있으니 믿을 수밖에. 흔히들 착각하는 것이 있지. 환술이 정파인들에게 잘 걸릴 것이란 착각. 그거야말로 대단한 착각이지. 앞서의 경우를 보면 알 수 있지. 대신 사파의 무공을 익힌 자는 절대 나의 환술을 피하거나 깨뜨릴 수 없다네. 사념(邪念)이 깊기 때문이지. 나의 환술은 상대의 사념을 먹고 자란다네."

잠시 말을 멈춘 환마가 히죽 웃었다.

"한 가지 더 알려주자면… 사실 마인들은 더욱 쉽다네."

환마의 두 손이 결계를 만들기 시작했다. 그가 보여줄 수 있는 최강의 환술이 이제 펼쳐질 것이다.

"너는 이제 내가 왜 환마라 불리는지 보게 될 것이다!"

세상이 바뀌고 있었다. 칠흑 같은 어둠이 사방에서 몰려들었다. 아침은 이내 밤이 되었다. 보고도 믿지 못할 광경이었다.

유월이 나락도를 움켜쥐었다.

'벤다!'

날카롭게 휘둘러진 나락도는 어둠을 베지 못했다.

그렇게 환술에 있어서 구화마공이라 할 수 있는 멸천환혼술이 펼쳐졌다.

*　　　*　　　*

어둠을 베는 대신 유월은 넘어졌다.

무엇인가 발을 걸어 넘어뜨린 것이다. 넘어지면서 땅을 짚었는데 손바닥이 아팠다. 그의 무공 경지를 생각하면 넘어진 것도, 손바닥이 아픈 것도 모두 이해할 수 없는 일이었다.

게다가 비명 소리는 등 뒤에서 났다. 비명 소리와 함께 칠흑 같던 어둠이 걷어지며 달이 떠올랐다.

"아얏!"

동생의 목소리였다. 깜짝 놀란 유월이 휙 돌아보았다.

등에 업혀 있다가 함께 넘어진 여자애가 몸을 일으키고 있었다. 동생이 아니었다.

'누구지?'

분명 낯이 익은 얼굴이었다. 순간 유월은 상대가 누군지 깨달았다. 비설이었다. 어린 시절의 비설이었다. 눈매와 얼굴이 지금의 비설과 똑같았다.

"오라버니."

하지만 목소리는 분명 동생의 것이었다.

정작 유월을 놀라게 한 것은 따로 있었다. 자신이 어린 시절로 되돌아가 있었던 것이다. 어린 시절의 몸으로 현재의 영혼이 들어간 것이 틀림없었다. 유월은 환술에 당하기 전의 모든 것을 기억하고 있었다.

유월이 주위를 돌아보았다. 두 사람이 있는 곳은 갈대숲이었다. 멸문을 당하고 동생과 함께 달아나던 바로 그곳이었다.

'제대로 걸려들었구나.'

인간의 가장 약한 마음을 파고들어 가장 고통스런 최후를 맞게 하는 최강의 환술. 멸천환혼술에 대해 자신이 아는 것은 단 세 가지였다.

첫째, 환술 안에서 죽으면 진짜 죽는다는 것. 물론 환술에 걸린 대상에 한해서였다. 둘째, 살아남기 위해선 생문을 찾아야 한다. 그것은 사람이 될 수도 있고, 위치가 될 수도 있고, 물건이 될 수도 있었다. 셋째, 생문은 오직 단 하나만 존재한다. 이것이 유월이 아는 멸천환혼술의 전부였다.

유월은 잠시 멍하게 서 있었다.

비설이 걱정스럽게 물어왔다.

"오라버니? 왜 그래?"

퍼뜩 정신을 차린 유월이 비설을 응시했다.

실제 인물이 아니었다. 너무나 생생하지만 분명 환마가 만들어낸 가상의 존재. 만약 눈앞의 비설이 생문이 아니라면 반드시 자신을 죽이려 들 것이다.

"…무서워."

갑자기 냉정해진 유월의 눈빛에 비설이 두려워했다.

유월이 표정을 풀며 다정하게 물었다.

"그날 생각나니?"

그제야 비설이 안심한 표정을 지었다.

"언제?"

"오라버니가 연을 만들어준 날."

묵묵히 생각을 하는가 싶더니 비설이 환하게 웃었다.

"그럼. 그날 하루 종일 방패연을 날리며 놀았잖아. 갑자기 그건 왜?"

비설이 고개를 갸웃했다.

유월이 미소를 지으며 하늘을 올려다보았다. 그날처럼 달이 밝았다. 다시 유월이 고개를 내렸을 때, 유월의 눈빛은 사나워져 있었다.

비설이 뒷걸음질을 쳤다.

"…오라버니?"

유월이 버럭 달려들었다. 그리고는 비설의 목을 졸랐다.

"오, 오라버니."

유월이 손에 더욱 힘을 줬다. 비설의 눈에서 눈물이 흘러내렸다. 마음이 약해지는 눈물이었다. 자신의 확신을 뒤흔드는 눈물이었다. 하지만 유월은 더욱 강하게 비설의 목을 졸랐다. 비설은 절대 생문이 아니었다.

유월은 동생에게 연을 만들어준 적이 없다. 연을 만들어준 것은 유월의 꿈에서였다. 멸문당하지 않았던 그때의 꿈. 하지만 지금은 멸문당한 상태의 동생이었다. 그것을 동생이 알 리 없었다. 어차피 모든 것이 유월의 잠재의식에서 나온 것이다. 멸문당한 때의 동생은 딱 그때의 기억만을 가지고 환술에 나타났을 것이다.

끅끅대며 숨을 가빠하던 비설의 표정이 바뀌었다.

죽을 것 같았던 그녀의 얼굴이 냉정해졌다. 아이의 표정이 아니었다. 비설이 씩 웃었다.

"제법인데."

목소리는 환마의 것이었다.

환마가 유월의 손을 뿌리쳤다. 가볍게 유월이 내동댕이쳐졌다.

"하하하. 장난 좀 쳐보려고 했더니."

환마의 몸과 얼굴이 변하기 시작했다. 환마가 원래 자신의 모습을 되찾았다. 하지만 유월은 여전히 어린 시절 그대로였다.

"그럼 본격적으로 시작해 볼까?"

환마가 손을 휘젓자 주위가 밝아졌다.

앞서와는 반대로 어둠이 밀려가고 날이 밝았다. 주위의 풍경도 바뀌었다. 이제 그들이 서 있는 곳은 유월의 집이었다.

장정 몇을 거느리고 음식 재료를 잔뜩 사 들고 들어오던 황씨가 자신을 향해 손을 흔들었다.

"주인 어르신께서 돌아오셨다고 마님께서 특별히 요리를 하시겠답니다. 기대하셔도 좋습니다, 도련님."

그들은 눈앞의 환마의 모습을 보지 못했다.

허공에 귀신처럼 부유해 있던 환마가 물었다.

"오늘이 언제인지 기억나겠지?"

당연히 기억했다. 오늘이 바로 자신의 집안이 멸문당한 날이었으니까.

"생문(生門)을 찾아내지 못하면… 넌 죽는다."

환마의 신형이 엷어지며 사라져 갔다.

"발바닥에 땀나도록 뛰어야 할 거야. 그때처럼 운 좋게 살아남는 일은 없을 테니까. 하하하하."

환마가 사라졌다. 불어온 바람에 낙엽이 마당을 굴렀다.

이곳은 환술 속의 세상. 내 모든 기억력과 잠재의식을 기반으로 만들어진 세계였다. 진실과 거짓이 뒤섞인 왜곡된 세상.

유월 나이 십이 세.

석양이 지면 그들이 들이닥칠 것이다.

第五十二章

멸천환혼술

魔刀霸爭

아침을 먹지 않았다. 어디 아픈 것이 아니냐며 어머니가 다녀가셨지만 그저 입맛이 없다는 말로 핑계를 대었다. 동생이 한바탕 부산을 떨고 간 이후에도 방에 틀어박혀 있었다.

생문이 어디에 있을까? 혹은 누구일까? 골똘히 생각했지만 주어진 단서는 너무나 적었다. 일단 해야 할 일은 하나였다. 멸문을 막는 것이었다. 그 과정에서 생문을 찾아내야 했다.

과거의 오늘을 떠올리고, 또 떠올렸다.

현실적으로 혼자만의 힘으로 멸문을 막는 것은 불가능했다. 모든 무공 초식을 기억하고 있었지만 아무 소용이 없었다. 지금 나는 열두 살의 아이였다. 내공은커녕 검을 제대로 휘두를 근력조차 갖추지 못한 상태였다. 분명 힘으로 그들을 막을 순 없다.

'그들은 누구였을까?

그날 내가 본 것은 흑의인들이었다. 검은 무복에 복면을 쓴.

가만있자… 복면? 문득 그 복장이 흑풍대의 그것과 비슷하다는 생각이 들었다. 한 번도 깊이 생각해 보지 못한 일이었다. 기억이 왜곡된 것일까? 어쩌면 사문(死門)이 끌어당기는 함정일지도 모른다는 생각이 들었다.

또 다른 생각을 떠올렸다.

'맞아. 그 책! 왜 그 생각을 못하고 있었지.'

아버지는 분명 어떤 서책을 구해오셨다. 시름 깊게 그것을 들여다보시던 기억이 났다. 그건 만수문의 지하 비무장에서 깨어날 때 확실히 기억해 낸 과거였다.

한 달 전 누군가 아버지를 찾아왔다. 심야의 방문자가 온 다음날 아버지는 한 달간의 긴 외출을 하셨고, 어젯밤에 돌아오셨다. 몹시도 초췌한 모습으로. 그리고 오늘 우리 집안은 멸문을 당한다.

분명 그 책 때문일 것이다.

'무공서겠지.'

확실했다. 무공서가 아니라면 강호인들이 나서질 않았을 테니까.

모든 것이 바로 그 한 권의 책 때문이다.

부모님께 이 사실을 알린다? 하지만 장담하건대 부모님은 절대 내 말을 믿지 않을 것이다. 그 넘치는 애정으로 어머니가 혹시 억지로 의원에게라도 데려가게 된다면, 그야말로 시간 낭비에 낭패인 상황이 될 것이다.

시간은 점점 흘러가고 있었고, 더 이상 이대로 고민만 하고 있을 순 없었다. 방을 나선 내가 향한 곳은 어머니가 요리를 하고 있을 주방이었다. 바깥 살림이 황씨 아저씨 몫이라면, 주방의 일은 주로 숙수인 염씨 아저씨의 몫이었다. 어머니가 주방에 들어가는 경우는 오늘같이 특별한 경우인 날이었다.

"어머니."

고기를 손수 다듬던 어머니가 돌아보며 미소를 지었다.

이것이 환술 속의 세상이 아니라면 얼마나 좋을까? 이대로 멸문을 당하지 않고 살아갈 수 있다면 얼마나 좋을까? 동시에 마음 한구석이 서늘해졌다. 그 간절한 바람은 사문(死門)이 만들어낸 마음의 함정이란 생각이 든 것이다. 단 하나의 생문을 제외하곤 모두 함정이다. 그렇게 생각하는 것이 옳았다.

"이거 맛 좀 보거라. 오랜만에 해서 간이 맞을지 모르겠구나."

어머니가 옆에서 끓고 있는 된장국을 작은 그릇에 부어 건넸다. 마셔보니 과연 어머니의 솜씨는 예전 그대로였다.

"맛있어요."

"아침을 거르니 무엇인들 맛이 없겠느냐. 월아, 정말 어디 아픈 것이 아니지?"

"그럼요. 걱정 마세요, 어머니."

어머니가 다행이란 안도의 미소를 지으셨다.

"아버지가 어디 다녀오셨는지 여쭤보셨어요?"

왜 그런 질문을 하느냐란 어머니의 표정에 난 그저 궁금해서란 얼굴로 대답했다.

"한 달이나 집을 비우셨으니까요."

어머니의 성격상 어디에 다녀왔느냐고 꼬치꼬치 묻지 않았을 것 같았다. 과연 어머니는 묻지 않으신 듯 보였다.

"긴한 일이 있으셨겠지."

어머니의 얼굴에서 살짝 수심이 스쳐 지나갔다. 아버지의 외출은 분명 전에 없던 일이었다. 우리 집안은 대대로 문사 집안이었다. 물려받은 재산이 많았던 탓에 아버지는 지역의 제법 이름난 문사로 생활할 수 있었다. 항상 아버지는 서재에서 책을 읽으셨다. 그러고 보니 아버지에 대해 내가 아는 것은 제대로 없었다.

일단 그보다 중요한 질문이 있었다.

"참, 한 달 전에 아버님을 찾아온 손님이 누구셨어요?"

그러자 어머니가 이상한 눈빛을 보내왔다.

"우리 아들, 오늘따라 이상하네."

"이상하긴요. 아버님이 돌아오셔서 기뻐서 그렇죠."

절대 이상한 낌새를 보여선 안 된다. 과거의 그날 그대로 흘러가야 상황을 제어할 수 있다. 변화는 오직 내가 만들어야 한다.

누구냐고 다시 한 번 물으려 했을 때 어머니는 주방을 나가 뒤뜰로 가셨다. 장독을 열어 간장을 뜨는 어머니를 지켜보며 나는 방법을 바꿔야겠다고 생각했다. 그 일을 알아볼 방법은 따로 있었다.

황씨를 찾았다. 황씨는 뒷마당에서 비질을 하고 있었다. 황씨는 아버지가 젊었을 때부터 밑에서 일했다고 했다. 그래서 그런지 나를 대하는 마음이 극진했다.

"도련님, 날이 찹니다."

"괜찮아요. 그런데 아저씨, 여쭙고 싶은 게 있어요."

내 눈은 지금 어린애답지 않게 빛나고 있을 것이다.

"말씀하십시오, 도련님."

"한 달쯤 전 밤에 손님이 찾아오셨잖아요?"

머리를 긁적이며 기억을 떠올리던 황씨가 손뼉을 쳤다.

"아, 기억납니다."

정말 다행한 일이었다.

"누구였죠? 기억나세요?"

"물론입죠. 정 관주께서 오셨지요."

내 기억 속의 정 관주는 단 한 사람이었다.

"혹시 정무관(鄭武官)의 정 관주님?"

그러자 황씨가 확실하다며 고개를 끄덕였다.

그날 밤, 내가 잠이 들었을 때 찾아온 이가 바로 정 관주였다. 하나의 실마리가 풀렸다. 정무관과 관주에 대해 황씨에게 물었다. 황씨는 무관이라도 다닐 생각이냐며, 몸 상해서 안 된다고 한동안 설득한 후에야 자신이 아는 바를 말해주었다. 황씨의 말을 정리하면.

내가 태어나던 그해, 정 관주는 우리 마을에 정착해 무관을 차렸다고 했다. 처음 그가 무관을 차렸을 때 관원이 채 다섯이 되지 않았다. 그의 정무관보다 훨씬 규모가 크고 유명한 무관이 있었기 때문이다. 하지만 그가 무관을 차린 지 육 개월 후, 관에 쫓기던 마적단이 마을을 습격했다. 궁지에 몰린 쥐가 고양이를 물 듯 그들은 닥치는 대로 살육을 벌였다. 앞서의 번창하던 무관은 대문을 굳게 닫았다. 그때 나선 것이 정 관주였다. 그는 알려진 것보다 훨씬 강한 무공의 소유자였다. 정 관주가 그들을 모두 때려 죽였다. 그 일이 있은 후 기존의 무관은 문을 닫았다. 그날 이후 정무관은 크게 번창해 이백 명의 관원을 둔 대형 무관으로 발전해 왔다고 했다.

"근데 그 일을 왜 물으시는 겁니까?"

"그냥 궁금해서요."

"하하하. 호기심을 가지시는 것은 좋지만, 무인이 되시려는 생각은 절대 안 됩니다. 마님 쓰러지십니다."

피식 웃으며 돌아서다 한 가지를 더 물었다.

"혹시 그전에도 정 관주께서 우리 집을 찾아온 적이 있었나요?"

그러자 황씨가 고개를 끄덕였다.

"가끔씩 찾아오셔서 주인 어르신과 수담(手談)도 나누고 하셨죠."

"왜 전 모르고 있었죠?"

"그야 주로 도련님이 주무시는 밤에 찾아오셨으니까요."

내 방으로 돌아오면서 난 확신할 수 있었다.

'확실히 무공서였구나.'

하나의 가설이 세워졌다. 아버지가 우연히 무공서를 구한다. 그 무공서에 대해 알아볼 작정으로 아버지는 평소 친분이 두터운 그를 불렀을 것이다. 아버지의 심각했던 얼굴로 봐서 보통의 무공서가 아니었겠지.

발걸음이 자연 아버지의 방으로 향했다. 아버지의 방은 빈 방처럼 조용했다.

"아버님, 월입니다."

들어오란 대답이 나지막이 들려왔다.

아버지는 의자에 기댄 채 축 늘어져 있었다. 그 초췌한 얼굴에는 피곤함이 가득했다.

"그간 글공부는 게을리 하지 않았더냐?"

절망감이 가득 담긴 눈빛을 보며 난 느꼈다. 지금 이 순간, 아버지는 어쩌면 우리들의 파멸을 예감하고 계셨구나. 그것이 오늘이 될 줄 모르셨던 것뿐.

아버지의 품으로 달려갔다. 환술 속에서라도 한 번쯤 안겨 보고 싶어서였다. 아버지의 품은 따뜻했다. 아버지는 조금 당황해하셨다. 항상 어머니만 따르고 당신을 어려워한다고 생각하셨던 모양이었다.

"무슨 일이 있느냐?"

"아무 일도 없습니다."

말과는 달리 한참을 그렇게 안겨 있었다. 그간의 글공부에 대해 몇 마디 나눈 후 나는 방을 나섰다. 그 와중에 나는 아버지의 서책을 유심히 살폈다. 방 안의 수백 권이나 되는 책 사이에서 그 책을 찾는 것은 무리였다. 그리고 직감상 그 무공서는 이미 누군가의 손에 넘어간 후라 생각되었다. 한 달간의 외출은 분명 그 무공서와 관련이 있으리라.

이 일은 아버지와 어머니를 통해 풀 수 있는 일이 아니었다. 만약 지금 아버지에게 내가 겪은 모든 일을 이야기해서 쉽게 해결할 수 있는 문제였다면, 그것은 멸천환혼술이 아닐 것이다. 어떻게든 아버지를 설득해야 하지 않을까란 생각은 사문의 유혹이다.

가야 할 곳은 이미 정해졌다.

정무관. 그곳에 이번 일의 실마리가 있을 것이다.

대문 밖을 나서려는데 동생이 나를 불렀다. 저 멀리 어디 가냐고 물어오는 동생을 보며 그냥 손을 흔들어주었다. 울컥 눈물이 나려 했다. 기다려라. 환술에서라도 내가 살려내마.

정무관은 집에서 일 리쯤 떨어진 산 중턱에 위치했다. 땀이 등을 축축이 적실 때까지 산길을 오르고서야 정무관의 모습이 보였다.

정무관의 담을 넘을 필요는 없었다. 정무관의 대문은 활짝 열려 있었다. 그 너머로 사내들의 기합 소리가 우렁차게 들려왔다.

정문으로 들어가자 웃통을 벗은 청춘들의 발차기가 연무장을 가득 메우고 있었다.

한옆에 서 있던 사내가 다가왔다. 이제 스물다섯쯤 되어 보였는데 연무장의 청년들과 느낌이 달랐다. 단지 일찍 무공을 배운 선배가 아니었다. 느낌상 이자, 무공을 숨긴 고수다.

"무공을 배우러 온 것이냐?"

일단 고개부터 끄덕였다.

"그런데 너 혼자 온 것이냐?"

"네."

"음, 곤란한데."

"부모님의 허락은 받고 왔어요. 오늘 바쁜 일이 있으셔서 내일 들르실 거예요."

하루라도 일찍 무관에 오고 싶은 아이의 성화로 보였는지 사내가 이내 고개를 끄덕였다.

"그렇다면야. 이리로 따라오너라."

사내의 뒤를 따라 걸으며 주위를 살폈다. 연무장의 관원들의 수준은 그야말로 평범했다. 문제는 집 안 곳곳에 숨어 있을지 모를 고수의 숨결이었다. 이럴 때 내공이 있다면 한눈에 이곳의 모든 것을 파악해 낼 수 있을 것이란 아쉬움이 들었다.

작은 방으로 안내한 사내가 입부원서를 내밀었다.

"글 읽고 쓸 줄 알지?"

그렇게 종이 한 장을 내밀고는 그가 밖으로 나갔다. 문을 열고 내다보니 그는 옆방으로 들어갔다. 다른 사내들과 잡담을 나누며 킬킬대는 소리가 들렸다.

방을 나와 복도를 따라 걸었다. 경험상 관주가 있을 방은 쉽게 찾았다. 이런 구조의 건물은 뻔했으니까.

복도의 끝 방에 다가갔다. 문에 귀를 가까이 대려 할 때 문이 벌컥 열렸다. 나온 사람을 보는 순간, 난 숨이 멎는 줄 알았다.

그는 바로 귀면이었다.

"누구냐?"

얼이 빠진 채 멍하니 서 있는 내게 귀면이 물어왔다. 내 손으로 직접 죽인 사람과의 대화는 참으로 기이한 느낌을 주었다.

"오늘 입관하려는 관원입니다. 입부원서를 쓰고 여기저기 둘러보는 중이었어요."

어린 나이에 또박또박 대답하는 내가 기특해 보였는지 귀면이 이를 드러내 보이며 환히 웃었다.

"하하하. 그러냐? 영특해 보이는 것이 재능이 엿보이는구나."

젊은 시절의 귀면은 참으로 호방해 보였다.

문득 귀면과의 일전에서 그가 남긴 말이 떠올랐다.

"나도, 그도, 이 일에 관련된 모두가… 옳지 않다."

문득 가슴속에 한기가 일었다.

'설마… 우리 집안의 몰락에 천마신교가 개입된 것일까?'

두려운 마음이 들었다. 열어서는 안 될 상자를 열고 있는 기분이었다.

불안감을 떨쳐 버리려 애썼다. 하지만 난 천마신교란 조직에 대해 너무나도 잘 안다. 귀면과 같은 위치에 오르려면, 지금이 시기면 분명 천마신교에 입교한 이후일 것이다. 가슴이 점점 더 떨려왔다.

귀면이 내 머리를 쓰다듬어 주었다.

"그럼 열심히 수련해라."

귀면이 복도를 걸어갔다. 난 멍하니 그의 뒷모습만 쳐다보았다. 복도 끝 방에서 입부원서를 건넸던 사내의 목소리가 들려왔다. 그가 돌아오기 전에 무엇이든 알아내야 했다.

귀면이 나왔던 방으로 들어갔다. 누군가 지키고 있을지 모른다는 생각이 들었지만 상관없었다. 난 지금 열두 살 꼬마에 불과하니까.

빈방을 빠르게 살펴보았다. 잘 꾸며진 서재였다. 꽂힌 책들은 일반 무공서와 역사서, 시화집과 설화집 등 다양했다. 귀면은 단순한 무인이 아니었다. 다양한 분야에 대한 관심이 많았다. 어쩌면 그래서 아버지와 친분을 맺고 있었는지도 몰랐다.

책을 한 권씩 살폈다. 비밀 통로의 기관 장치는 항상 사용자가 가장 선호하는 것에 설치하는 것이 일반적이었다. 위쪽 부분이 유난히 낡은 두꺼운 책을 발견했다. 일반적인 무공서였다. 책을 가볍게 당겼다.

드르륵.

과연. 책장이 회전하며 새로운 방이 모습을 드러냈다. 방 안에 들어서자 문이 회전하며 자동으로 닫혔다.

주위를 둘러보았다. 작은 탁자 하나와 커다란 보관함만이 밀실을 꾸미고 있었다. 무심코 벽면을 바라보는 순간, 난 절망감에 빠져들었다. 밀실의 벽에 새겨진 악귀상은 분명 마교의 상징이었다.

이곳은 분명 천마신교의 분타인 것이다. 상자를 뒤졌다. 손이 바들바들 떨렸다. 만약 이것이 멸천환혼술의 함정이 아니라면. 그렇다면 우리 집안의 멸문에 천마신교가 개입된 것이 틀림없었다.

나는 마음속으로 빌었다.

귀면이 말한 이 일에 관련된 모두에 비운성이 포함되어 있지 않기를. 만약 그가 우리 집안의 멸문에 관련되어 있다면? 그건 상상도 하기 싫은 일이었다.

보관함 속에는 갖가지 서류들이 가득 들어 있었다. 대부분이 본 단에서 내려온 명령서였다. 재빨리 서류를 뒤적이는데 하나의 서류가 눈에 띄었다.

유설군 관련. 업무 일체 본 단의 명령에 따를 것.

다리에 힘이 풀렸다. 속이 울렁거리며 토할 것 같았다.

유설군은 아버지의 이름이었다.

모든 것은 확실했다. 우리 집안을 파멸시킨 것은 바로 천마신교였다.

그때 밖에서 인기척이 들렸다. 누군가 방으로 들어온 것이다.

얼어붙은 것처럼 난 꼼짝도 하지 않았다. 최대한 숨소리를 죽였다. 들키면 죽는다는 생각뿐이었다.

들어온 사람은 둘이었다.

"앉으시지요."

자리를 권하는 목소리는 귀면이었다. 상대는 아무 말도 하지 않았다.

"흑풍대주께서 친히 오실 줄은 생각지 못했습니다."

흑풍대주란 말에 난 온몸이 찌릿하고 저려왔다. 얼마나 크게 놀랐으면 우악 하고 소릴 지르지 않은 것이 다행일 정도였다. 이십 년 전의 흑풍대주. 누구지? 그에 대해 기억나는 바가 없었다. 내가 알고 있는 전대 흑풍대주는 둘이었다. 하나는 죽었고, 하나는 은퇴한. 그 이전의 흑풍대주가 누구였는지는 관심도 없었고 알 기회도 없었다.

다시 귀면의 물음이 들려왔다.

"어떻게 처리하실 생각이십니까?"

그제야 상대가 대답했다.

"그야 해왔던 대로."

묵직한 저음의 목소리였다. 분명 처음 듣는 목소리였다.

"역시 그렇군요."

귀면의 목소리에 안타까움이 실렸다.

"그는 절 믿고 있습니다. 그는 절……."

"친구로 생각한다?"

"……"

"이번 일로 본 단에서는 자넬 높이 평가하고 있네. 쓸모없는 동정심으로 이번 기회를 잃지 말게."

모든 일은 이곳에서 시작되었구나. 그날 귀면은 나를 알아본 것이다. 그는 오늘의 이 일을 마음에 담아두고 살아왔을 것이다. 그래서 내 손에 죽어준 것이리라.

우리 가족을 모두 죽인 것이 흑풍대였단 사실에 심장이 터질 듯이 뛰기 시작했다.

'안 돼!'

진정시킬수록 이 열두 살 꼬마의 심장은 더욱 기승을 부렸다. 온몸이 화끈거리며 열기에 휩싸였다. 한가득 고였던 침이 꿀꺽 넘어갔다. 그 소리가 천둥소리처럼 들렸다.

밖의 대화가 뚝 끊어졌다. 들켰음을 직감했지만 달아날 곳은 없었다.

드르륵.

사색이 된 내 얼굴에 빛이 들어왔다.

열린 문 앞에 귀면과 흑풍대주가 나란히 서 있었다.

죽립을 눌러쓴 흑풍대주가 스윽 고개를 들었다. 무시무시한 안광이 쏘아져 날아들었다. 심한 현기증을 느끼며 난 그대로 쓰러졌다.

차가운 물벼락에 놀라 눈을 떴다.

물을 부은 사람보다 그의 뒤쪽 벽에 걸린 고문 기구가 먼저 눈에 들어왔다. 눅눅한 먼지와 곰팡이 냄새가 지독한 것으로 봐서 이곳은 지하 고문실이었다. 대부분 천마신교의 분타에 하나쯤은 마련되어 있었다.

난 의자에 포박되지 않은 채 앉아 있었다. 다섯 걸음쯤 떨어진 곳에 귀면이 서 있었다. 손에 들고 있던 물통을 위협적으로 바닥으로 내던졌다. 물통 튕기는 소리가 지하 밀실에 울렸다.

그는 한참 동안을 아무것도 묻지 않았다. 고문을 하는 자들의 정공법 중 하나였다. 폭언보다 무서운 것은 폭력이고, 폭력보다 무서운 것은 침묵이다.

묵묵히 그를 쳐다보는 내 모습이 의외란 생각이 들었는지 귀면이 고개를 갸웃했다. 아이치고는 너무 대범해 보이리라.

그에 대한 원망이 하늘을 찌를 것 같았는데 의외로 담담한 마음이 들었다. 그는 이미 내 손에 죽은 사람이다. 환술 속에서 그에 대한 원망은 불필요한 감정의 소모에 불과했다.

그의 시선을 담담히 받아내면서 은밀히 주위를 살폈다. 좌측 탁자 위에 놓인 물건 중 하나가 눈에 들어왔다. 내 눈빛이 반짝였다는 것을 들키지 않으려고 난 고개를 푹 숙였다. 내가 살아날 유일한 기회가 바로 저 탁자 위에 있었다.

이윽고 귀면이 기다린 사람이 도착했다. 철문이 열리며 내려온 사내는 앞서 입부원서를 건넸던 자였다.

"유설군의 자식으로 유월이란 아입니다."

얼마나 정신을 잃었는지 모르겠지만 그사이 나에 대해 조사를 한 모양이었다. 보고를 마친 사내가 한옆을 지키고 섰다. 귀면이 이해할 수 없다는 표정으로 고개를 내저었다.

"어떻게 우릴 알았지?"

아이에게 이런 물음을 한다는 것 자체가 그로서는 납득할 수 없는 상황이겠지.

난 고민했다. 천마신교의 일 처리는 확실했다. 아이라고 봐줄 리가 없었다. 이대로라면 난 죽는다. 살길을 찾아야 한다. 대화 한마디 한마디에 나의 생명이 걸린 것이다.

"아버지가 건네준 책이 무엇이었죠?"

내 물음에 그제야 그가 비로소 상황을 납득했다.

"제법 영민한 아이구나."

아마도 그는 이렇게 생각할 것이다. 내가 우연히 아버지의 책을 보았고, 그로 인해 뭔가 일이 벌어지고 있음을 눈치 챘다고.

"용감하기도 하고."

귀면이 조금 풀어진 얼굴로 나를 내려다보았다.

"말해주세요. 궁금함을 안고 죽기는 싫으니까."

귀면은 이제 애답지 않은 침착함에 감동하고 있었다.

이십 년이 지난 후에도 그는 악랄한 사람이 아니었다. 지금은 더욱 그러할 것이다. 과연 내 짐작대로였다.

"세상에 나와선 안 될 책이지."

"어떤 무공서죠?"

"아쉽지만 말해줄 수 없다."

"모르는 것이 아니고요?"

귀면의 입매가 살짝 치솟았다. 정곡을 찔린 탓이리라.

"아까 숨어 있다가 들었어요. 이번 일로 당신이 승진을 하게 될 거란 말을. 은혜를 베푼 사람에게 살인멸구로 보답하는 것이 당신의 강호인가요?"

귀면의 안색이 대번에 굳어졌다. 옆에 서 있던 사내가 버럭 소릴 질렀다.

"애새끼 입이 보통이 아니구나!"

귀면이 손을 들어 그를 제지했다. 귀면이 짤막한 한숨을 쉬며 허리를 숙였다. 그가 나와 눈을 맞추었다.

"그럼 네가 생각하는 강호란 무엇이냐?"

"은혜를 입으면 보답하고 원한을 맺으면 반드시 갚는다."

귀면의 눈동자가 살짝 떨렸다. 환술 속이나 밖이나 그는 마인과는 어울리지 않는 심성의 인물이었다. 내 머리를 한 번 쓰다듬어 주고선 그가 돌아섰다. 그가 짤막하게 말했다.

"죽여라."

귀면은 그대로 지하실을 걸어나갔다. 미련을 떨치려는 빠른 걸음이었다. 내가 원한 흐름이었다. 그의 본성을 자극해 이 자리를 벗어나게 만들려는. 지금 내 상태로 어른 둘을 한꺼번에 상대하는 것은 절대 무리였으니까.

사내가 내 쪽으로 걸어왔다. 자리에서 일어나 뒷걸음질을 치는 나를 향해 그가 사악하게 웃었다.

"포기해. 때론 아무것도 하지 않는 것이 옳은 선택일 수가 있지."

그의 나지막한 말이 메아리처럼 울렸다. 나는 그의 말을 흘려듣고 있었다. 내 머릿속의 생각은 오직 한 가지뿐이었다. 뒷걸음질을 치던 뒤로 무엇인가 걸렸다. 탁자였다.

"아이를 죽일 건가요?"

"이미 여러 번 죽여봤단다."

"당신은 악질이군요."

"너처럼 아무것도 모르고 설쳐 대던 아이였지. 아이라고 부르기 힘들 정도로 독한 놈들이었지. 내가 보기에 너도 그렇게 보인단다."

"당신 따위가 아무리 내 목을 조른다 해도 난 죽지 않을 거예요."

그에게 던진 미끼였다. 일장에 쳐 죽이려 들면 난 절대 그 공격을 막을 수 없었다. 제발, 내 목을 졸라.

다행히 그는 내 도발에 걸려들었다.

"목을 졸리고도 살아남는다면 그건 강시지."

그가 이 상황을 즐기고 있다는 것 또한 다행이었다.

성큼성큼 걸어온 그가 정말 내 목을 조르기 시작했다. 숨이 막혀왔다.

"봐라. 넌 강시가 아니지 않느냐?"

그가 히죽 웃었다. 기묘한 살의(殺意)가 담긴 눈빛이었다.

"포기해. 아무것도 하지 않는 것. 그게 가장 올바른 선택이야!"

그가 같은 말을 반복했다.

개소리 집어치워! 내가 할 수 있는 최대한의 속도로 오른손을 휘둘렀다.

퍼억!

어른 손바닥 크기의 강침이 그의 귀 아래에 박혔다. 가장 적은 힘으로도 상대를 죽일 수 있는 급소였다. 강침은 탁자 위에 놓인 고문 도구 중 하나였다. 그쪽으로 향해 뒷걸음질을 친 것도 모두 의도된 행동이었다.

목을 졸라대던 그의 손이 스르륵 풀렸고 이내 그의 눈이 풀렸다. 풀썩 쓰러지는 그의 시신을 넘어 밖으로 달렸다.

문을 조심스럽게 열자 다행히 따로 떨어진 건물이었다. 담 옆에 자라는 나무 위로 기어 올라갔다. 담벼락 위로 힘껏 몸을 날렸다. 담의 기와가 흔들리며 미끄러질 것만 같았다. 균형을 잡으며 담 밖으로 뛰어내렸다.

시체는 곧 발견이 될 것이다. 중천에 뜬 해가 서서히 기울어지고 있었다. 이제 어떻게 해야 하지?

무작정 산길을 내달리며 어디로 가야 할지를 생각했다. 시체가 발견된다 하더라도 귀면은 날 찾으러 우리 집에 들이닥치지 않을 것이다. 이번 일은 흑풍대에게 전권이 일임된 상황이었다. 귀면은 은밀히 날 처리하려 들 것이다. 믿음까지 배신하고 얻은 공(功)이었다. 날 놓친 것을 드러낼 수는 없으리라.

이제 모든 상황이 이해가 갔다. 우연히 무공서를 구한 아버지는 평소 친분이 깊었던 귀면에게 책을 보여줬을 것이다. 그것이 보통의 무공서가 아니란 것을 알게 된 귀면은 그것을 본단에 보고했다. 결국 두 사람이 대천산으로 불려갔고, 그때서야 아버지는 귀면이 마인이란 것을 알게 된 것이다. 아버지의 수심은 바로 그 때문이리라.

아버지가 대천산에서 처단당하지 않은 것은 여러 가지 정치적 상황이 있었을 것이다. 아버지가 대천산으로 온 것을 많은 마인들이 목격했을 것이다. 아버지를 그곳에서 죽인다면, 그것은 곧 많은 이목을 끌 일. 결국 비밀리에 우리 가문의 멸문이 결정났을 것이다.

도대체 그 무공서가 무엇이길래? 우리 집안을 멸문시키는 데는 굳이 흑풍대가 나설 이유가 없었다. 그저 칼 잘 쓰는 파락호 하나만 난입해도 막을 수 없을 텐데, 왜 흑풍대가 직접 온 것일까?

위태롭게 산비탈을 미끄러져 내려갔다.

마음이 급했다. 생문이 있을 것 같지 않은 집으로 돌아가야 할지, 흑풍대를 찾아야 할지 갈피가 서지 않았다. 이미 흑풍대가 이곳까지 왔다면 가족들을 데리고 달아나는 것도 어려웠다. 어? 그날의 상대가 흑풍대였다면 내가 어떻게 살아남은 것이지? 동생과 함께 어떻게 그 갈대숲까지 달아날 수 있었던 거지?

그 의문이 드는 순간 발을 헛디뎠다.

허공으로 붕 떠오른 몸이 나무에 부딪친 후 비탈을 굴러 떨어지기 시작했다. 허벅지가 찢기고 어깨가 탈골되었다. 나무와 바위들이 빠른 속도로 스쳐 지나갔다. 고통에 찬 비명이 절로 터져 나왔다.

긴 비명과 함께 허공으로 붕 날아오른 순간, 빠르게 아래로 추락했다. 비탈 아래의 둔덕은 어른 키의 다섯 배나 되는 높이였다. 가속도가 붙은 상태였기에 난 사정없이 곤두박질쳤다.

털썩.

강한 충격과 함께 어딘가에 떨어졌다. 짚단이 풀풀 날렸다. 떨어진 곳은 다행히 가득 쌓아둔 짚단 위였다. 천만다행의 행운이었다. 일어나려는데 현기증이 일었다. 누군가에게 두들겨 맞은 것처럼 온몸이 욱신거렸다.

짚단 속에 파묻혀 한참을 그렇게 있었다.

그때 누군가의 말소리가 들려왔다. 그 말을 듣는 순간 내가 이곳에 떨어진 것이 결코 운이 좋아서가 아니란 것을 알았다. 모든 것이 멸천환혼술의 인과율을 따라 정해진 수순대로 진행되고 있었다. 말소리의 주인공이 바로 비운성이었던 것이다.

"갔던 일은?"

"교주님께서 직접 오신 것이 틀림없는 것 같습니다."

"흑풍대주를 움직인 걸로 봐서 그리 짐작했지."

비운성과 대화를 나누는 상대는 지금의 적호단주 이막수였다. 이십 년 전이라면 그는 비운성의 호위를 맡은 적호단의 일반 무인일 때였다.

"어쩌실 작정이십니까?"

걱정스런 이막수의 물음에 비운성이 담담히 대답했다.

"막아야지. 이 일은 일어나서는 안 될 일이야."

"하지만 흑풍대는 소주님의 명령을 듣지 않을 것입니다."

그때나 지금이나 흑풍대는 교주 직속의 부대였다.

"그렇겠지."

비운성의 근심이 전해져 왔다. 그들이 말하는 일이란 분명 그 책과 관련이 있을 것이다. 마음이 훈훈해졌다. 적어도 비운성은 우리 집안의 몰락을 막으려는 입장이 틀림없었다. 멸천환혼술에서 내 머릿속에 없는 사실, 그러니까 즉 내가 경험하지 못한 일은 환마에 의해 만들어진 것이다. 따라서 실제로 이일이 벌어졌는지는 정확히 알 수 없었다.

나가야 할까? 나는 잠시 고민했다. 그들이 내가 이곳에 있다는 것을 모를까? 아닐 것이다. 내 숨소리가 비운성의 귀에는 천둥처럼 크게 들리고 있었을 것이다. 그럼에도 그가 대화를 계속하는 이유는 대화가 끝난 후 나를 처리할 작정이겠지.

짚단을 헤치며 억지로 몸을 일으켰다. 내가 떨어진 곳은 지붕이 뻥 뚫린 폐가였다. 누가 들으면 억세게도 운 좋은 기연이라 하겠지만, 이건 멸천환혼술의 농간에 불과했다.

과연 비운성과 이막수는 나의 출현에 놀라지 않았다. 단지 어린 꼬마애란 것이 조금 의외란 얼굴이었다. 부드러워 보이는 눈매와 강직한 턱 선. 비운성의 얼굴은 변함이 없었다.

내가 비운성 앞에 엎드렸다. 꼬마인 내가 넙죽 엎드리자 비운성은 조금 의외인 모양이다.

"너는 누구냐?"

다정한 목소리였다. 울컥 눈물이 나올 것 같았다. 하지만 지금은 울 때가 아니다. 승부수를 띄워야 할 때였다.

"후일 교주님을 모실 유월이라 합니다."

듣기에 미친 소리로 들릴 것이다. 인상을 찌푸린 이막수에 비해 비운성은 담담했다. 과연 그는 남다른 면이 있었다.

"이십 년 후, 저는 흑풍대주가 되어 교주님을 모실 겁니다."

'푸핫' 하고 이막수가 웃음을 터뜨렸다. 비운성은 웃지 않았다.

대신 날카로운 눈빛으로 나를 응시했다.

마안.

쏘아오는 것은 마안이었다. 본능적으로 제혼마령술의 구결을 떠올렸다. 내공이 없어 실현되지 않을 무공이었다. 하지만 그 노력은 분명 효과가 있었다. 비운성이 마안을 거둬들인 것이다. 미약하지만 내 구결이 일으키는 변화를 알아챈 것이다. 비운성의 무공이 워낙 높았기 때문이기도 했다.

비운성이 놀란 얼굴로 물었다.

"너 정말 본 교의 무공을 익혔구나."

구화마도식의 구결을 빠르게 읊었다. 비운성의 표정이 완전히 굳어졌다.

"잠시 물러가 이곳을 지키도록."

이막수가 명을 받고 물러났다.

비운성이 손을 내밀자 내 몸이 빨려들 듯 그에게로 날아갔다.

내 목을 움켜쥔 채 무시무시한 눈빛으로 노려보며 말했다.

"너, 뭐지?"

차디찬 의문이었다.

"저는 현재 멸천환혼술에 걸려든 상황입니다."

멸천환혼술이란 말에 비운성이 흠칫 놀랐다. 천마신교와 밀교는 본래 한 뿌리에서 나왔다. 천마신교의 소교주인 그가 이 환술에 대해 모를 리 없었다.

"네 말은 지금 이 상황이 환술 속의 상황이란 말이냐?"

"그러하옵니다."

잠시 비운성은 아무 말도 하지 못했다. 미친놈의 말로 여기자니 구화마도식의 구결을 알고 있는 것을 설명하지 못했다.

마음이 급해졌다. 이제 시간이 얼마 남지 않은 것이다.

"이곳에 왜 오셨는지 압니다."

"말하라."

"한 권의 책자 때문이 아닙니까?"

비운성이 동요했다. 내공 한 줌 없는 꼬마애가 알고 있기에 난 너무나 많은 것을 알고 있었다.

"그 책이 무엇입니까?"

비운성은 대답없이 묵묵히 나를 응시했다. 혼란스러울 것이다. 자신의 존재가 한낱 환술 속의 삶이란 것이. 그 누구도 받아들이지 않을 이야기였지만 난 비운성의 그릇을 믿었다.

이윽고 비운성이 대답했다.

"그것은 오색혈마공의 무공 비급서다."

오색혈마공.

난 직감했다. 앞으로 내가 일장을 맞게 될 그 장법이 바로 그 무공이란 것을. 드디어 그 이름을 알아낸 순간이었다.

"오래전 실전되었다고 알려진 무공이다. 본 교의 구화마공보다 더 오래된 절대마공이지. 그 무공이 다시 등장한 것이다."

말로 보아 그 위력이 구화마공과 버금가는 마공인 듯 보였다.

"어떻게 된 일인지 말씀해 주시겠습니까?"

아이였지만 난 어른처럼 말하고 있었고, 그것이 비운성을 더욱 혼란스럽게 만들고 있었다.

비운성이 솔직히 말했다. 과연 그는 지금 어떤 심정일까?

"이곳 분타주가 한 권의 책을 입수했다는 소식을 전해왔다. 전해온 내용이 심상치 않아 그와 그것을 발견한 이를 함께 대천산으로 불렀다."

아버지의 한 달간의 외출은 바로 그것이었다.

"그 무공은 절대 익혀서는 안 될 마공이었다. 하지만……."

그때 이막수가 폐가 안으로 들어섰다.

"지금 막 흑풍대가 움직였답니다."

순간 난 깜짝 놀랐다. 어느새 시간이 이렇게 흘렀을까? 부서진 지붕 너머로 어느새 붉은 노을이 지고 있었다.

"도와주십시오. 제발."

간절한 애원이었다. 이제 믿을 사람은 오직 비운성뿐이었다. 현실에서도 내가 그토록 믿는 만큼 그가 날 믿어주길 바랄 뿐이었다.

"일단 가자."

나를 번쩍 안아 든 그가 몸을 날렸다.

폐가의 지붕 모서리를 밟고 도약한 그가 무서운 속도로 날아가기 시작했다.

우리가 도착했을 때 이미 우리 집은 복면인들로 가득 차 있었다.

마당에 쓰러진 사람은 황씨였다. 가슴에서 흘러내린 피가 이미 웅덩이를 만들고 있었다. 현실과 다른 상황이었다. 원래라면 황씨는 나와 동생을 뒷문으로 데리고 나와야 했다. 분명 그의 죽음은 우릴 내보내고 난 후였다.

"모두 멈춰라!"

비운성의 우렁찬 외침에 복면인들이 동작을 멈췄다.

"어머니!"

비운성의 품에서 벗어난 내가 미친 듯이 어머니를 불렀다. 비운성이 무서운 표정으로 장내를 장악했다.

그때 아버지의 서재가 있던 별채 쪽에서 아버지와 어머니가 복면인들의 손에 이끌려 나왔다. 동생은 어머니의 품에 안겨 울고 있었다. 다행히 모두 다 살아계셨다.

한달음에 달려가 어머니의 품에 안겼다. 울고 있던 동생이 날 보며 더욱 크게 울음을 터뜨렸다. 비운성이 돕는 한 멸문을 막을 수 있다는 희망이 솟구쳤다. 할 수 있다.

비운성이 내력을 실어 소리쳤다.

"모두 물러가라! 이곳 일은 내가 처리한다!"

복면인들은 난처한 눈빛으로 서로를 돌아보았다. 그때 묵직한 목소리가 들려왔다.

"그럴 순 없소, 소주."

앞서의 그 흑풍대주였다. 죽립을 눌러쓴 그가 별채 쪽에서 천천히 걸어나왔다.

"아시다시피 저흰 교주님의 명령만 받들지요."

비운성이 여유롭게 대응했다.

"물론 알고 있소. 하지만 언제나 예외가 있는 법 아니겠소?"

죽립 아래의 입가가 말려 올라갔다. 느낌상 비웃음이 확실했다.

내가 느끼는 것을 비운성이 못 느낄 리 없었다. 그럼에도 비운성은 한발 물러섰다.

"그럼 내 뜻을 받아들이신 것으로 알겠소."

흑풍대주가 말없이 우리 쪽으로 다가왔다.

비운성의 눈매가 매서워졌다.

"멈춰라!"

하지만 흑풍대주는 걸음을 멈추지 않았다. 난 느낄 수 있었다. 그가 뿜어내는 엄청난 살의를. 어머니가 품에 안겨 있던 동생을 황급히 내려놓았다. 느낀 것이다. 그 살기가 당신을 향하고 있다는 것을.

쉬이잉!

그가 도를 내질렀다.

알고서도 막을 수 없는 빠름이었다. 어머니의 등을 관통한 피 묻은 도가 내 코앞까지 다가와 있었다.

'안 돼!' 란 뒤늦은 외침조차 내뱉을 수 없었다. 그저 얼이 빠져 쓰러지는 어머니를 안았다. 어머니의 피가 가슴을 흠뻑 적셔왔다.

"…어머니."

마지막 순간에 어머니는 눈빛으로 말하고 계셨다. 반드시 살아남으라고. 동생을 반드시 살리라고. 그리고 또 말하셨다. 복수 따윈 잊고 행복하게 살아가라고. 이 순간 난 거짓말처럼 어머니의 마지막 바람을 느끼고 있었다. 들어드릴 수 없는 바람이었다.

아버지가 괴성을 지르며 그에게 달려들었다. 그는 아버지를 죽이지 않았다. 그에게 모질게 걷어차인 아버지가 땅바닥을 굴렀다.

흑풍대주가 비운성을 노려보았다. 천마를 제외하고는 그 누구도 자신에게 명령을 내릴 수 없다고 시위를 하는 듯 보였다.

이윽고 비운성의 마기가 폭발했다.

"귀도, 너!"

고개를 쳐든 내 눈이 번뜩였다. 죽립 아래 그의 입가가 웃고 있었다. 그가 바로 귀도였다. 그 역시 흑풍대주였다.

빠드득.

부서질 듯 어금니를 깨물었다. 날 내려다보는 귀도의 웃음이 더욱 커졌다.

차디찬 살기를 쏟아내며 비운성이 귀도를 향해 다가섰다. 흑풍대원 중 하나가 그 앞을 막아섰다.

펑!

마치 풍선이 터지는 듯한 소리와 함께 그의 몸이 박살났다. 끔찍한 광경이었다. 비운성은 분노하고 있었다. 그의 분노는 나의 어머니가 죽어서가 아니었다. 자신의 무너진 자존심 때문이었다.

또 다른 흑풍대 하나가 피떡이 되어 허물어졌다. 아무도 막을 수 없었던 그의 발걸음을 막은 것은 또 다른 목소리였다.

"멈춰라."

앞서 귀도는 멈추지 않았지만 비운성은 발걸음을 멈췄다. 문으로 누군가 들어서고 있었다. 머리카락이 사방으로 뻗친 날카로운 눈매의 오십대 사내. 그가 들어서자 흑풍대원들이 일제히 무릎을 꿇었다.

"천마불사! 신교불패!"

우렁찬 목소리가 울려 퍼졌다. 비운성의 부친이자 전대 천마인 비현상(費炫祥)이었다. 진 서열록의 공동 일위인 바로 그 파천황이었다.

비현상이 등장하자 귀도가 수하들을 물렸다. 흑풍대원들이 일제히 몸을 날려 그곳에서 사라졌다.

비현상이 나지막이 말했다.

"운성아, 넌 그만 돌아가라."

말투는 자애로웠지만 눈빛은 더없이 차가웠다.

"그럴 수 없습니다."

마주한 두 사람의 시선이 팽팽했다.

비운성이 또박또박 말했다.

"이건 옳지 않은 일입니다."

"네가 감히 내가 하는 일에 옳고 그름을 따지려 드느냐?"

"그렇습니다. 강호의 그 누구도 말릴 수 없기에 제가 말릴 겁니다."

"운성아!"

비현상의 목소리가 커졌다.

"오색혈마공은 세상에 나와서는 안 될 무공입니다!"

"닥쳐라!"

"아시잖습니까? 오색혈마공의 부작용을. 결국 모든 인성(人性)이 말살되어 버리는 것을. 구화마공보다 강하면 뭐 합니까?"

차갑게 빛나던 비현상의 눈빛이 조금 누그러졌다.

"안다."

"그런데 왜 익히시려는 겁니까? 왜?"

"마도천하를 위해서다."

"이미 인간이 아닌데 그깟 마도천하가 무슨 의미가 있습니까? 아버님이 더 이상 아버님이 아닌데."

비현상이 묵묵히 비운성을 바라보았다.

"그건 널 위해서다."

"네?"

"오색혈마공이면 강호를 통일할 수 있다. 그 후에 난 자결을 할 것이다. 폭멸공(爆滅功)을 미리 내 몸에 심을 것이다. 그것이면 충분하겠지."

폭멸공은 마공 중의 최후의 마공이었다. 적과 함께 동귀어진을 택할 때 사용하는 마지막 수였다. 천마의 경지는 이제 그것을 예정된 시간에 사용할 경지에 다다른 것이다.

"고작 그런 말도 안 되는 일을 하시려고 이러시는 겁니까? 그러면 제가 기뻐서 날뛸 줄 아십니까?"

비운성은 흥분했다.

나는 비로소 우리 집안의 멸문을 이해했다.

아버지를 향해 손을 내미는 비현상의 손길을 나는 멍하게 지켜보고만 있었다. 아버지의 신형이 그에게 빨려 들어갔다. 비현상의 눈빛에서 광채가 솟구쳤다. 마안을 사용해 어디서 구한 무공인지를 묻고 있었다. 불쌍한 아버진 그렇게 대답했다. 고서점에서 우연히 발견했을 뿐이라고. 천마의 마안에 거짓말을 할 사람은 강호에 그 누구도 없다.

"그만 하십시오! 그만 하시라고요! 당신은 천맙니다, 천마!"

비운성이 울부짖듯 소리치고 있었다.

"이 무슨 부끄러운 짓입니까? 고작 그따위 것을 묻기 위해,

무공 한 줌 모르는 이들을 살인멸구하려고 그 귀한 몸을 이끌고 여기까지 온 것입니까! 그깟 오색혈마공 따위가 뭐라고! 그깟 마도천하가 뭐라고!"

그리고 난 이해했다. 왜 비운성이 반란을 일으켰는지. 결국 내 선택은 옳았다. 그럼에도 씁쓸했다. 그 존엄한 천마도 결국 오욕칠정의 인간에 불과하다는 사실이 새삼 서글퍼졌다.

더 이상 말할 것이 없어진 아버지가 쓰러지고 있었다. 비현상의 손끝이 스칠 때 이미 아버지는 죽었다. 슬프지 않았다. 그저 이 지긋지긋한 환술에서 벗어나고 싶은 심정이었다.

비운성이 애원했다.

"제발 마음을 돌리십시오."

"늦었다."

"설마?"

"그래, 이미 난 오색혈마공을 익혔다."

오색혈마공의 비급서를 입수한 한 달 전, 이미 비현상은 오색혈마공을 익히고 만 것이었다. 구화마공을 대성한 그였다. 단 한 달 만에 오색혈마공의 정수를 깨달은 것이다.

비현상이 소리쳤다.

"넌 알지 못한다! 천 년 마교의 역사상 그 누구도 강호일통을 이뤄내지 못했다! 이제 내 손으로 이룰 것이다!"

비운성이 맥 풀린 목소리로 말했다.

"…그것이 절 위해서라고는 하지 마십시오."

모든 것을 체념한 얼굴로 비운성이 천마와 나를 번갈아 쳐다보았다.

"이들은 살려주십시오."

천마가 묵묵히 고개를 끄덕였다.

"가거라."

비현상은 그런 아들의 행동을 제지하지 않았다. 멀리서 지켜보던 귀도 역시 아무 말이 없었다.

난 묵묵히 비현상과 귀도를 응시했다. 마지막으로 비운성을 쳐다보았다. 그를 이해했고, 현실에서도 그를 이해하리라 마음먹었다. 하지만 그에게 인사를 건네진 않았다. 현실에서도 수없이 해왔던 인사였다. 한 번쯤은 그에 대한 원망의 눈빛을 보내고 싶었다. 그는 천마의 아들이기에 내겐 죄인이다. 죄를 물을 수 없는, 죄를 묻기 싫은 죄인. 그래서 더욱 서글픈.

동생을 업고 갈대숲을 쉬지 않고 달렸다. 과정은 달랐지만 결국 지금의 현실은 실제와 같았다.

"…우리도 죽게 되겠지?"

동생의 그 서글픈 말도 현실과 같았다.

그리고 그 갈대숲의 끝에 그들이 기다리고 있던 것도 현실과 같았다. 난 환술에 빠져들기 직전까지도 이해하지 못했다. 왜 내가 오색혈수인을 가슴에 맞고도 살아남을 수 있었는지를. 그 갈대숲 끝에서 기다리던 이들의 그 가공할 무공의 정체를.

그들은 바로 천마와 귀도였다. 끝까지 나를 쫓아와 동생을 죽인 바로 그들. 비현상의 집념은 어린 꼬마애 둘이 살아남는 것조차 허용할 수 없었던 것이다.

갈대숲의 끝에 두 사람이 나를 기다리고 있었다.

그때처럼 귀도가 씩 웃었다.

나도 웃어주었다.

귀도가 어이없다는 표정을 짓는다. 내 손에서 떨어지지 않으려는 동생을 귀도가 잡아챘다. 과거의 그날처럼 동생을 뺏기지 않으려고 그에게 달려들지 않았다.

난 눈을 감았다. 두 번이나 동생의 죽음을 볼 자신이 없었기 때문이었다. 동생이 마치 짐짝처럼 바닥에 내동댕이쳐지는 소리가 들렸다.

귀도.

넌 알아야 할 것이다. 지금 불타오르는 나의 분노를.

귀도가 내 멱살을 잡아 들어 올렸다.

그의 칼이 내 볼을 찢었다. 난 비명을 지르지 않았다. 발아래 쓰러진 동생의 시체가 날 올려다보고 있었다.

원래라면 동생을 지키기 위해 발버둥 치다 당하는 상처였다. 여전히 상황은 달랐지만 결과는 같았다. 이후의 일은 기억하지 못했다. 동생이 죽는 모습을 본 순간 난 정신을 잃었다. 깨고 나니 낙양의 뒷골목이었다.

이후의 일은 어떻게 된 것일까?

비현상이 다가왔다. 귀도의 손에 들려 있던 난 짐짝처럼 그의 손에 건네졌다.

그날처럼 비현상의 온몸이 오색으로 물들고 있었다. 그는 넘쳐흐르는 기운을 주체하지 못하고 있었다. 그는 날 앞으로 있을 전쟁의 첫 제물로 생각하고 있었다.

나는 담담히 그의 눈을 들여다봤다. 그 순간 괴이한 일이 벌어졌다.

비현상의 몸이 투명해지기 시작했다.

마치 투명한 유리 너머로 보는 것 같았다. 비현상의 혈맥의 움직임이 뚜렷이 보였다. 어떻게 기를 움직여야 오색혈마공을 끌어올릴 수 있는지 알 것 같았다. 내 몸에서 무엇인가 깨어나고 있었다. 저 운기를 보며 자신을 깨워달라고 무엇인가 속삭이고 있었다. 환술 속이었지만 너무나 이상한 현상이었다. 마치 환술 안에 또 다른 환술을 접한 기분이었다.

비현상이 하늘을 올려다보며 소리쳤다.

"이제 마도천하의 시대가 도래할 것이다!"

그때 그가 왔다. 갈대를 가르며 그가 걸어왔다. 바로 비운성이었다.

그의 시선은 비현상을 향하고 있었다. 비현상은 당황했다. 보여줘서는 안 될 추악한 행동을 들킨 얼굴이었다.

비운성이 바닥에 쓰러진 동생에게 시선을 주었다. 그의 눈빛이 아련하게 깊어졌다.

"아이를 죽여서가 아닙니다."

"운성아?"

"약속을 어겨서도 아닙니다."

비운성은 매정할 정도로 차갑게 말하고 있었다.

"지금 아버님이 선택하신 일은 본 교의 마인들 대부분이 선택했을 일입니다. 오색혈마공을 익히고, 그를 방해하는 모든 것을 제거하고, 마도천하를 이룬 후 장엄하게 자결한다. 상상만 해도 너무 멋져서 지금 본 교의 정문을 지키고 있는 수문장조차 가슴 떨며 선택했을 일이죠. 그렇기에 아버님만은 달랐어야 한다고 생각합니다… 아버님은 천마시니까요. 하늘이 내린 마인이니까요."

비운성이 나직이 말했다.

"마도천하를 이루십시오."

꿈틀.

비현상의 흥분과 분노가 내 몸에 전해졌다. 숨이 막혀 죽을 것 같았다. 울컥 치밀어 오르는 핏물을 억지로 삼켰다.

비운성은 날 구하려 하지 않았다. 그가 그대로 돌아섰다.

"저 아이까지 죽이시고 뜻한 바를 이루십시오."

그때였다.

"이노옴!"

노기에 찬 비현상의 외침이 터져 나왔다.

"왜 네가 나의 뜻을 이해하지 못하느냐? 세상 모두가 이해하지 못한다 하더라도 너만은 이해하리라 여겼다!"

아들에 대한 섭섭함이 분노가 되어 폭발했다.

비운성이 발걸음을 멈추었다.

"이해해 달라 하셨습니까? 도대체 뭘 이해해 달란 말씀입니까? 그 악마의 무공으로 정파 놈들을 모두 쓸어버리고 자결하시겠다고요? 그걸 지금 저보고 이해하란 말씀이십니까? 세상 사람들 모두 이해한다 해도 저만은 이해할 수 없다는 것을 어찌 모르십니까?"

그 순간 나는, 모든 은원을 떠나 두 사람 모두의 심정을 이해할 수 있었다.

하지만 비현상은 비운성을 이해할 수 없었나 보다. 화가 극도로 치밀었을 때, 세상의 모든 아버지가 한 번쯤은 사용했을 그 마지막 수단이 사용되었다.

"성이, 이놈! 지금 당장 돌아서지 않는다면 더 이상 널 아들로 생각하지 않겠다!"

비운성은 냉정했다.

"그러십시오. 저도 더 이상 아버지라 부르기 싫습니다."

비운성이 발걸음을 옮겼다.

"멈추라 했다!"

하지만 비운성은 발걸음을 멈추지 않았다.

"으아아아아!"

비현상의 절규가 터져 나왔다. 그의 마기가 폭발했다. 온몸을 휘감는 오색의 물결이 빠르게 변했다.

그 기운을 견디지 못한 내 입에서 핏물이 터져 나왔다. 피는 비현상의 얼굴에 뿜어졌다. 혈향에 그가 더욱 발광을 하기 시작했다.

주화입마였다.

"크아아아악!"

너무나 속성으로 오색혈마공을 익힌 부작용이었다.

비현상의 목소리가 심상치 않자 비운성이 놀라 돌아섰다.

비운성도 귀도도 놀라고 있었다.

"아버님!"

"교주님!"

비현상과 나의 주위를 오색의 물결이 미친 듯이 휘감았다. 그것은 곧 광포한 회오리바람이 되어 우리 주위를 휘몰아쳤다.

회오리 주위로 다가서던 비운성과 귀도가 그 기운을 이기지 못하고 뒤로 튕겨 나갔다.

그 거친 회오리 속에서 난 똑똑히 보았다. 비현상의 몸에서 무엇인가 빠져나오고 있는 것을. 사람의 형체를 한 그것은 꿈에서 본 그것이었다. 오색천마혼이 내 몸 안으로 흡수되기 시작했다.

"안 돼!"

비현상이 처절한 절규를 외치며 오색천마혼을 붙잡으려 했다. 하지만 오색천마혼은 마음이 돌아선 여인처럼 매정하게 그를 버렸다. 오색천마혼이 내 몸에 완전히 흡수되는 순간.

비현상이 내 가슴에 일장을 날렸다.

갈비뼈가 모두 부서지는 그날의 고통이 다시 찾아들었다. 왜 내가 죽지 않았는지 이제야 알 수 있었다. 몸 안에 흡수된 오색천마혼이 나를 살려낸 것이다.

"으아아아아악!"

비현상의 비명이 극에 달하는 순간 멸천환혼술이 깨어졌다.

*　　　　*　　　　*

내팽개쳐지듯 떨어져 내린 곳은 하서평이었다.

유월이 왈칵 피를 토해냈다. 피의 양과 색으로 봐서 돌이킬 수 없는 내상을 입은 상태였다. 비현상에게 얻어맞은 가슴이 말할 수 없이 아팠다.

유월이 힘겹게 몸을 일으켰다. 어리둥절한 표정으로 철염기와 철무쌍이 나를 쳐다보고 있었다. 그 뒤에 늘어선 철기대의 시선 또한 비슷했다. 어둠이 유월을 휘감자마자, 곧바로 다시 토해낸 것이다. 멸천환혼술 속에선 긴 시간처럼 느껴졌지만 현실에서는 찰나의 순간인 것이다.

유월이 힘겹게 몸을 일으켜 세웠다. 단전은 완전히 비어 있었고 몸 상태는 엉망진창이었다.

철무쌍이 환마에게 물었다.

"이게 어떻게 된 일이오?"

환마가 사악하게 웃었다.

"그는 멸천환혼술을 깨지 못했소. 이제 남은 것은 죽음뿐이오."

철염기와 철무쌍이 믿을 수 없다는 표정을 지었다. 무형창까지 통하지 않던 상대를 찰나간에 제압했으니 그들이 놀라는 것도 당연했다.

유월이 힘겹게 물었다.

"…생문이 뭐였지?"

유월의 입에서 끊임없이 검은 피가 쏟아져 나오고 있었다.

환마가 승자의 눈빛으로 답했다.

"넌 분명 생문의 역할을 지닌 이를 만났지."

"그게 누구였지?"

"그를 죽이기까지 했는데 모르겠다는 건가?"

무슨 말인지 알 수 없었다. 자신이 죽인 사람이라고는…….

순간 유월이 깜짝 놀랐다. 한 사람이 있었다. 정무관에서 자신을 죽이려던 그 사내. 입부원서를 내밀던 바로 그 사내. 그가 죽인 이는 오직 그뿐이었다.

"그가 말하지 않았나? 아무것도 하지 않는 게 옳은 일이라고."

분명 그랬었다. 그 말을 두 번이나 반복해서.

"생문은 바로 그였다. 그에게 죽임을 당했으면 역으로 내가 당하는 것이었지. 하지만 마인은 절대 그러지 않는다. 아니, 못하지. 살기 위해선 상대를 죽여야 하니까. 그렇게 살아왔고, 그렇게 살아가는 것이 마인들이니까. 마인의 숙명이지."

그의 말이 옳았다. 그 상황에서 곱게 죽어줄 마인은 없었다. 그가 펼친 멸천환혼술은 그래서 마인들은 절대 깰 수 없는 것이었다.

그럼에도 환마가 감탄했다.

"과연 넌 대단하구나. 보통의 경우라면 환술이 깨지는 순간 절명했을 터인데, 아직까지 살아 있다니."

유월의 몸이 스르륵 허물어져 갔다. 억지로 나락도에 지탱해 쓰러지지 않으려 애썼지만 그조차도 힘에 부쳤다. 죽음이 성큼 다가왔다고 느낀 바로 그때였다. 머릿속에 누군가의 말이 울려 퍼졌다.

"그의 말은 틀렸다."

유월이 힘겹게 주위를 둘러보았다. 자신에게 전음을 보낼 사람은 아무도 없었다.

순간 떠오르는 하나의 영상. 환술 속에서 자신을 향해 달려들던 오색천마혼의 무서운 얼굴이 그려졌다.

다시 머릿속에서 말이 울려 퍼졌다.

"멸천환혼술 따위가 널 죽일 순 없다. 내가 널 위해 환술을 바꿨다."

"뭐?"

유월의 말에 환마가 의아한 표정을 지었다. 아무 말도 하지 않은 자신에게 뭔가 물었다고 착각한 것이다. 그러나 이내 미소를 지었다. 죽기 전 마지막 환영에 빠졌다고 생각한 것이다.

"비현상을 통해 본 운기를 기억하겠지?"

비현상의 몸이 투명해졌을 때 자신도 모르게 익힌 그것을 말했다.

유월이 본능적으로 오색혈마공을 운기했다.

순식간에 몸이 가벼워지며 가슴이 후련해지기 시작했다.

유월을 바라보던 환마가 철염기를 향해 나직이 말했다.

"자네들이 마무리 짓게."

철염기가 고개를 숙였다. 완전한 패배였다. 환마의 환술이 이토록 무서울 줄 그 역시도 알지 못했다.

철무쌍이 유월에게 다가갔다. 환마와 철염기가 돌아섰다.

그때 놀란 철무쌍의 외침이 들려왔다.

"형, 형님!"

철염기와 환마가 황급히 돌아섰다. 두 사람의 눈이 동시에 부릅떠졌다.

유월의 몸 뒤로 거대한 것이 몸을 일으키고 있었다. 보는 이의 영혼을 뒤흔들며 오색천마혼이 가소로운 눈빛으로 그들을 내려다보았다.

유월의 의지에 의해… 그렇게 오색천마혼이 유월의 몸에서 해방되었다.

第五十三章

시가전

刀霸魔爭

시장 골목은 더없이 적막했다.

바람에 나뒹구는 쓰레기들이 그곳을 떠난 상인들의 다급함을 말해주고 있었다.

다섯 명의 철기대가 골목에 접어들었다. 사방을 주시하는 그들의 눈빛이 매서웠다. 둘은 말을 타고 있었고, 셋은 걷고 있었다. 말을 탄 이들도 내린 이들도 모두 검을 들고 있었다. 이런 좁고 복잡한 골목에서 창은 최악의 선택이란 것을 그들은 잘 알고 있었다. 낮은 담장 너머 줄에 걸린 빨래가 가볍게 흔들렸다.

쉭!

어디선가 날아온 화살이 말을 탄 사내의 목에 박혔다. 목을 부여 쥐며 사내가 말에서 굴러 떨어졌다.

"좌측 위다!"

옆에 섰던 사내가 말을 박차고 날아올랐다. 비격탄이 날아든 왼쪽 건물을 향해서였다. 그의 뒤를 따라 나머지 세 사내가 함께 몸을 날렸다.

네 사내가 일층 지붕 위로 가볍게 내려섰다. 화살은 이층 창문에서 날아왔다. 철기대 사내가 품에서 비격뢰를 꺼냈다.

툭.

창 안으로 비격뢰를 던져 넣은 사내들이 좌우 벽에 몸을 밀착했다.

꽈아앙!

폭발이 일었다. 네 사내가 잇달아 창문 안으로 뛰어들었다. 자욱한 연기 속 어디에도 시체는 없었다.

탁탁탁.

문밖에서 들리는 발자국 소리.

"놈이다!"

사내가 품에서 두 자루의 유엽비도를 꺼냈다. 사내가 복도로 몸을 날리며 비도를 날렸다.

쉭쉭.

좁은 복도를 가르며 유엽비도가 날았다. 비도는 복도 끝 벽에 박혔다. 이미 발자국 소리를 낸 상대는 일층으로 뛰어 내려간 후였다.

"뒤!"

철기대 사내가 살기를 느끼고 돌아서는 순간,

"늦었어."

쉭쉭쉭쉭쉭!

자신들이 들어왔던 뒤쪽 창에서 비격탄이 쏟아졌다. 목표는 상대의 얼굴이었다.

짤막한 비명을 내지르며 철기대 사내 둘이 쓰러졌다. 뒤에 있던 철기대는 화살을 튕겨내며 복도로 몸을 날렸다. 그 순간, 천장이 무너지듯 열리며 누군가 뛰어내렸다.

서걱.

사내의 목을 그어버린 검이 다시 회전하며 또 다른 사내의 얼굴을 찔러갔다.

까앙!

철기대 사내가 가까스로 막았지만 한발 늦은 대처였다. 날아든 검이 워낙에 빨랐던 탓이었다. 창에 비껴진 검이 그의 눈에 박혔다.

검을 찔러 넣은 사내는 바로 비호였다. 창밖에서 비격탄을 날린 오조원들이 방 안으로 들어왔다.

"이동한다."

비호가 빠르게 그들을 데리고 복도를 빠져나갔다.

지금 난주의 시장 골목은 숨 막히는 시가전이 한창 펼쳐지고 있었다. 매복을 한 쪽은 흑풍대였고, 소탕전을 펼치는 쪽은 철기대였다. 단 한 번의 실수가 죽음으로 이어지는 생사투였다.

흑풍대가 숲을 경유해 탈출을 감행한 것은 그야말로 최선의 선택이었다. 물론 그 과정에서 네 명의 흑풍대가 희생당했다. 반면 철기대의 희생은 없었다. 흑풍대는 오직 이곳으로 후퇴하는 것을 최우선으로 했다.

이곳에 도착한 후 상황은 반전되었다. 그것은 두 부대의 성격과도 관련있었다. 지금까지 임무를 수행해 온 경험이 완전 달랐다. 철기대의 훈련이나 임무는 주로 넓은 곳에서의 전면전이 대부분이었다. 물론 시가전에 대한 훈련을 받지 않은 것은 아니었다. 하지만 훈련과 실전은 엄연히 차이가 있었다.

싸움에서 이기려면 적이 무엇을 원하는지 아는 것이 최우선이다. 철기대는 흑풍대의 전멸을 원하고 있었다. 그것은 흑풍대의 입장에서는 매우 다행스런 일이었다. 두 개의 철기대는 알게 모르게 서로 경쟁을 하고 있었다. 흑풍대를 뒤쫓은 철기대가 초반에 무리를 한 것도 그 때문이었다. 이미 사십여 명의 희생을 낸 철기대였다. 수적인 우세로 밀어붙이던 철기대가 결국 작전을 바꿨다.

철기대가 완전히 시장 골목을 포위했다. 오직 장창 한 자루에 의지해 강호를 종횡하던 그들이 말과 창을 버렸다.

건물마다 비격뢰를 던져 넣고 진입했다. 그 어떤 작전에서도 비격뢰를 사용하지 않던 그들이었다. 그건 철기대의 자존심 문제였다. 그 철기대가 이제 자존심을 버린 것이다. 흑풍대는 매복이 한층 더 어려워졌다.

그 가운데 단연 활약이 큰 사람은 백위였다. 백위의 패력시는 철기대의 수호갑을 단숨에 꿰뚫었다. 어둠 속의 암살자처럼 백위는 하나씩 적들을 해치웠다. 문제는 패력시가 다 떨어졌다는 데 있었다. 죽인 적에게서 패력시를 회수하는 것도 한계가 있었다.

"망할."

저 멀리 골목을 정찰하러 나선 철기대 사내를 내려다보며 백위가 이를 갈았다. 패력시만 있다면 단숨에 죽일 적이었다. 비격탄으로 정확히 얼굴을 맞히기엔 부담스런 거리였다. 공연히 이쪽의 위치만 알릴 가능성이 높았다.

뛰어내려 목을 비틀어 버릴까 고민했지만 그건 무리였다. 철기대는 오 인 일조로 편성되어 시장 골목을 수색했다. 골목으로 뛰어내려 놈을 해치우는 동안, 골목 밖에 대기하던 네 명의 철기대가 일제히 달려들 것이다. 그냥 맞상대해도 문제였지만 혹시라도 그들이 비격뢰를 던진다면 그대로 끝장인 것이다.

약속된 휘파람 소릴 내며 비호가 백위가 있던 방 안으로 들어왔다.

피 묻은 패력시 두 발을 건네며 비호가 속삭였다.

"오던 길에 회수해 왔습니다."

술을 반기듯 백위가 히죽 웃었다.

"역시 너밖에 없구나."

"새삼스럽소."

"일단 저놈부터 조지고."

쇄애앵.

패력시가 철기대 사내를 꿰뚫었다. 지켜보던 비호가 감탄했다. 비격탄 사정거리를 벗어난 상대였다. 제법 먼 거리였는데 정확히 상대를 쓰러뜨린 것이다.

골목길 끝에 몸을 반쯤 숨긴 네 사내의 모습이 보였다. 사내 하나가 뒤로 빠지는 것으로 봐서 지원을 부르러 가는 것이 틀림없었다. 패력시로 잡아내기엔 너무 먼 거리였다. 게다가 한 발밖에 없었다.

골목 끝을 살피며 비호가 나지막이 말했다.

"싸움이 길어질 것 같습니다."

백위가 그 의견에 공감했다.

"우릴 말려 죽이려 들 텐데."

"그렇겠지요."

비호의 얼굴에 걱정이 스쳤다. 흑풍대나 철기대쯤 되면 아무리 불리한 싸움이라도 금방 적응을 하게 된다. 초반의 우세가 지금에 이르러 팽팽해진 것이 그 증거였다.

펑! 펑! 펑!

철기대가 터뜨린 연막탄이 터져 올랐다. 골목에 자욱한 연기가 피어올라 시야를 가렸다.

"옵니다!"

말을 탄 철기대 하나가 결사대처럼 연막을 가로질렀다. 연막 때문에 비격탄으로 얼굴을 맞히기 힘들었다.

쉭. 쉭. 쉭.

그가 주위 건물의 창으로 비격뢰를 던져 넣었다.

꽈아앙!

폭음이 이어졌다. 곧이어 비호와 백위가 있던 방 안이 통째로 날아갔다. 물론 두 사람이 창문을 통해 방 안을 빠져나간 이후였다. 여덟 명의 철기대가 골목 안으로 뛰어들었다. 각기 네 명씩 흩어져 좌우 건물로 날아올랐다.

퍽.

비격뢰를 던져 넣던 철기대 사내 하나가 패력시를 맞고 말에서 추락했다. 들고 있던 비격뢰가 폭발을 일으켰다.

쉭쉭쉭!

패력시가 날아든 곳을 향해 암기가 날았다. 백위가 지붕 위를 내달렸다. 그의 옆으로 암기가 날아와 박혔다.

허공을 날아오른 백위가 지붕 너머로 건너편 옥상 위로 뛰어내렸다. 하얀 천이 가득히 널린 그곳으로 백위가 스며들 듯 모습을 감췄다. 곧이어 네 명의 철기대가 옥상 위로 내려섰다.

철기대 사내 하나가 수신호를 보냈다. 신중히 움직이란 명령이었다.

검을 뽑아 든 네 사내가 둘씩 나눠져 갈라졌다. 옥상 위는 적막했다. 내딛는 한 걸음마다 긴장감이 감돌았다.

사내 하나가 검으로 천을 스윽 걷어내는 순간,

쉬익!

벼락같이 내질러진 검이 날아들었다. 비호의 검은 정확히 사내의 목을 노리고 있었고 목적을 이루었다. 하지만 당한 사내가 검을 붙잡고 놓지 않으리란 것은 예상하지 못한 바였다.

옆에 있던 사내의 검이 비호를 찔러왔다. 비호가 검을 놓고 몸을 굴렀다. 사내의 검이 비호의 얼굴을 스치며 지나갔다. 비호가 또 다른 검을 뽑아 사내의 검을 막았다.

철기대 사내의 검술은 매서웠다. 철기대에 들어오기 전 검을 주로 쓰던 자가 틀림없었다. 쉭쉭 매서운 바람 소리를 내며 날아드는 검을 비호가 바닥에 누운 채 막아냈다.

'젠장!'

비호가 팔 하나를 내줄 각오를 하고 무리하게 몸을 일으키려는 순간, 찔러오던 사내의 검이 허공에서 멈췄다. 검이 바르르 떨리기 시작했다.

우두두둑.

목이 꺾이는 소리가 들리더니 이내 사내가 빨랫줄에 걸린 천을 뒤집어쓴 채 쓰러졌다. 백위가 씩 웃으며 손을 내미는 순간,

또르륵.

두 사람이 서 있던 곳으로 무엇인가 굴러왔다. 비격뢰였다.

"피해!"

두 사람이 서로 반대 방향으로 몸을 날렸다. 폭발이 옥상을 휩쓸었다. 시커멓고 매캐한 연기가 옥상을 뒤덮었다.

비호가 몸을 날린 쪽이 비격뢰가 굴러온 쪽이었다. 두 바퀴 연속해서 몸을 구른 비호의 쌍검이 허공을 갈랐다. 본능적인 예측검기였다.

쉭쉭!

검기가 연기를 반으로 갈랐다. 아쉽게도 비명 소리는 하나였다.

다시 비호가 옥상 구석의 창고 벽에 기대섰다. 비호가 고통을 참으며 이를 악물었다. 어깨에 어른 손가락만 한 철 파편이 깊게 박혀 있었다.

그때 비호의 눈빛이 번뜩였다. 자신의 발 앞으로 숨죽인 그림자를 발견한 것이다.

'위다!'

쉬이익!

비호가 몸을 비틀어 돌아서며 검기를 뿌렸다. 비호의 머리를 노리며 뛰어내리던 철기대 사내의 수호갑이 잘려 나갔다. 피를 뿜었지만 상처가 깊지 않았는지 사내는 죽지 않았다.

뛰어내린 사내가 검을 휘둘렀다. 비호가 다시 땅바닥을 굴렀다. 그 충격으로 어깨에 박힌 파편이 더욱 깊게 박혔다.

따앙!

두 사람의 검이 정신없이 부딪쳤다. 두 사람은 죽을힘을 다해 검을 찌르고 막고 있었다. 그야말로 오직 상대를 죽이기 위한 싸움이었다.

사내가 비호를 올라탔다. 사내의 무릎에 어깨가 눌린 비호가 비명을 내질렀다. 사내의 검이 비호의 얼굴에 내리꽂히려는 순간,

빠악.

사내의 몸이 옥상 구석의 난간으로 날아가 처박혔다. 옆차기로 사정없이 상대를 날려 버린 사람은 갈평이었다. 구석에 처박힌 사내의 얼굴에 갈평의 비격탄이 쏟아져 박혔다. 사내가 축 늘어졌다. 갈평을 뒤따라온 두 명의 오조원들이 주위를 경계했다.

"괜찮습니까?"

갈평이 비호를 일으켜 세웠다. 비호가 한숨을 몰아쉬었다.

"그냥 놔두지. 나 죽으면 조장할 수 있잖… 아악!"

다시 비호가 비명을 질렀다. 갈평이 어깨에 박힌 파편을 사정없이 뽑아버린 것이다. 찌익, 옷자락을 찢어 갈평이 비호의 어깨를 싸맸다.

그제야 갈평이 앞서의 농담을 받았다.

"이 상황에 그걸 농담이라고 하십니까?"

"그렇다고 이렇게 아프게 뽑아?"

"뭐 예쁘다고 살살 뽑습니까?"

"이놈아, 죽느냐 사느냐 하는 판국인데 지금 농담해야지. 죽고 나서 하랴?"

"차라리 내가 죽죠. 내 제삿날에 향이나 피워주며 하십시오."

비호가 그 절절한 정에 피식 웃었다. 갈평이 비호를 일으켜 세웠다.

"사조장은?"

묻고 나서 아차 싶어 비호가 황급히 백위를 찾아 주위를 살폈다.

"걱정 마십시오."

갈평의 시선이 건너편 옥상으로 향했다. 시커멓게 그을린 얼굴로 백위가 철기대 사내의 목을 꺾고 있었다. 백위가 비호를 향해 손을 흔들었다. 비호가 안도하며 손을 들어 보였다.

"워낙 단단하니 비격뢰도 안 박히나 보다."

"어디가요? 머리가요?"

"까분다."

"이제 제 심정 아시겠죠?"

농담이 오가는 와중에도 그들은 엄중히 주위를 살폈다.

비호가 걱정스럽게 물었다.

"우리 조 상황은?"

비호의 물음에 갈평이 살짝 고개를 내저었다.

"별로 좋지 않습니다."

"몇이나 당했지?"

"현재 파악된 숫자만 넷입니다."

"젠장."

비호가 이를 갈았다. 어차피 그 정도 피해는 예상했지만 막상 현실이 되고 보니 마음이 심란했다. 게다가 아직 싸움은 끝나지도 않았다. 얼마나 더 희생자가 나올지 알 수 없는 일이었다.

"개자식들! 그래, 어디 한번 해보자."

비호와 오조원들이 다시 옥상을 뛰어넘어 사라졌다.

저 멀리 또 다른 건물에서 폭음이 터져 나왔다. 폭발이 가라
앉자 다섯의 철기대가 시간을 두고 진입했다. 이층으로 난입
한 철기대가 일층으로 내려왔다.

"이상없습니다."

묵묵히 고개를 끄덕이며 보고를 듣는 이는 철기 삼대장 한
기영이었다.

"우리 쪽 피해 상황은?"

"큽니다. 특히 초기에 진입했던 일대의 피해는 막심합니
다."

한기영은 한바탕 욕이라도 쏟아내고 싶은 얼굴이었다. 막연
히 흑풍대에 비해 한 수 위라고 생각해 온 그였다. 하지만 막
상 뚜껑을 열고 보니 흑풍대는 상상 이상이었다. 다른 상황이
라면 시가전이라는 최악의 상황 연출을 하진 않았을 것이다.
하지만 어쩔 수 없었다. 양쪽의 철기대가 임무를 나눈 이상, 반
드시 흑풍대를 처리해야 했다. 목숨보다 중요한 자존심이 걸
린 문제였다.

철기대 하나가 건물 안으로 뛰어들어 왔다.

"구해왔습니다."

그가 내민 것은 서찰처럼 접힌 종이였다. 한기영이 부서진
탁자를 일으켜 세웠다. 그 위에 종이를 펼쳤다. 그것은 인근의
건물 배치도였다.

수하 하나가 재빠르게 설명했다.

"이 구역과 이 구역은 완전히 저희가 접수를 했습니다. 놈들

은 지금 이곳과 이곳, 그리고 이곳에 집중된 것으로 보입니다."

묵묵히 고개를 끄덕인 한기영이 재빨리 명령을 내렸다.

"이곳으로 삼대를 집중 배치한다. 일대와 이대에게 작전 내용을 전하도록."

"알겠습니다."

사내가 지도를 챙기는 순간,

꽈다당.

이층 계단에서 사내 하나가 미끄러져 내려왔다.

한기영이 본능적으로 검기를 날리려던 순간 공격을 멈췄다. 떨어져 내려온 사내는 철기대였다. 정신을 잃은 그의 손에서 무엇인가 굴러 나왔다.

또르르.

비격뢰였다.

"젠장! 피해라!"

한기영이 창을 부수며 밖으로 튕겨져 나왔다. 그의 등으로 거센 바람이 밀려들었다. 푹하고 등에 박힌 파편 조각이 차갑게 느껴졌다. 바닥을 뒹굴어 몸을 일으켰다. 자욱한 연기 사이로 철기대 하나가 비틀거리며 걸어나오더니 이내 픽 쓰러졌다. 너무 가까이서 터졌기 때문에 수호갑이 무용지물이 된 것이다.

인상을 일그러뜨리던 한기영이 등 뒤의 살기에 홱 돌아섰다.

세찬 바람을 일으키며 날아든 주먹이 배에 박혔다. 진패였다.

퍼억!

최대한 몸을 비틀어 피하지 않았다면 즉사했을 충격이었다.

주르륵 뒤로 밀리며 한기영이 검을 휘둘렀다. 하지만 본래의 반도 못 미치는 위력과 속도였다. 몸을 기울이며 가볍게 검을 피한 진패의 주먹이 다시 한 번 그의 가슴에 날아들었다.

가죽 부대가 터지는 소릴 내며 그의 오장육부가 뒤틀렸다. 한기영이 울컥 피를 쏟아냈다.

"…제기랄."

한기영은 억울했다. 제대로 자신의 실력을 발휘해 보지도 못하고 죽게 된 것이. 진패의 눈빛이 말하고 있었다. 결국 싸움이란 이런 게 아니겠느냐고. 흑풍대니 철기대니 거창한 이름을 달고 있지만 결국 서로를 죽이기 위해 수단 방법을 가리지 않는 것은 뒷골목 파락호나 다르지 않다고. 그게 전쟁이고 싸움이지 않느냐고.

진패의 비격탄이 고통스러워하는 그의 숨을 끊었다. 곧바로 진패가 건물 사이로 사라졌다.

죽고 죽이는 혈투는 그렇게 한낮까지 이어지고 있었다.

*   *   *

유설표국의 별채에 마련된 주방은 텅 비어 있었다.

탁자 위에 마련된 음식은 차갑게 식어가고 있었지만 아무도

식사를 하지 않았다. 이조원들과 삼조원들은 자신의 위치를 지킨 채 경계를 서고 있었다. 평소처럼 비번을 서는 인원도 없었고, 그 누구도 이번 싸움에 대해 이야기를 나누지 않았다. 그저 묵묵히 침묵할 뿐이었다.

비설은 방에서 나오지 않고 있었다. 그때까지도 무옥은 비설의 방 앞을 꼼짝도 않고 지키고 있었다. 복도 끝에서 진명이 걸어왔다. 분위기가 분위기인지라 진명 역시 잔뜩 긴장한 얼굴이었다.

진명이 고갯짓으로 비설의 방을 가리켰다. 아직까지 방에만 있냐는 물음이었다. 무옥이 고개를 끄덕였다. 진명이 가볍게 한숨을 내쉬었다. 진명이 나란히 무옥 옆에 앉았다.

"배 안 고파?"

"괜찮아. 넌?"

"밥이 넘어갈 것 같지 않다."

차라리 선배들을 따라 싸움을 나갔으면 싶은 심정이었다. 그렇다면 이렇게 초조해하지는 않을 것인데.

진명이 걱정스럽게 물었다.

"설이는 괜찮겠지?"

"당연히."

두 사람의 대화가 들렸는지 방문 안에서 비설의 목소리가 들렸다.

"들어와."

두 사람이 방 안으로 들어섰다. 실컷 울었는지 비설의 눈은

퉁퉁 부어 있었다. 두 사람을 방 안으로 들인 후 비설은 다시 원래 서 있던 창가로 걸어갔다. 그녀의 시선은 별채와 본관을 이어주는 문에 고정되어 있었다. 금방이라도 유월이 들어올 것만 같았다.

평소 같지 않은 비설의 분위기에 두 사람은 아무 말도 하지 않았다. 그저 묵묵히 비설의 가녀린 등을 바라보았다. 하산 전, 그녀의 삶을 생각한다면 지금의 일들이 얼마나 그녀의 어깨를 무겁게 짓누르는지 두 사람은 짐작할 수 있었다. 그래서 비설이 가여우리만치 안타까웠다.

비설이 침묵을 깼다.

"오라버니가 돌아오시면… 대천산으로 돌아갈까 해."

진명과 무옥이 깜짝 놀랐다. 진명이 이내 고개를 끄덕였다. 그녀의 심정이 이해가 갔기 때문이었다. 하지만 무옥은 아니었다.

비설의 등을 향하던 무옥의 시선이 자신의 발끝을 향했다.

"네 꿈은 어쩌고?"

순간 비설의 눈빛이 깊어졌다.

그래, 그건 꿈이었다. 꼭 이뤄야 할 꿈.

문득 비설의 마음에 하나의 영상이 떠올랐다.

그것은 마차 밖의 풍경이었다.

열 살 남짓한 꼬마들.

강호사에 휘말려 부모를 잃은 아이들.

남루한 복장과 꼬질꼬질한 얼굴들.

그 아이들이 일렬로 늘어서 자신을 바라보고 있다.

그때 자신도 비슷한 또래였다.

아이들은 자신이 서 있는 곳으로 올 수 없었다. 영원히 다가올 수 없는 보이지 않는 벽이 가로막고 있었으니까.

아이들이 벽 너머로 보내온 것은 슬픔이었다. 그들이 선택한 슬픔이 아니었다. 단지 강호인의 자식이었기에 겪는 슬픔이었다.

그날 아이들의 꿈은 자신의 꿈이 되었다.

오직 유모만이 알고 있는 어린 시절의 추억이자 비밀이었다.

그 아이들도 이제 성인이 되었을 것이다.

하지만 언제나 비설의 마음속에는 그들은 아이들이었다.

강호의 아이들을 위해 비설이 세운 구체적인 계획이 있었다. 단지 돈으로 그들을 도우려는 것이 아니었다. 건물을 세워 비와 바람을 막아주고 밥을 먹여주는 그런 도움이 아니었다. 그들에게 무공을 가르쳐 강하게 하는 계획도 아니었다.

소박하지만 거창한, 단순하지만 대단한, 손수 번 돈으로 이룰 때 가장 빛날, 그녀의 꿈은 그러했다.

비설의 얼굴에 그림자가 드리웠다.

"꿈같은 거 애초에 없었어."

무옥의 자조 섞인 말이 흘러나왔다.

"그런 말이 있지. 내가 꿈을 버리지 않으면 꿈은 나를 버리지 않는다고. 꿈을 버리는 것은 언제나 꿈을 꾼 자들이지."

비설이 돌아섰다. 그녀의 눈이 차갑게 빛났다.

"꿈 따윈 없었다고 했지?"

"그럼 지금처럼 화를 낼 필요도 없겠지."

무옥은 팽팽히 맞섰다. 진명이 그러지 말라고 눈짓을 했지만 무옥은 듣지 않았다.

"한 번 좌절했다고 꿈 따윈 없었다고 말하지 마! 그리고 아직 좌절 따윌 말하긴 일러."

"네 일이 아니라고 함부로 말하는군."

"그럼 이 정도 난관도 없을 것이라 생각하고 하산을 한 거였어? 정말 넌 철딱서니 교주 따님이셨어?"

짝!

진명이 무옥의 뺨을 쳤다.

"그만 해!"

무옥이 화난 눈빛으로 진명을 노려보았다. 하지만 진명은 평소처럼 주눅 들지 않았다. 진명이 비설을 향해 가볍게 고개를 숙였다.

"죄송합니다, 아가씨."

진명이 무옥의 팔을 잡아끌었다.

"이거 놔!"

무옥이 진명의 손을 거칠게 뿌리쳤다.

"또 맞을래?"

진명은 정말 화난 얼굴이었다. 이렇게 화난 모습은 처음이었다. 발끈하며 진명에게 덤벼들려던 무옥의 기세가 한풀 꺾였다.

진명이 냉정하게 말했다.

"언제나 네가 옳다고만 생각하지 마. 넌 내가 아는 그 누구보다 똑똑한 친구야. 하지만 언제나 네 생각이 옳을 순 없어."

무옥이 입술을 깨물었다. 진명이 무옥의 어깨에 손을 얹었다.

"옥아, 네 마음 이해하지만… 아악!"

무옥이 사정없이 진명의 팔을 비틀었다. 진명이 아파 죽겠다며 고함을 질렀다. 무옥이 넘어진 진명의 엉덩이를 걷어찼다. 진명이 개구리처럼 철퍼덕 넘어졌다.

"누구한테 멋진 척이야?"

넘어진 채로 진명이 쏘아붙였다. 잘난 척이 아니라 멋진 척인 것은 진명의 말에 마음이 흔들린 탓이었다.

"야! 이 철부지 계집애야!"

"뭐? 계집애?"

두말 않고 무옥이 몸을 날렸다.

"내가 지금까지 참았다. 이제 못 참아!"

"얼씨구. 그럼 한번 덤벼보시지?"

두 사람이 바닥을 뒹굴며 엉겨들었다.

지켜보던 비설이 끝내 웃음을 터뜨렸다.

무옥과 진명이 다툼을 멈추고 동시에 돌아보았다. 무옥에게 깔린 진명이 소리쳤다.

"웃었다!"

그러자 비설이 더욱 환하게 웃었다.

"그래. 너희들 하는 짓이 하도 웃겨서 웃었다."

그래, 우울한 것은 어울리지 않는다. 억지로라도 힘을 내자. 비설이 '아자' 하며 힘을 냈다.

비설이 창가에 걸터앉아 다리를 앞뒤로 흔들었다.

"방금 전 그게 흑풍대원 둘이 싸운 거야? 아무리 신입이라지만 너무한 거 아냐? 누가 보면 신방 차린 줄 알겠다."

신방이란 말에 진명의 볼이 붉어졌다.

"그야 안 다치게 하려고 내가 봐준 거지."

"그래서 그렇게 이를 악무셨어?"

"흥! 상대가 워낙 고약해서 말이지."

"저런 약골 신랑은 이쪽에서 사절입니다."

"누가 할 소리!"

아옹다옹 두 청춘의 사랑스러운 다툼을 들으며 비설이 창밖으로 몸을 돌렸다. 우울하던 기분이 많이 풀렸다. 그래서 친구가 좋구나란 생각이 들었다.

창틀에 걸터앉아 그녀가 하늘을 올려다보았다. 하늘은 시리도록 푸르렀다. 풍덩 하고 뛰어들고 싶은 하늘이었다. 구름 위에 누워 하늘 끝까지 흘러갈 수 있을 것만 같았다. 그 시원한 하늘이 보내준 한줄기 바람이 그녀의 마음을 위로했다.

'오라버니, 어서 돌아오세요. 보고 싶어요.'

비설의 응원을 담은 바람이 그곳에서 조금 떨어진 본관의 지붕 위로 불어갔다. 그 지붕 끝에 세영과 검운이 나란히 서 있었다.

세영이 하늘을 올려다보며 숨을 들이마셨다.

"날씨 좋네."

검운은 원래의 시선을 고수했다. 그가 바라보는 곳은 표국의 대문 밖이었다. 당장이라도 뛰쳐나가고 싶은 욕망을 그는 간신히 참고 있었다.

그런 욕망을 잊고 싶었는지 검운이 물었다.

"혼인식은 언제 하려고?"

갑작스런 질문에 세영이 조금 당황했다. 혼인식이라. 그러고 보니 혼인식부터 올려야 할 상황이었다.

"글쎄."

"서둘러라. 미룰 일 아니다."

세영이 희미하게 웃었다. 비록 축하한다는 말은 하지 않았지만 말속에 담긴 진심이 느껴졌다.

"선물 뭐 해줄래?"

"뭐 갖고 싶은데?"

"제수씨."

"부용이 얘기라면 그만 해……. 이미 다 잊었다."

"인연이라니까."

그때 정문이 열리며 난주 분타주 송옹이 달려들어 왔다.

두 사람이 훌쩍 지붕에서 뛰어내려 그에게로 달려갔다.

인사가 오갈 여유도 없었다. 지금까지 이런 큰일을 겪어보지 못한 송옹은 당황한 기색이 역력했다. 송옹이 빠르게 말했다.

"지금 흑풍대와 철기대가 시장에서 난전 중이오."

"대주님도 거기 계시오?"

세영의 물음에 송옹이 고개를 내저었다.

"거기까진 확인할 수 없었소. 일단 접근 자체가 불가능한 상황이오. 느낌상 두 패로 나눠진 것 같은데."

이번에는 검운이 다급히 물었다.

"양쪽의 전황은 어떻소?"

"죄송한 얘기지만 그 역시 알 수 없소. 하서평 쪽은 트인 지형이라 가까이 접근을 할 수가 없고, 시장 거리는 완전히 연기와 피비린내로 뒤덮였소. 한데 한 가지 이상한 점이 있소이다."

"그게 뭐요?"

"적들의 숫자가 맞지 않소. 하서평에 나간 애들의 보고에는 적들이 이백이 넘는다고 했소. 그런데 난주 시내로 들어온 인원도 그와 비슷하다는 보고였소. 물론 정확한 정보가 아니라는 전제가 있긴 해도."

"양쪽 다 적인 것이 확실하오? 혹시 우리 쪽 철기대가 온 것이 아니오?"

역시 확신할 수 없다는 듯 송옹이 고개를 내저었다.

검운과 세영의 눈빛이 마주쳤다.

이곳 유설표국으로 철기대가 몰려올 가능성은 희박해 보였다. 그리고 전황에 변수가 발생한 것이 틀림없었다. 일단 송옹부터 다시 보내야 했다.

"일단 계속 상황을 보고해 주시오. 동원할 수 있는 모든 인원을 동원하시오."

"알겠소이다."

송웅이 황급히 그곳을 떠났다.

바람이 분다. 사납고 위험한 바람이 분다. 위기를 알리는 바람이었다. 바람을 맞으며 검운이 말했다.

"다섯만 데리고 내가 간다."

말려야 할 세영은 뭔가 골똘히 생각에 잠겨 있었다. 검운은 서로 가겠다는 무의미한 논쟁을 피하고 싶었다. 세영은 지난 싸움에서 삼조의 피해가 컸던 것을 들어 자신이 가려 할 것이다. 그래서인지 검운은 단호히 행동했다. 검운이 멀리 경계를 서고 있는 엽평을 손짓해 불렀다. 엽평이 날 듯이 달려왔다.

"가서 애들 다섯만 뽑아와. 지원자로."

"별동대인 겁니까?"

"그래. 넌 빠지고."

되돌아 달려가는 엽평은 대답하지 않았다. 분명 그는 자신을 포함해 다섯 명을 뽑아올 것이다. 검운이 가볍게 한숨을 내쉬었다. 엽평만은 가족에게 무사히 돌려보내고 싶은 심정이었다. 하지만 엽평의 성격을 알았기에 말릴 수 없다는 것도 알았다.

반대로 세영의 반응은 의외였다.

"그래, 네가 가라."

"고맙다."

죽음의 길이 될지도 모를 일에 검운은 고마워하고 있었다. 그게 검운이란 사내의 본질이었다.

"대신… 내게 한 가지 생각이 있다. 그 일은 네가 적임이다."

세영의 진지한 눈빛이 반짝이고 있었다.

*　　　*　　　*

"문주님, 안 됩니다!"

허유의 다급한 만류를 꼬리에 달고 만수문주 민충표가 말을 내달렸다. 만수문에서 군사의 역할을 맡고 있는 허유의 만류는 집요했다.

"잠시만 멈추십시오. 제 말을 듣고 가셔도 늦지 않습니다."

결국 민충표가 말을 세웠다. 허유와 그 뒤를 따르던 이십여 명의 백수당의 무인들이 일제히 말을 세웠다.

"말리지 마라. 내 눈으로 직접 확인해야겠다."

민충표가 만수문을 박차고 달려온 것은 백화방이 하루아침에 몰살을 당했다는 소식 때문이었다. 황당할 정도로 믿을 수 없는 보고였다. 기쁘면서도 얼떨떨했다. 허보라고 생각했지만 진짜일지도 모른다는 생각이 들었다. 결국 참지 못하고 자리를 박찬 것이다.

허유가 도균에게 꾸짖듯 다시 물었다.

"들어온 정보가 확실한 것이오?"

만수문에서 두 사람의 지위는 거의 비슷했다. 허유가 머리라면 도균은 몸통이었다. 자신에게 화를 내는 허유의 마음을 도균은 이해했다. 왜 함께 나서서 말리지 않느냐는 불만이리라. 하지만 도균 역시도 민충표와 함께 가서 직접 눈으로 확인하고 싶은 심정이었다.

"보고에 의하면 지금 백화방은 공동파의 무인들이 완전 출입을 통제하고 있다고 하오. 몰살까진 아니더라도 큰 변괴가 생긴 것은 틀림없는 것 같소."

백화방의 배후가 공동파니 그것은 이해할 수 있는 일이었다. 허유가 궁금한 것은 흉수였다.

"도대체 누구 짓이란 말이오?"

"거기까진 알 수 없소."

이 시점에서 민충표는 기련사패를 떠올렸다. 이곳 난주에서 그들을 몰살시킬 이유와 힘을 가진 사람은 자신이 아는 한도에서 그들뿐이었다.

'기련산의 늙은이들이 이제야 제 몫을 하는구나.'

민충표는 그 보고가 사실이길 바랐다. 만약 사실이라면 공동파가 다른 이를 내세워 뒷수습을 하기 전에 완전히 난주의 이권 사업을 장악해 버려야 했다. 사업이란 본디 계약서에 도장만 쿡 찍으면 끝이다. 명문정파를 자처하는 저들이 어쩔 것인가. 그래서 마음이 더 다급한 것이다. 직접 확인하고 빨리 움직여야 했다.

하지만 허유의 생각은 달랐다.

"도 당주의 말이 사실이라 해도 아직은 나설 때가 아닙니다. 혹여 그 일을 저희가 뒤집어쓸 수 있습니다."

"우리가 한 짓이 아닌데 그럴 리가 있나?"

"만약 공동파가 우리에게 복수를 하려 들면 어쩌시려고 그러십니까? 그들은 분명 희생양을 찾으려 들 겁니다. 아직도 모르시겠습니까? 그들이 화풀이를 하려 들면 우리처럼 좋은 대상이 어디에 있겠습니까?"

그 말에 민충표가 흠칫 놀랐다. 불난 집 구경 가는 마음으로 앞뒤 안 가리고 달려나왔지만, 생각해 보니 그 말이 옳았다.

"아무려면 공동파가 그런 파렴치한 짓을 할까?"

"설마 그들이 정파라 그러지 않을 것이다란 생각을 하시는 건 아니시겠지요?"

그 말은 확실히 효과가 있었다.

"그럼 어째야 하나?"

"일단 돌아가서서 전후 사정을 살피셔야 합니다. 그 후에 움직이셔도 늦지 않습니다."

구구절절 맞는 말이었지만 민충표는 망설였다. 기왕 나선 길인데 먼발치에서라도 보고 돌아갔으면 싶은 것이다. 도균이 그 마음을 읽었다.

"백화방 근처까지 가시죠. 멀리서도 그들의 상황을 살필 수 있을 겁니다."

민충표의 화색이 대번에 밝아졌다.

"그럼, 그럼. 싸우자는 게 아니지. 그냥 보고만 오자고. 바람 쐰다 생각하고."

허유가 내심 한숨을 쉬었다. 자고로 몸에 좋은 약은 쓰기 마련인 법. 단것만 즐기는 주인이야말로 군사가 가장 피해야 할 첫 번째였다. 지금 도균의 말은 꿀이었고, 민충표는 그 꿀맛을 기어이 보려는 우군(愚君)이었다.

결국 그들은 가던 길을 계속 달렸다.

저 멀리 시장 입구가 보였다. 그곳을 거쳐 가는 것이 백화방으로 가는 가장 빠른 길이었다. 평소와는 달리 그곳은 더없이 고요했고, 곳곳에서 검은 연기가 치솟고 있었다.

"불이 난 것인가?"

"그런 것 같습니다."

"가까이 가보지."

그들이 골목으로 더욱 가까이 접근했다.

고요했다. 적막감만이 감도는 그곳은 짙은 피비린내만을 풍겨내고 있었다. 군사 특유의 위기감이 허유를 자극했다.

"지금 당장 돌아가셔야 합니다."

하지만 민충표는 그의 말을 듣지 않았다. 오히려 겁쟁이같이 굴지 말란 눈빛을 보냈다. 무공을 모르는 허유는 알지 못했다. 그곳은 완전히 마기로 덮여 있었고, 민충표를 비롯한 만수문의 무인들이 흥분해 있다는 것을. 마기에 반응하기 시작한 것이다. 직접적인 마기가 아니었기에 그것은 두려움이 아니라

묘한 흥분을 일으켰다.

허유는 자연스럽게 뒤로 빠졌다. 그렇다고 혼자 돌아갈 수도 없는 일이었다.

그들이 본격적으로 골목에 접어들었을 때였다.

텅 빈 골목에는 횅한 바람만이 불고 있었다. 금방 귀신이라도 나올 것만 같았다. 뒤늦게 덜컥 겁이 난 민충표가 말고삐를 단단히 움켜쥐었다.

"도 당주, 어떻게 된 일인가?"

"큰 싸움이 벌어진 것 같습니다."

"돌아가지. 공연한 싸움에 휘말릴 필요는 없으니까."

불행히도 한발 늦은 선택이었다. 양쪽 건물에서 철기대 다섯이 모습을 드러냈다. 그들이 섬뜩한 기운을 뿜어냈다.

백수당의 무인 하나가 기세 좋게 소리쳤다. 백화방과의 지긋지긋한 싸움에서 터득한 선기세의 묘였다.

"너희, 뭐야?"

아쉽게도 그것이 그의 유언이 되었다.

푹!

장창이 날아와 사내의 가슴을 꿰뚫었다. 장창을 가슴에 꽂고 누운 무인의 모습에 모두들 가슴이 철렁 내려앉았다. 너무 빠르고 간단히, 그리고 순식간에 벌어진 일이라 오히려 현실감이 없었다.

도균이 검을 빼 들며 소리쳤다.

"보통 놈들이 아닙니다! 문주님, 피하십시오!"

말고삐를 돌리려는데 다시 창이 날아들었다.

살이 찢기는 소리가 연이어 들렸다. 백수당의 사내들이 창에 꽂힌 채로 연이어 쓰러졌다. 창은 많았다. 시가전을 위해 창을 두고 간 동료들의 것이었다. 이곳에 대기하던 다섯 명은 시장을 포위한 철기대 중 가장 외곽을 지키던 이들이었다.

한순간에 열 명의 무인들이 모두 창에 관통당해 죽었다. 민충표는 말을 내달리지 못했다. 한 발짝이라도 움직이면 당장에 창이 날아들 것 같았다.

"멈춰!"

도균이 소리쳤다. 상대는 마치 토끼 사냥을 하듯 한 창에 한 명씩 죽이고 있었던 것이다. 참지 못한 도균이 그들에게 달려들었다. 창을 던지는 실력이나 그들의 여유로 볼 때 자신이 상대가 되지 못함을 직감하고 있었다. 하지만 그대로 수하들이 모두 죽는 것을 볼 순 없었다. 그나마 이런 상황에서 제대로 검이라도 휘두를 수 있는 사람은 자신밖에 없었다.

부우웅!

휘어지듯 날아든 창을 검을 들어 막았다.

따앙! 하며 검이 부러졌다. 부러진 검날이 도균의 이마를 찢고 날아갔다. 창을 휘두른 철기대가 씩 웃었다. 다시 창이 그의 어깨로 내리꽂혔다. 도균이 필사적으로 몸을 날렸다. 간신히 창을 피했지만 세 번째 날아든 창을 피하는 것은 역부족이었다. 도균이 눈을 질끈 감았다.

팍!

도균이 눈을 뜨자 창은 자신의 옆에 박혀 있었다. 창을 내지른 철기대 사내의 목에서 피가 솟구쳐 나오고 있었다. 사내가 옆으로 꼬꾸라졌다. 그 뒤에 비수를 든 검운이 서 있었다. 다른 다섯 사내들 역시 마찬가지였다. 뒤에서 접근한 흑풍대의 기습에 모두 목이 베여진 채 쓰러진 후였다. 만수문 무인을 죽이는 얄팍한 재미가 방심과 죽음을 부른 것이다.

　민충표를 비롯한 살아남은 만수문 무인들은 벌벌 떨며 그 자리를 벗어나지 못했다. 그냥 그대로 달아나자니 상대를 자극할 것 같았고, 그대로 있자니 살인멸구당할 것만 같았다.

　삼조원들이 시체를 끌고 건물 안으로 사라졌다. 다시 그들이 나왔을 때, 그들은 철기대의 복장을 하고 있었다. 세영이 생각해 낸 계책이었다. 물론 단점도 있었다. 우리 쪽의 오인 사격을 받을 가능성이 컸다. 하지만 포위된 상황이라면 외곽에서 중심으로 길을 낼 수 있는 가장 효과적인 방법일 수 있었다. 창을 쓰는 검운이 가장 적합한 이였던 것이다.

　엽평이 건물 안에서 또 다른 수호갑과 투구를 가져와 검운에게 건넸다. 모두가 보는 앞에서 검운이 옷을 갈아입었다. 수호갑에 투구까지 눌러쓰자 그는 물론이고 조원들도 진짜 철기대처럼 보였다.

　투구 아래 검운의 눈빛이 차갑게 번뜩였다. 검운이 민충표 일행을 보며 나직이 경고했다.

　"오늘 우리 싸움에 끼어들면 소림 방장이 와도 죽는다. 그러니 꺼져!"

민충표 일행이 뒤도 돌아보지 않고 걸음아 나 살려라 달렸다. 거봐라는 허유의 잔소리도 기쁘게만 들렸다. 맨 뒤의 도균이 힐끔 돌아봤을 때, 검운과 다섯 조원들은 이미 건물 그림자 속으로 사라지고 없었다.

                    *   *   *

　"예비 탄창까지 다 떨어져 갑니다!"
　갈평의 다급한 외침에 비호가 인상을 찡그렸다. 다른 조원들의 상황도 그와 비슷했다. 비격탄이 무용지물이 된다면 지금부터의 싸움은 그야말로 어려운 싸움이 될 것이다. 지금까지 버텨온 것도 모두 비격탄 덕분이었다.
　"형님! 그쪽은 어떻습니까?"
　비호가 반대쪽 창에서 비격탄을 쏴대는 백위에게 물었다.
　"우리도 마찬가지다."
　쉭쉭쉭!
　마지막 남은 화살을 모두 쏘아버린 후 갈평이 비호 쪽으로 달려왔다.
　"이제 어떻게 할까요?"
　사조와 오조가 같은 건물로 몰린 것이 일각 전이었다. 건물은 놈들에게 완전히 포위된 상황이었다. 그나마 비격뢰를 사용하지 못하게 거리를 내주지 않는 것이 비격탄이었다. 이제 비격탄이 떨어지면 놈들이 비격뢰를 사용할 것이다. 반면 흑풍대는 비격뢰도 거의 떨어진 후였다. 철기대는 보급을 받으며 싸우고 있었다. 이대로라면 전멸하고 만다.

"뚫고 나가야지."

저 멀리 폭죽이 터져 올랐다. 후퇴를 알리는 진패의 신호였다. 일조의 상황 역시 좋지 않아 보였다. 아무리 죽여도 철기대는 끝없이 밀려들었다.

"몇 놈이나 남았지?"

"놈들도 거의 괴멸 직전입니다. 이제 한 오십여 명 남은 것 같습니다."

그만해도 기적처럼 잘 싸운 결과였다. 물론 흑풍대 쪽의 피해도 만만치 않았다. 오늘 나선 흑풍대의 반 이상이 죽은 것이다. 그나마 천년설삼을 복용한 후였고, 지형적 이점을 얻었기에 피해를 최소화할 수 있었다.

문제는 지금부터였다. 오십 명이라 해도 상대는 철기대였다. 비격탄의 이점과 지형을 버리고 육탄전을 벌인다면 결국 양패구상을 당할 처지였다.

"젠장!"

비호가 이를 바득 갈았다.

"여기 곧 뚫린다! 빨리 결정해!"

백위의 다급한 목소리는 상황의 심각성을 그대로 말해주고 있었다.

"우리 조가 그쪽을 뚫겠습니다. 사조가 엄호해 주십시오."

"알겠다."

백위는 망설이지 않았다. 아니, 망설이고 말고 할 여유가 없었다.

비호가 오조원들을 거느리고 일층으로 뛰어 내려갔다. 비호가 문틈으로 밖을 살폈다. 상자를 쌓아 은폐물을 만든 철기대 십여 명이 보였다.

비호가 수신호로 조원들에게 상대의 숫자를 알리며 은밀히 말했다.

"비격뢰 남은 사람?"

그러자 조원 하나가 비격뢰를 꺼냈다.

"한 발 남았습니다."

비호가 그것을 받아 들었다.

갈평이 나서서 그것을 낚아챘다.

"제가 앞장서겠습니다."

비호가 인상을 굳혔다. 평소의 장난기는 전혀 없었다.

"이리 내놔."

"안 됩니다."

그대로 달려나가려는 것을 비호가 붙잡았다. 비호가 그를 벽으로 밀어붙였다.

비호의 눈빛은 맑았다.

"내놔."

"조장님!"

"네 마음 안다. 일단 내놔."

갈평이 한숨을 내쉬었다. 그가 비격뢰를 내밀던 그때였다.

꽈아아앙! 꽈아앙!

철기대의 진지가 폭발했다. 놀란 오조원들이 본능적으로 몸을 숙였다. 받아 들던 비격뢰를 하마터면 떨어뜨릴 뻔한 비호였다.

"대형사고 칠 뻔했다. 근데 이거 뭐야?"

꽈아앙! 꽈앙!

사방에서 폭음이 들려왔다. 폭음 속에 섞인 비명은 분명 철기대의 것이었다.

연기가 가라앉자 그곳의 광경이 연기 사이로 보였다. 십여 명의 철기대는 사방에 널브러져 신음을 내고 있었다. 그들 뒤로 또 다른 철기대 하나가 모습을 드러냈다. 그가 살아남은 철기대를 사정없이 창으로 찔러댔다.

"저 미친 새끼 뭐야?"

동료를 죽이던 그가 비호가 있는 건물로 걸어왔다.

순간 비호는 그가 철염기의 철기대가 아닐까 생각했다. 여차여차해서 두 철기대가 공을 다투는 싸움을 벌인 게 아닐까 하고. 하지만 예상보다 현실은 훨씬 반가운 것이었다. 사내가 투구를 벗었다. 검운이었다.

"형님!"

비호가 달려나가 검운을 와락 껴안았다. 평소 자신을 어렵게 생각하던 비호였다. 검운은 이 싸움이 얼마나 치열했는지 그 행동 하나로 짐작할 수 있었다. 감동한 오조원들의 시선이 그를 향했다.

"괜찮나?"

그 한마디에 비호가 씩 웃었다. 분명 괜찮지 않았는데 그 한 마디에 괜찮아졌다.

앞서 연이어 들렸던 폭음은 엽평을 비롯한 삼조원들이 철기 대의 포위진에 비격뢰를 던져 넣는 소리였다. 설마 흑풍대가 자신들로 위장해 외곽에서 공격해 오리라곤 생각지 못한 탓에 그들은 속수무책으로 당한 것이다. 피를 말리는 치열한 싸움 으로 집중력을 잃은 탓이 컸다.

엽평이 그곳으로 달려 들어왔다.

"포위망을 완전히 날렸습니다. 이제 몇 놈 안 남았습니다. 나가서 청소하시죠."

비격뢰 십여 발에 전세는 완전히 역전되었다. 승부는 결정 되었고, 살아남은 십여 명의 철기대는 끝까지 남아 항전했다. 하지만 결과를 되돌릴 수 없었다.

정확히 이각 후, 철무쌍의 철기대가 전멸했다.

第五十四章

광기

魔刀霸爭

인간은 마음속에 저마다 기준이 되는 선(線)을 가지고 있다. 외부의 어떤 것을 대할 때 그 선의 아래에 위치하느냐 위에 위치하느냐에 따라 느끼는 감정이나 대응 양식이 달라진다.

자신의 기준선보다 낮은 도덕심을 접하면 수치나 분노를 느끼고 높은 것을 접하면 경외와 존경심을 가진다. 더 쉬운 예를 들면 글이나 그림을 대할 때다. 자신의 기준선보다 높으면 어렵고 낮으면 얕잡아본다. 그 선에 정확히 걸쳐진 작품을 만나면 비로소 기쁨과 감동을 얻는다. 그 기준선은 곧 삶을 살아가는 기준이자 척도이다. 소인배의 선은 낮고 대인배의 선은 높다.

하서평의 마인들도 저마다 공포에 대한 제각각의 선이 있었다. 담대한 자들은 그 선이 좀 더 높은 곳에 위치했고, 소심한 이들은 그 선이 상대적으로 낮았다.

하지만 지금 눈앞에 펼쳐진 광경은 그 모두의 공포에 대한 기준선의 한계를 훌쩍 넘은 것이었다.

오색천마혼.

단 한 사람을 제외한 모두가 처음 대하는 것이었다. 갓난아이가 불에 손을 넣는 것은 불의 무서움을 모르기 때문이다. 그들도 마찬가지였다. 공포를 느끼기 전에 그들은 신기함을 먼저 느끼고 있었다. 모두들 멍하니 오색천마혼을 올려다보는 것도 그러한 이유였다.

그러나 단 한 사람, 환마는 달랐다.

그는 오색천마혼을 처음 보는 것이 아니었다. 다리에 힘이 풀린 그의 무릎이 자연스럽게 접혔다. 옆에 선 철염기와 철무쌍이 침을 꿀꺽 삼켰다.

"형님, 뭡니까? 저게……."

철무쌍의 목소리는 떨리고 있었다.

철염기는 말없이 고개를 내저었다. 그는 무릎을 꿇은 환마의 뒷모습에서 절망과 죽음을 읽어냈다. 위기의식이 온몸을 휘감았다.

'설마?'

뭐라도 행동해야 했는데 발등에 못이라도 박힌 듯 꼼짝도 할 수 없었다. 그가 그랬으니 부하들은 두말할 필요가 없었다.

휘이이잉!

한혈마들이 연달아 피를 토하며 쓰러졌다. 오색천마혼이 내뿜는 마기를 견디지 못했던 것이다. 바닥에 내려선 철기대들이 웅성거렸다. 공포가 그들을 휩쓸었다.

유월도 오색천마혼도 말없이 서 있었다.

"믿을 수 없어. 어떻게… 천마혼이."

무릎을 꿇은 채 환마가 정신 나간 사람처럼 뇌까렸다.

천마혼이란 말을 듣는 순간 철염기의 머릿속이 하얗게 비었다. 앞서 설마했던 것이 바로 그것이었다. 구화마공이 극성에 다다르면 천마혼을 불러낼 수 있다는 것을 대주나 되는 그가 모를 리 없었다. 설마 유월이 천마혼을 불러냈으리라고 상상을 못했을 뿐이었다. 멍하게 서 있던 철염기의 눈앞으로 철무쌍의 등이 보였다. 철무쌍은 무엇인가에 홀린 듯 오색천마혼을 향해 다가서고 있었다.

"동생, 안 돼!"

철염기의 외침을 철무쌍은 듣지 못했다.

그는 텅 빈 눈으로 천천히 걸음을 옮기고 있었다.

환마가 히죽 웃었다.

"천마혼의 마안은… 절대마안! 그 누구도 거부할 수 없지. 히히."

반쯤 미쳐 버린 그는 이미 모든 것을 포기해 버린 사람처럼 보였다.

"무쌍아, 멈춰!"

철염기는 고함을 지르며 동생을 말리려 했다. 하지만 몸이 움직이지 않았다.

오색천마혼이 오른손을 내밀었다.

그것의 오른손에 아지랑이처럼 피어오르는 것은 거대한 나락도였다.

철무쌍의 눈에 비치는 광경은 현실과 달랐다. 그는 수선화가 하늘거리는 꽃밭을 걷고 있었다. 잠자리와 나비가 경쟁하듯 꽃 주위를 날아들었다. 피 냄새는 어느덧 꽃향기로 바뀌어 있었다. 절세미인이 그를 향해 손짓하고 있었다. 여인은 긴 소맷자락을 흔들며 춤을 추고 있었다. 여인은 어려서 사모했던 소녀를 닮아 있었다. 여인이 그를 향해 웃었다. 철무쌍이 해맑게 웃었다. 여인의 소맷자락이 그를 향해 날아들었다. 그리고 그 순간 그는 형의 처절한 외침을 들었다.

"안 돼!"

서걱.

철무쌍의 몸이 그대로 양단되었다. 피 분수를 만들어내며 그가 쓰러졌다.

가장 먼저 죽이겠다는 유월의 약속은 그렇게 지켜졌다.

누군가 비명을 질렀다. 비명은 역병처럼 빠르게 퍼져 나갔다.

배에 칼이 들어와도 비명 소릴 내지 않는 철기대였다. 의지와는 상관없는 비명이었다. 도망가야 했는데 발걸음이 떨어지지 않았다. 철기대가 서로 얽혀 넘어졌다. 그 누구도 그들이 폭풍처럼 강호를 휘몰아치던 철기대였다는 것을 믿을 수 없는 광경이었다.

오색천마혼이 두 번째 칼질을 했다.

일도에 수십 명의 철기대가 그대로 잘려 나갔다. 피를 뒤집 어쓴 철기대의 울부짖음이 하서평을 덮었다. 일방적인 학살이 었다.

유월은 먼 하늘을 바라보고 있었다. 아무 생각이 담기지 않은 멍한 시선이었다.

세 번째 칼질이 날아들었다.

아무도 피하지 못했고 오직 그들이 할 수 있는 일은 비명을 지르는 것뿐이었다. 그 누구도 달아나지 못했다. 몸도 의지도 이미 그들의 것이 아니었다. 앞서보다 더 많은 철기대가 잘려 나갔다.

철염기가 애절하게 환마를 불렀다.

"맹 선배! 맹 선배!"

환마가 그를 향해 돌아보았다. 환마의 눈에는 두려움이 눈물처럼 고여 있었다.

"멸천환혼술을! 이대로라면 모두 개죽음을 당하오!"

철염기가 소리쳤다.

환마에게 남은 마지막 이성이 그를 일으켜 세웠다.

철염기가 필사적으로 소리쳤다.

"맹양하! 정신 차려!"

오직 믿을 것은 환마였다. 철염기는 눈앞의 천마혼도 결국 환술의 일종이라 여겼다. 막을 가능성이 있는 것은 오직 환마였다.

환마가 습관적으로 손가락을 놀려 결계를 만들어갔다. 여전히 '왜?' 란 의문만을 반복하면서.

오색천마혼의 주위로 어둠이 몰려들었다.

"제발, 제발!"

철염기는 애타게 기원했다.

오색천마혼이 가소롭게 웃자 어둠이 밀려났다. 어둠은 빠르게 환마를 향해 들이닥쳤다.

툭.

어둠이 뱉어낸 것은 너덜너덜한 환마의 몸뚱이였다. 수백 가닥의 칼질을 당한 그는 고깃덩어리처럼 다져져 있었다. 죽기 직전까지 공포에 질린 환마의 흰 눈자위는 철염기를 노려보고 있었다. 순식간에 환마가 죽었다. 그것도 자신의 멸천환혼술에 걸려. 계란으로 바위를 치는 것이 아니라 절벽 위에서 계란을 떨어뜨리는 느낌이었다.

철염기가 눈을 지그시 감았다.

칼질 소리가 들려왔다. 끔찍한 소리였다.

다시 한 번.

또다시 한 번.

이제 더 이상 칼질 소리는 들리지 않았다. 눈을 뜨지 않아도 주위의 광경이 어떠할지 상상이 갔다. 강호의 그 누구도 믿지 않을 광경일 것이다. 이 모든 것이 꿈이면 좋으련만.

이제 그 어처구니없는 소리를 한 번만 더 들으면 될 것이다.

철염기가 눈을 번쩍 떴다.

죽음을 앞둔 그의 눈빛은 너무나 맑았다. 오히려 유월의 눈빛이 흐려져 있었다. 유월의 눈에 맺힌 눈물은 금방이라도 흘러내릴 것만 같았다. 유월은 먼 하늘을 바라볼 뿐 그와 시선을 마주치려 하지 않았다. 이런 일방적인 도살을 원하지 않아서겠지. 그래서 화가 나지 않는다고? 물론 아니다. 분노가 화염처럼 끓고 있었다. 하지만 어차피 강호란…

"…속고 속이고. 죽고 죽이고. 원래가 그런 거지."

철염기가 고개를 드는 순간, 거대한 도가 그를 휩쓸었다.

그를 끝으로 모두 죽었다. 대학살이었다. 몰살이었다.

하서평은 이제 시체가 산을 이루고 있었다.

살아남은 사람은 오직 유월뿐이었다. 오색천마혼이 주위를 한 번 돌아보았다. 마치 사람처럼 오색천마혼이 만족스럽다는 표정을 지었다.

스스스슷.

오색천마혼의 크기가 줄어들었다. 사람 크기만큼 줄어든 그것이 유월의 몸에 겹쳐졌다. 비검과의 일전 때와는 달리 형체를 갖춘 채 유월의 몸에 흡수되려 하고 있었다. 유월이 오색천마혼의 존재를 인지했기 때문이었다.

하나로 합쳐지려던 찰나, 오색천마혼이 유월의 몸에서 튕겨지듯 밀려 나왔다. 단지 신체의 거부가 아니었다. 유월의 마음이 그것을 거부한 것이다.

유월이 단호하게 고개를 가로저었다. 받아들이지 않겠다는 확고한 의지였다. 옅어졌던 오색천마혼이 다시 짙어졌다.

"나는 너다. 거부해선 안 돼."

오색천마혼의 말이 유월의 가슴에 울려 퍼졌다.
유월이 고개를 가로저었다.
"넌 내가 아니다."
천마혼이 웃었다. 명백한 비웃음이었다.

"그럼 넌 누구지?"

유월은 아무 대답도 하지 못했다.
천마혼의 시선이 다시 한 번 하서평을 쓸어갔다.

"저들을 죽인 것은 나인가, 아니면 너인가?"

유월이 입술을 깨물었다. 그들을 죽인 것은 바로 자신이었
다. 천마혼을 풀어놓은 사람도 자신이었고, 결국 자신의 살기
가 천마혼을 움직인 것이기도 했다.

"이 현실을 도피하고 싶은가? 마음대로 하라. 하지만 날 거
부해선 안 돼. 난 곧 너다. 나를 부정하는 것은 곧 너 스스로를
부정하는 것이다."

유월이 나락도를 힘겹게 쳐들었다. 나락도 끝에서 다시 한 번 비웃음이 피어올랐다.

"그때 왜 나를 택했지?"

전대 천마 비현상의 몸에서 빠져나온 천마혼은 분명 의도적으로 자신을 택했다. 느낄 수 있었다. 단순한 주화입마 때문이 아니었다. 그건 분명 천마혼의 선택이었다.

"그는 단지 내 힘을 이용하려고만 했지."

천마혼은 비현상이 폭멸공을 사용하리란 것을 알고 있었던 것이다.

유월의 가슴이 서늘해졌다. 천마혼은 마음을 읽어내는 무서운 존재였다. 자신과 대화를 나눈다는 것이 그것을 증명하는 것이기도 했다. 비현상은 아마도 오색천마혼이 이런 의지를 지녔다는 것을 알지 못했을 것이다.

문득 비운성의 말이 떠올랐다. 오색혈마공을 익히면 끝내 이성을 상실하게 된다는 말을. 그 말이 새삼 무섭게 여겨졌다. 이성을 상실하는 것이 아니라 오색천마혼에게 영혼을 빼앗기게 되는 것이리라. 비운성의 말은 맞았다. 오색혈마공은 인간을 시험하기 위한 악마의 무공이었다.

"넌 날 거부할 수 없다."

천마혼이 유월의 몸으로 날아들었다.

유월이 나락도를 휘둘렀다. 맥 빠진 그의 칼질이 천마혼을 벨 순 없었다.

천마혼이 유월의 몸과 정확히 합쳐져 흡수되기 시작했다.

"으아아아아!"

유월이 필사적으로 그를 거부했다. 모든 정신을 집중했다.

천마혼이 다시 튕겨 나왔다. 유월의 정신력이 워낙 강했기에 천마혼이라도 쉽게 유월을 지배할 수 없었다.

천마혼의 인상이 사나워졌다. 천마혼이 야수처럼 울부짖었다. 유월의 신형이 뒤로 날려갔다. 바닥을 뒹군 유월이 나락도에 의지한 채 반쯤 몸을 일으켜 세웠다.

"내가 죽는 한이 있어도 안 돼!"

천마혼의 울부짖음이 더욱 커졌다.

엄청난 마기가 유월에게 쏟아졌다.

천마혼의 눈빛에서 광채가 뿜어졌다.

절대마안.

천마혼이 절대마안으로 유월의 마음을 돌리려 한 것이다. 핏발 선 유월의 눈빛이 고통으로 일렁거렸다. 광채가 더욱 짙어졌고 고통은 배가되었다. 그러나 유월은 꺾이지 않았다.

울컥.

유월이 피를 토해냈다. 이미 온몸의 기혈이 뒤틀린 상태였다. 내력으로 막는 것이 아니라 정신력으로 막고 있었다.

천마혼의 분노가 자신의 것처럼 생생하게 느껴졌다.

소멸되지 않기 위해 천마혼은 필사적이었다.

유월의 의지에 점차 금이 가기 시작했다. 천마혼이 필사적으로 자신을 지배하려 하자 곧 한계를 느꼈다.

"으아아아아!"

유월이 비명을 내지르며 달리기 시작했다. 마지막 남은 내력을 극성으로 끌어올렸기에 그 속도는 엄청났다. 천마혼이 하늘을 날아 유월의 뒤를 쫓았다.

유월은 빨랐지만 천마혼을 떨쳐 낼 정도는 아니었다. 유월의 신형이 천마혼에게 빨려 올라갔다. 천마혼과 유월이 하늘을 날았다. 얼마나 빨리 날았는지 유월은 눈을 뜰 수조차 없었다. 숨이 가빠지며 서서히 정신을 잃고 있었다. 마지막 순간, 천마혼의 말이 들렸다.

"넌 절대 나를 거부할 수 없다."

천마혼과 유월이 하나로 합쳐졌다.

그 순간 유월이 지상으로 추락했다. 꽝 하며 어딘가에 떨어진 유월이 그대로 정신을 잃었다.

한편 죽음의 공간이 된 하서평에 누군가 모습을 드러냈다.

넋 나간 모습으로 시체의 산을 넘고 강을 건너는 사람은 여인이었는데 그녀는 바로 앞서 성 부인으로 위장했던 환마의 제자 가연이었다.

고기처럼 다져져 얼굴조차 알아보기 힘든 환마의 처참한 시신 앞에 그녀가 무릎을 꿇고 앉았다.

"…사부님."

불신에 찬 그녀의 두 눈에선 눈물이 끊임없이 흘러내렸다.

한참을 서럽게 울던 그녀가 고개를 번쩍 들었다. 그녀의 눈빛이 복수심으로 번뜩였다.

"…귀도님께 이 사실을 알려야 해."

그녀 뒤로 수백 마리의 까마귀 떼가 날아들고 있었다.

*   *   *

시장 골목의 싸움을 끝낸 흑풍대는 곧바로 하서평으로 달려갔다.

달리는 내내 진패는 불길한 예감에 휩싸여 있었다.

언제나 불사신처럼 살아 돌아오곤 했던 유월이었다. 자신이 알지 못하는 숨은 실력이 더 있으리라 믿었다. 하지만 이번 경우는 달랐다. 상대가 강해도 너무 강했다.

'제발, 대주.'

진패는 간절히 바랐다. 유월이 살아 있기를.

실로 이번 싸움의 희생은 컸다. 흑풍대의 사망자는 모두 서른이었다. 진패가 흑풍대에 들어온 이래 가장 큰 희생자를 낸 싸움이었다. 그럼에도 이번 싸움은 성공적이라 할 수 있었다. 그 상대가 철기대였기에, 두 집단을 속속들이 아는 이가 들었

138 마도쟁패

다면 절대 믿지 않을 정도의 성과였다. 더구나 흑풍대 전원도 아니고 세 개조의 전투였다. 물론 승리의 이면에는 검운의 도움이 결정적인 역할을 했다. 그가 아니었다면 양패구상을 피할 수 없었으리라.

녹초가 된 몸을 이끌고 그들이 드디어 하서평에 도착했다.

눈앞에 펼쳐진 광경을 보며 모두들 할 말을 잊었다. 지금까지 숱한 시체들을 봐왔지만 이런 참혹한 광경은 처음이었다. 제대로 된 시체를 찾기 어려울 정도였다. 흑풍대의 강심장들조차 진저리를 치게 하는 광경이었다.

모두들 넋을 놓고 있을 때 진패가 명령했다.

"어서 대주님을 찾아라."

떨리는 그의 목소리는 모두의 심정을 대변했다. 조원들이 흩어져 유월을 찾기 시작했다.

"대주님을 여기서 왜 찾습니까!"

백위가 버럭 소릴 질렀다. 다시 한 번 여기에 절대 없다는 소릴 내지르곤 백위가 시체 더미로 뛰어들었다. 조원들이 그 뒤를 따라 뛰어들었다. 일일이 시체를 뒤집어 확인하며 유월을 찾았다.

진패의 마음이 두근거렸다. 서 있기조차 힘들 현기증이 일었다. 누군가 유월을 찾았다는 말을 할까 두려웠다. 보다 못한 비호가 뛰어나갔다. 진패는 발이 움직여지지 않았다. 유월의 창백한 얼굴을 보게 될까 시체를 뒤집어볼 자신이 없었다.

그때 저 멀리서 조원 하나가 손을 들어 신호를 보냈다. 진패의 가슴이 철렁 내려앉았다. 모두들 깜짝 놀라 달려가 보니 다행히 유월의 시체가 아니었다.

"철기대줍니다."

철무쌍의 시체였다. 가까운 곳에서 철염기의 시체도 발견되었다. 환마의 시체는 사라지고 없었다.

"대주님이 해내셨습니다."

비호의 감격에 진패가 힘차게 고개를 끄덕였다. 이제 살아 있는 유월만 찾으면 된다. 진패는 오직 그 생각뿐이었다. 다시 확인 작업이 계속되었다.

한발 늦게 송웅이 상수를 데리고 그곳에 도착했다. 상수의 입이 쩍 벌어졌다.

"이, 이게 도대체 뭡니까?"

그에게 비친 하서평은 너무나 참혹해서 오히려 현실성이 없게 느껴졌다. 마치 '전쟁의 참상'이란 제목의 그림을 보는 것 같았다. 비릿한 피 냄새가 그의 코를 자극적으로 찔러왔다.

넋 나간 그의 발에 뭔가가 걸렸다. 매끄럽게 잘려진 다리였다. 잠시 그것을 내려다보던 상수가 한옆으로 물러나 구역질을 해댔다.

송웅이 진패와 가볍게 눈인사를 나눴다. 묻고 싶은 것이 한두 개가 아니었지만 지금은 그것을 물을 분위기가 아니었다. 흑풍대는 필사적으로 시체를 뒤지고 있었다. 분명 흑풍대주를 찾는 것이 틀림없었다.

송웅이 상수의 등을 가볍게 두드려 주었다. 어찌나 게워냈는지 상수의 눈에 눈물이 맺혔다.

송옹이 나지막이 말했다.

"흑풍대주 작품이다. 이래도 그가 보고 싶어?"

상수는 아무 대답도 하지 못했다. 그래서 더 보고 싶었고, 그랬기에 보기가 두려웠다. 이곳에 널린 시체가 딱 서른 구만 되었다면 엄지손가락을 치켜들며 역시란 말을 해댔을 것이다. 하지만 이건 아니었다. 이건… 멋있다거나 강하다란 차원을 훌쩍 넘어선 광경이었다.

두 사람은 굳은 얼굴로 흑풍대의 수색 작업을 지켜보았다.

반 각 후, 진패를 중심으로 흑풍대가 모여들었다. 유월의 시체는 당연히 발견되지 않았다. 비호가 그제야 안도의 한숨을 몰아쉬었다.

"다행입니다."

백위의 마음이 더없이 편안해졌다.

"거 봐요. 내가 뭐랬습니까? 저희 대주님이 보통 대줍니까? 저깟 것들과 비교하면 안 되지요. 그나저나 대주님은 혹시 표국으로 먼저 돌아가신 걸까요?"

그러자 비호가 고개를 내저었다.

"대주님 성격상 그럴 리는 없지요. 싸움이 끝났다면 저희가 싸우는 시장 골목으로 오셨을 겁니다. 아무리 큰 부상을 당하셨다 해도 말입니다."

맞는 말이었다. 백위가 진패에게 물었다.

"이제 어쩝니까?"

진패는 잠시 망설였다. 흩어져 유월을 더 찾아야 할지 표국으로 돌아가야 할지 고민했다. 감으로는 일단 돌아가서 유월을 기다리는 것이 올바른 판단 같았는데 근처 어딘가에 부상을 당한 채 쓰러져 있는 유월의 모습이 자꾸만 어른거렸다.

검운이 나섰다.

"제가 저희 애들 데리고 찾아보겠습니다."

진패가 그것을 허락했다. 한 개 조는 남아서 유월을 찾아야 했다.

허락이 떨어지자 검운이 두말 않고 삼조원들을 불러 모았다. 그들이 조를 나눠 사방으로 흩어졌다.

이번에는 진패가 비호와 백위에게 말했다.

"너희는 애들 데리고 일단 표국으로 돌아가라. 영이에게 이곳 상황을 알리고. 대신 아가씨께는 적당히 둘러대. 알겠지?"

"그건 문제가 아닙니다만. 근데 형님은 어쩌시게요?"

비호가 묻자 진패가 산처럼 쌓인 시체를 둘러보았다.

"난 송 분타주와 이곳을 정리해야겠다."

하서평을 이렇게 방치해 두는 것은 문제가 있었다. 인적이 드문 곳이긴 했지만 곧 누군가에게 발견될 것이다. 소문이 나서 좋을 싸움이 아니었다.

함께 돕고 싶었지만 표국을 지키는 일이 더욱 중요했기에 비호와 백위는 군소리 않고 조원들을 데리고 표국으로 돌아갔다.

진패가 이번에는 송옹에게 다가갔다.

"궁금할 것이 많으리라 생각하오. 하나 지금은 자세한 설명을 드릴 처지가 못 되니 이해해 주시기를 바라오."

송옹은 진패를 이해했다. 눈앞에 펼쳐진 광경만 해도 함부로 입을 놀릴 상황이 아니었다.

진패가 정중히 부탁했다.

"지금 바로 분타원들을 불러 시체 처리를 도와주시오. 아, 그리고 화골산(化骨散)을 있는 대로 구해주시오. 시체들을 모두 녹여서 묻을 거요."

"알겠소이다."

송옹이 다시 상수에게 전달받은 바를 전했다. 상수가 어디론가 달려갔다.

그사이 진패는 일조원들을 둘로 나눴다. 한 패는 하서평 인근을 봉쇄하게 했고, 나머지 한 패에게 철기대의 무기를 전부 회수하라 지시했다. 특히 비격뢰를 확실히 챙기란 말을 잊지 않았다. 이번 싸움으로 거의 모든 화기(火器)를 소모한 흑풍대였다. 철기대가 배신한 이상 이제 본 단의 정상적인 지원을 확실히 기대하기 어려웠다. 최대한 자급자족해야 했다. 유엽비도와 같은 암기들은 시중에서 구할 수 있었다. 하지만 비격뢰는 시중에서 구할 수 없는 것이었다. 가장 중요한 것이 비격탄의 화살이었는데 다행히 적신의 흑풍대에게 회수해 둔 것이 표국에 남아 있었다. 그것이면 당분간 사용할 수 있을 것이다.

싸움을 마치고 쉬지도 못한 채 바쁘게 움직이는 흑풍대의 모습에 미안했는지 송옹이 다시 진패에게 물었다.

"그 외에 도울 일이 없소?"

"공동파와 정도맹의 움직임을 소상히 보고해 주시오."

"알겠소."

진패가 진지한 얼굴로 덧붙였다.

"대충 아시겠지만 이제 칠년지약이 깨어질지도 모를 상황이오. 지금부터 정신 바짝 차려야 하오."

긴장한 얼굴로 송옹이 물러났다.

진패가 시체 더미를 둘러보며 짤막한 한숨을 내쉬었다.

'대주님, 지금 어디에 계신 겁니까?'

第五十五章

수배

魔刀霸爭

뺨에서 느껴지는 차가운 한기에 유월이 퍼뜩 정신을 차렸다.

비가 내리는 것을 느꼈고 누군가 자신의 품에 손을 넣고 있다는 것을 알아차렸다.

유월이 본능적으로 상대의 팔목을 거칠게 붙잡았다.

"으아아."

눈을 번쩍 뜨자 지저분한 몰골의 중년인이 깜짝 놀라는 모습이 보였다. 상거지 꼴을 한 부랑자였다. 사내가 팔을 빼내려 뒤로 물러섰고 그 힘에 유월이 벌떡 몸을 일으켰다.

유월이 상대의 팔을 거세게 비틀었다. 사내가 죽는소릴 내질렀다.

"죽, 죽은 줄 알았다고요! 무사님, 살려주십시오. 제발!"

주위를 돌아보자 쓰레기가 잔뜩 쌓인 낯선 골목 안이었다. 유월이 가볍게 손목을 회전하자 사내가 허공을 돌아 바닥을 나뒹굴었다.

"너, 누구지?"

사내의 정체를 묻는 순간, 유월이 머리를 움켜쥐었다. 머리가 깨어질 듯 아파왔다. 순간 몇 가지 이해할 수 없는 장면들이 그림처럼 스쳐 지나갔다. 죽음과 관련된 끔찍한 영상들이었다.

유월의 입에서 신음성이 흘러나왔다. 사내는 그 틈을 타서 골목길 밖으로 달아나고 있었다. 그의 손에는 유월에게서 훔친 나락도와 몇 가지 물품들이 들려 있었다.

"거기 서!"

그를 붙잡으려고 뒤쫓던 유월이 몇 발짝 가지 못하고 쓰러질 듯 휘청거렸다. 몸을 가누기조차 힘든 현기증에 하늘이 뱅글뱅글 돌았다. 유월이 벽에 손을 댄 채 길게 숨을 내쉬었다. 한참을 눈을 감고 있자 두통이 사라졌다. 그렇게 정신을 차렸을 때 이미 사내는 골목 밖으로 사라진 후였다.

투두두둑.

빗줄기가 굵어졌다. 차가운 한기가 온몸으로 밀려들었다.

유월은 천천히 골목 밖으로 발걸음을 옮겼다. 골목 밖은 시장통이었다.

때 아닌 소나기에 짐을 나르는 사내들의 발걸음이 빨라졌고, 물건을 팔던 행상들이 바쁘게 천막을 치고 있었다. 아이들이 비를 맞으며 뛰어다니고 있었고 부모들이 소리쳐 혼내고 있었다.

'여긴?'

분명 와본 곳이었다. 기억을 더듬자 이곳이 어디인지 알 수 있었다.

청천(青川).

감숙과 사천의 경계에 있는 도시였다. 이곳에 언제 왔었더라? 다시 머리가 깨어질 듯 아파왔다. 유월이 이를 악물며 고통을 참았다. 정말 황당한 일이었다. 이곳이 어디인지는 알겠는데 언제 왜 왔는지는 도무지 기억이 나지 않았다.

그때 어디선가 향긋한 냄새가 흘러왔다. 길 건너 수레에 갓 쪄낸 만두에서 모락모락 김이 올라오고 있었다. 냄새를 맡자 참기 힘든 허기가 밀려들었다.

유월이 수레로 다가갔다. 유월을 본 주인이 흠칫 놀라며 경계의 눈빛을 보내왔다.

"어떤 만두로 드릴까요?"

"아무거나."

이미 유월의 손은 이제 갓 쪄낸 만두로 향하고 있었다. 참을 수 없는 허기였다. 도대체 며칠을 굶은 것일까? 지금 심정이라면 소라도 통째로 잡아먹을 수 있을 것만 같았다. 사실 그러한 허기는 내공이 일시에 사라졌을 때 찾아오는 일반적인 현상이었다. 특히 유월처럼 거대한 내공의 소유자라면 그야말로 엄청난 허기를 느낄 수밖에 없었다.

유월이 허겁지겁 만두를 주워 먹었다. 채 하나를 삼키기도 전에 또 다른 것을 입에 넣었다. 그 대단한 식성에 주인은 한 발 물러서 멍하니 쳐다볼 뿐이었다.

세 판의 만두를 깨끗이 비우고서야 유월은 뒤늦게 자신의 손에 묻은 피를 발견했다. 그리고 그제야 자신의 상태를 깨달았다. 말라붙은 핏자국이 옷을 덮고 있었다. 빗물이 고인 웅덩이에 얼굴을 비춰보았다. 헝클어진 머리에 피를 뒤집어쓴 낯선 얼굴. 볼을 가르는 끔찍한 흉터.

'누구지?'

순간 유월의 심장이 철렁 내려앉았다. 자신의 이름이 기억나지 않은 것이다. 이름을 떠올리자 머리가 깨어질 듯 아파왔다. 유월의 입에서 끙 하는 비명 소리가 터져 나왔다. 지켜보던 주인이 한 발 더 물러섰고, 그 옆을 지나가던 사람이 멀찌감치 유월을 돌아갔다.

아무것도 떠올리지 않으려 노력하자 두통이 가라앉았다.

비틀거리며 걸어가는데 등 뒤로 소리가 들려왔다.

"아, 아홉 푼입니다요."

유월이 돌아보자 잔뜩 겁에 질린 만두 가게 주인의 모습이 보였다. 말끔하게 단장을 하고 나서도 만만한 인상이 아닌데 지금의 몰골은 그야말로 정신 나간 살인귀처럼 보였으니 주인의 두려움도 이해할 만한 일이었다.

유월이 품을 뒤졌다. 아무리 찾아도 돈주머니가 없었다. 문득 앞서 자신의 품을 뒤졌던 사내가 떠올랐다.

'아차!'

놈이 몽땅 다 털어가 버린 것이 틀림없었다. 난처한 표정을 지으며 유월이 말했다.

"나중에 갚겠소."

주인의 표정이 그럼 그렇지 하며 일그러졌다. 주인이 용기를 냈다.

"이러시면 곤란합니다."

잔뜩 겁먹은 주인은 안쓰러울 정도로 억울해하고 있었다. 유월은 곤혹스러웠다. 자신의 그런 느낌이 매우 낯설게 느껴졌다. 적어도 자신의 삶이 지금의 몰골처럼 무전취식을 일삼던 부랑자의 삶이 아니란 것을 확신했다.

그때 누군가 대나무 우산을 쓴 채 다가왔다.

"제가 계산하죠."

대신 계산을 자처한 사람은 여인이었다. 열일곱쯤 되어 보이는 그녀는 바로 설부용이었다. 앞서 검운의 첫사랑과 닮았던 바로 그녀였다.

부용이 계산을 치르자 주인의 얼굴이 그제야 밝아졌다.

유월이 가볍게 고개를 숙여 인사했다.

"고맙소."

"뭘요. 이 정도쯤이야."

유월이 먼저 돌아서 걸음을 옮겼다. 쏟아지는 빗줄기가 몸을 적셨다. 어디로 가야 하나? 유월은 발길 닿는 대로 걸음을 옮겼다. 자신에 대해 떠올리려 하면 참을 수 없는 고통이 밀려들었다. 도대체 자신이 누구며 왜 이곳에 있는지 알 수 없었다.

유월이 비를 피하기 위해 객잔의 처마 밑에 쪼그리고 앉았다. '유성객잔' 이란 이동식 현판 위로 빗물이 거세게 쏟아졌다. 한기가 밀려들며 절로 온몸이 떨려왔다.

"이보슈, 여기 말고 딴 데 가서……."

점소이 하나가 입구 옆의 유월을 쫓아내기 위해 목청을 높이다가 그 인상에 질려 안으로 달아났다.

그 모습을 지켜보고 있었는지 부용이 유월 앞으로 걸어왔다. 유월을 보며 잠시 고민하던 그녀가 이내 결심을 굳혔다.

"제가 식사 대접할게요. 함께 들어가시죠."

유월이 그녀를 올려다보았다. 우산 아래 부용의 선한 얼굴이 자신을 안타깝게 내려다보고 있었다.

망설이는 유월에게 그녀가 미소를 지으며 말했다.

"안 잡아먹어요. 걱정 말고 가요."

유월이 피식 웃었다. 그런 말을 하기에는 상대는 너무 어려 보였다. 강호인이라서 그럴 것이다. 어라? 강호인? 어떻게 저 어린 소녀가 강호인이란 것을 한눈에 알아본 것이지?

"그럼 한 번 더 신세 지지."

자연스럽게 반말이 나왔다. 부용은 조금 당황한 얼굴이었지만 유월은 이미 객잔 안으로 들어서고 있었다. 내가 누구였길래 이런 무례가 이렇게 자연스러운 것일까? 생각하면 할수록 혼란만 커졌다.

입구에서 그들을 맞던 점소이가 두 사람의 눈치를 살폈다. 다시 봐도 겁나는 인상인지라 그는 유월의 눈을 마주 보지 못했다. 하지만 부용에게 저런 부랑자들에게 선심 쓰다가 오히려 봉변을 당한다는 것을 일러주고 싶었다. 이 철부지 아가씨야. 큰일 나, 큰일.

"이리로."

부용이 객잔 중앙의 탁자에 앉으려는 것을 유월이 구석 탁자로 이끌었다. 입구를 마주 보는 자리에 유월이 앉았다. 좌측 주방으로 향하는 문과 객잔 뒷문에서 가장 가까운 자리였다.

"구석 자리를 좋아하시는군요."

부용의 말에 유월이 어깨를 으쓱했다. 그래서 그런 것이 아니었다. 이 자리가 이곳 객잔을 한눈에 파악할 수 있는 곳이었기 때문에 앉은 것이다. 그러고 보니 이런 자신의 행동이 낯설지 않았다.

'직업이 뭐였을까?

느낌상 무공을 배운 것 같았다. 하지만 무슨 무공을 배웠는지, 어떻게 심법을 운용하는지 하나도 기억나지 않았다. 막연히 강호인이었음을 짐작할 뿐인데 그조차도 확실하지 않았다. 어쩌면 죄를 짓고 쫓기는 범죄자였을지도 모른다는 생각이 들었다. 그렇지 않다면 객잔에서 이런 자리를 골라 찾을 리가 없지 않을까?

그사이 부용이 술과 안주를 시켰고 점소이에게 커다란 수건을 가져오게 했다. 유월이 수건으로 얼굴과 손을 닦았다. 흰 수건에 빗물에 녹은 홍건한 피가 묻어 나왔다.

부용이 살짝 긴장했다. 그냥 배고픈 거지인 줄 알았는데 가까이서 보니 그런 것 같지 않았다. 생김새며 분위기가 보통 내력이 아니게 느껴진 것이다. 여인의 몸으로 경솔한 자비를 베풀다 큰일을 당하는 것은 강호에서 드문 일이 아니었다.

그것을 알면서도 왜 유월에게 관심이 갔을까? 그녀는 스스로 답을 알고 있었다. 만두 가게 앞에서 난처해하던 유월이 누군가를 떠올리게 했던 것이다. 바로 검운이었다.

차가우면서도 맑은 눈빛. 유월의 분위기는 분명 검운과 닮아 있었다. 그렇지 않다면 지금같이 복잡한 상황에서 부랑자와 다를 바 없는 사내에게 관심을 보이진 않았을 것이다.

가족들과 함께 이곳 청천(靑川)으로 숨어들어 온 지 벌써 열흘이 지났다. 오늘까지도 아버지는 검운이 죽던 그날의 일에 대해 한마디도 하지 않았다. 아버지와의 냉랭한 사이가 계속되었다. 오늘도 심 노인의 감시를 피해 몰래 외출한 그녀였다.

얼굴을 닦아낸 유월의 분위기는 한층 더 검운을 닮아 있었다. 부용이 가볍게 한숨을 내쉬었다. 검운이 보고 싶었다. 자신이 손수 묻었기에 그리움이 더했다. 그녀는 검운이 죽었다고 믿고 있었다. 그래서 그녀는 더욱 검운이 보고 싶었다.

그사이 술과 안주가 나왔다.

"드세요."

유월은 거절하지 않았다. 여전히 허기는 육체를 지배하고 있었다. 반 마리의 훈제오리가 순식간에 바닥이 났다. 마치 봉이라도 잡은 거지처럼 굴긴 싫었지만 유월은 도저히 참을 수 없었다.

부용이 놀랍다는 얼굴로 눈을 동그랗게 떴다.

"정말 잘 드시는군요. 도대체 며칠이나 굶으신 거예요?"

유월이 입가에 묻은 기름기를 소맷자락으로 슥슥 닦아냈다.

"모르겠다."

액면대로 받아들여야 할 말이었지만 부용은 그 대답이 아주 오래 굶은 것이라 받아들였다. 대놓고 반말하는 것도 일단 넘어가기로 했다. 검운이 그랬듯이 상대는 반말이 너무나 잘 어울리는 사람이었다.

"더 시켜야겠군요."

부용이 점소이를 불러 몇 가지 안주를 더 시켰다.

유월이 자신의 잔에만 술을 따르자 부용의 인상이 조금 굳어졌다.

"아직 술 마실 나이는 아닌 것 같군."

뻔뻔한 유월의 말에 부용이 어이없다는 표정을 지었다. 배고픈 놈 생돈 들여 처먹여놨더니 뭐?

"당신, 이제 보니 무척이나 뻔뻔하군요."

"그래 보이나?"

부용이 또박또박 한 마디씩 끊어서 웃었다.

"하. 하. 하."

그녀가 자신의 잔에 술을 따랐다. 유월은 그것을 말리진 않았다. 대신 물었다.

"몇 살이지?"

"스물이에요!"

부용은 홧김에 거짓말을 했다. 어리니까 술 먹지 마라, 어리니까 남자 조심해라, 어리니까… 지긋지긋하게 들어온 말이었다.

"그리고 언제 봤다고 반말이에요!"

그녀의 항변에 아랑곳 않은 채 유월의 눈이 가늘어졌다.

"거짓말이군."

한눈에 거짓을 알아내자 부용이 조금 당황해했다.

"흥! 그렇게나 잘 아시는 분이 어떻게 만두 하나 사 먹을 돈이 없었대요?"

유월이 묵묵히 고개를 끄덕였다. 일단 자신의 물건부터 찾아야 했다. 부랑자가 훔쳐 간 물건 중에 자신의 신분을 알 수 있는 것이 있을지도 모를 일이었다.

놈이 물건을 처분할 곳은 뻔했다. 이곳에서 장물을 처리하는 곳이라면… 문득 마음속에 하나의 단어가 떠올랐다.

'일심회(一心會).'

청천 지방을 지배하는 암중 세력. 이곳에서 도난당한 물건을 찾기 위해선 반드시 그들을 찾아야 했다. 어, 그러고 보니 이건 어떻게 알고 있는 것이지? 일심회란 단어가 떠오른 순간, 그들과 관련된 많은 정보들이 떠올랐다. 도대체 난? 순간 다시 머리가 아파올 것 같은 기미가 보였고 유월은 생각을 거뒀다.

유월이 골똘한 생각에 잠겨 있자 부용이 고개를 내저었다. 그녀에게 유월은 뭐랄까? 참으로 사람을 열받게 만들면서도 정작 화를 낼 수 없게 만드는 유형이랄까? 어쨌든 유월에게는 함부로 대하기 어려운 뭔가가 있었다… 마치 검운처럼.

"당신 이름이 뭐죠?"

"모른다."

"그러시겠죠."

부용이 짜증난다는 듯 술을 들이켰다.

"자고로 머리 검은 짐승은 거두지 말라는 말이 있죠."

살짝 미안한 마음이 든 유월이 솔직히 말했다.

"정말 내가 누군지 모른다."

너무나 진지했기에 순간 부용은 어리둥절해졌다.

"이름이 기억나지 않아. 내가 누구였는지, 왜 이곳에 있는지도."

"에헤? 농담 마세요."

유월이 묵묵히 술을 마셨다. 표정과 태도, 눈빛에서 유월이 진실을 말하고 있음을 느꼈다.

"정말 아무것도 기억이 나지 않나요?"

"나에 대해선 전혀. 하지만 그 외에는 많은 것을 알고 있지. 이곳이 어딘지, 이곳에 어떤 강호의 조직들이 어떤 세력을 갖추고 있는지, 그들을 이끄는 수장들의 무공 수위가 어떤지."

믿기 어렵다는 부용을 향해 유월이 말을 이었다.

"너에 대해서도 알 것 같군. 넌 아마도 삼재검법에서 파생된

검법을 배웠을 거다. 고요함으로 움직임을 제어한다는 이정제동(以靜制動)의 이치를 완전히 깨닫지 못해 여전히 무공은 오성의 경지에 머물러 있겠지."

부용이 깜짝 놀랐다. 자신이 배운 연운검법(連雲劍法)은 분명 삼재검법에서 파생된 것이 맞았다. 그리고 자신이 오성의 경지를 넘지 못해 헤매고 있는 것 또한 사실이었다. 그 과정에서 항상 듣는 충고 역시 정확했다.

"어떻게 그걸 알아낸 거죠?"

"네가 숨 쉬고 걷는 모습에서."

"말도 안 돼!"

부용의 눈빛에서 당장 경계심이 감돌았다.

"당신 누구죠?"

유월이 침울하게 대답했다.

"모른다니까."

부용이 긴장했다. 분명 자신을 알고 접근한 것이 틀림없다고 생각했다. 그녀가 자리를 박차려던 그때, 두 사내가 객잔 안으로 들어섰다.

점소이가 반갑게 그들을 맞았다.

"오랜만에 오셨습니다."

"말도 마라. 요즘 밥 먹을 시간도 없다."

점소이와 자연스럽게 인사를 나누는 두 사내는 정도맹의 무복을 입고 있었다. 그들이 객잔 안을 날카롭게 훑었다. 부용과 함께여서인지 그들은 이내 유월에게 관심을 거두고 창가에 자리를 잡았다.

"평소대로 한 상 차리고."

"반주 한잔하셔야죠?"

"근무 중이다."

"그럼 딱 한 잔만 드립죠."

점소이가 발 빠르게 주방으로 뛰어갔다. 피곤한 기색이 역력한 사내들은 사실 술 생각이 간절했다. 이곳을 주로 찾는 이유는 점소이의 저 재빠른 눈치 때문이었다.

"그나저나 환장하겠군. 어디서 그런 미친놈이 나타나서."

"내 말이 그 말이야. 왜 하필 우리 구역에서 지랄이야."

두 사내가 한숨을 교환했다. 유월은 그들의 등장으로 묘한 위화감을 느끼고 있었다. 두 사람에 대한 두려움이 아니었다. 뭐랄까? 왠지 모를 거리감이랄까? 어쨌든 정도맹의 복장은 그의 신경을 계속 거스르고 있었다.

정말 난 범죄자였던 것일까? 다시 한 번 그런 생각이 들었다. 정도맹 무인들이 등장하며 유월의 태도가 달라졌음을 깨닫자 자리를 박찰 기회를 놓친 부용이 더욱 긴장했다.

어쨌든 사내들의 이야기는 계속 이어졌다.

"벌써 몇 명째지?"

"아홉이네. 지난 열흘간 처녀만 아홉이야."

"도대체 어떤 개 같은 색마 놈이."

탁자에 차를 올리던 점소이가 끼어들었다.

"무슨 일 있습니까?"

"넌 알 것 없다."

"우리 사이에 그러시지 마시고… 오늘 특별히 오리 반 마리 내놓겠습니다."

"치사하게 반 마리는."

사내가 입맛을 다시며 슬쩍 입을 열었다.

"뭐, 어차피 오늘 내로 다 알려질 이야기니. 요 근래 실종 사건이 연속해서 발생했다. 전부 여염집 처녀들이었지."

"설마 방금 전에 말씀하신 아홉이 그 희생자들입니까?"

사내가 묵묵히 고개를 끄덕였다.

"그들은 모두 시체로 발견되었다. 정혈이 모두 빨린 채 거죽만 앙상하게 남았지."

그 모습이 다시 떠오르는 듯 사내가 진저리를 쳤다.

"젠장. 차는 치우고 술부터 가져와라. 목마르다."

점소이가 고개를 갸웃했다.

"근데 어찌 소문이 안 났을까요?"

사내가 주위를 돌아보며 목소리를 낮췄다.

"두 번째 희생자가 이 대인 댁 둘째 딸이다."

"이 대인이라면 이곳 사천에서 다섯 번째로 부자라는 그 이 대인 말씀이십니까?"

"그래. 첫째 딸 혼사 때문에 쉬쉬 비밀리에 수사를 진행했는데 이제 다 틀렸다. 사건이 너무 커졌어. 오늘부로 공개적으로 놈을 추격하게 될 거다."

함께 왔던 사내가 끼어들었다.

"너 수상한 자를 보면 당장 신고해. 이 대인이 현상금을 이천 냥까지 올렸다."

"헉! 이천 냥!"

"자, 이제 술이나 가져와라."

돌아서던 점소이가 흠칫 발걸음을 멈췄다. 그의 시선이 유월과 부용에게로 고정되었다. 유월이 부용에게 의도적으로 접근했다고 생각한 그였다. 이천 냥이란 말에 의심은 곧바로 확신이 되었다. 소 뒷걸음질에 쥐 잡는다고 어쩌면 대박을 칠 기회일지도 모른다는 생각이 들었다.

점소이가 돌아서 속삭였다.

"저, 저기 저자가 수상합니다."

"닥치고 술 가져오라니깐."

"저자가 의도적으로 저 여인에게 접근하는 것을 목격했습니다."

그 말에 정도맹 무사들의 눈빛이 날카로워졌다.

두 사람이 자리에서 일어나 유월 쪽으로 다가왔다. 부용의 낯빛은 굳어 있었다. 그녀도 그들의 대화를 듣고 있었다. 한옆의 의자에 놓인 수건의 피가 그녀의 시선을 잡아끌고 있었다.

정도맹 무사들이 가까이 다가올 때까지 유월은 그 자리에 앉아 있었다. 다가온 사내들이 대답할 수 없는 것을 물어왔다.

"못 보던 얼굴인데 어디에서 온 누군가?"

유월이 부용에게 도움의 눈빛을 보냈다. 하지만 부용은 혼란스런 상태였다. 부용이 우물쭈물하자 무인들이 검을 반쯤 뽑았다.

"이거 수상하군. 자리에서 천천히 일어나. 손은 탁자에 올린……."

퍼억!

유월의 주먹이 사내의 명치에 박혔다. 짤막한 비명과 함께 사내의 몸이 기울어진 순간, 그의 몸을 짚으며 유월이 몸을 날렸다. 유월의 발길질에 또 다른 사내의 턱이 날아갔다.

"튀어!"

유월이 뒷문으로 달려갔다. 놀란 부용이 엉겁결에 그 뒤를 따라 뛰었다. 너무 순식간에 일어난 일이었기에 그녀는 정신을 차릴 수가 없었다.

두 사람이 골목길을 내달렸다. 뒷문에서 점소이가 저놈 잡으라며 고함을 질러댔다.

유월은 뒤도 돌아보지 않고 달렸다. 유월의 뒤를 따라 달리며 부용은 고민했다. 그와 함께 달아날 일이 아니란 생각이 들었다. 아니, 지금 방심하고 있을 때 유월의 등에 검을 찔러 넣어야 하지 않을까? 하지만 그가 색마가 아니라면? 무고한 사람을 죽이게 될 것이다. 이런저런 복잡한 생각이 빠르게 스쳤다.

순식간에 골목을 빠져나온 두 사람이 인파 속에 묻혔다.

나란히 걷던 부용이 결심했다. 만약 그가 색마라면 직접 자신의 손으로 처단해야겠다고. 물론 그 일련의 모든 행동들은 놀라고 당황한, 아직 강호의 일을 모르는 풋내기였기에 가능한 행동들이었다.

상가 거리를 지나 한적한 골목길에 들어섰을 때 비로소 부용이 검을 빼 들었다.

"멈춰요!"

목에 겨눠진 검을 내려다보는 유월의 눈빛이 깊었다.

부용의 목소리가 떨렸다.

"당신 짓인가요?"

스스로 생각해도 참으로 순진한 물음이었다. 여인을 아홉이나 죽인 색마라면 곱게 자백할 리 없는 물음이었다. 잘못하면 자신도 당할지 모른다는 생각에 심장이 터질 듯이 뛰었다.

그에 비해 유월의 대답은 담담했다.

"나도 모르겠다."

부용을 향한 유월의 눈빛은 맑았다. 부용의 본능이 속삭였다. 이 사람은 아냐. 검끝이 흔들리던 그때.

유월이 그녀의 팔목을 낚아채며 살짝 비틀었다. 앗 하는 비명과 함께 검이 떨어졌고 유월이 다른 손으로 검을 받았다. 검은 다시 그녀의 목에 겨눠졌다.

"너! 이 색마!"

부용의 표정이 분노로 일그러졌다.

욕설을 퍼부어대려는데 유월의 표정은 더없이 담담했다. 나오려던 욕이 쏙 들어갈 정도로.

"검을 찬 이상 절대 검을 놓쳐서는 안 된다. 이럴 거면 애초에 차고 다니지 마라."

유월이 검을 돌려 손잡이를 내밀었다. 부용이 멍한 얼굴로 검을 받아 들었다.

"오늘의 신세는 꼭 갚지."

유월이 돌아섰다. 그의 뒷모습을 보며 부용은 다시 한 번 누군가를 떠올렸다. 검운. 같은 상황이라면 검운 역시 똑같은 말을 했을 것 같은 기분이 들었다. 그녀의 눈시울이 붉어졌다. 순전히 검운에 대한 그리움 때문이었다.

유월을 이대로 보낼 수 없다는 생각이 들었다. 무작정 유월의 뒤를 따라붙었다. 유월과 어깨를 나란히 하며 그녀가 물었다.

"어디 가요?"

자신을 따라온 그녀가 의외란 표정을 짓고는 유월이 대답했다.

"찾아야 할 것이 있다."

"같이 가요."

"돌아가. 위험해."

유월이 그녀를 떨쳐 내려는 듯 성큼성큼 앞장서 걸어갔다. 그 뒷모습을 보며 적어도 유월이 그 색마는 아니란 확신이 들었다. 부용이 입을 삐죽 내밀었다.

"피, 자기 이름도 모르는 주제에."

두근거리는 마음으로 그녀가 유월의 뒤를 따라갔다. 이 강호 어디에도 닥쳐온 모험을 마다할 십팔 세 소녀는 없었다.

*　　　*　　　*

청천 시내에 정도맹의 무인들이 쫙 깔렸다.

도시 밖으로 나가는 모든 길은 봉쇄되었고 본격적인 정도맹 무인들의 수색이 시작되었다. 유월의 인상착의가 그려진 벽보가 내걸렸다. 현상금은 이천 냥이었다. 유월의 얼굴 옆에는 부용의 얼굴이 작게 그려져 있었다. 그녀는 납치된 것으로 설명되어 있었다. 그녀를 피해자로 단정한 유성객잔 점소이의 강력한 증언 탓이었다.

어쨌든 이천 냥이란 거금은 보통 서민들은 평생을 노력해도 벌 수 없는 돈이었기에 모두들 눈에 불을 켜고 주변 사람들을 살폈다.

지나가던 사내 둘이 벽보 주위에 몰려든 사람들을 헤치며 들어섰다.

"비켜봐. 뭔데 그래?"

그들을 본 사람들이 모두 뜨악하고 물러섰다. 우락부락한 얼굴의 그는 청천의 뒷골목을 지배하고 있는 일심회의 양추(楊秋)였다. 일심회는 일반 파락호들의 집단이 아니었다. 일심회가 유명해진 것은 십 년 전의 일이었다.

그해 가을, 사천에서 제법 명성을 날리던 유수검(流水劍) 이혁(李奕)과 일심회주 뇌우백(牢友栢) 간의 일전이 있었다. 두 사람의 싸움은 참으로 모양새 안 나게 기루에서 술 먹다 일어났다. 술기운 탓이었는지 두 사람은 펄펄 날뛰며 무려 오백 초를 나눴는데 결국 뇌우백이 승리했다. 싸움에서 진 이혁은 한

쪽 팔이 잘리고 단전이 파괴되어 폐인이 되었다.

사실 일심회를 이름나게 한 것은 그 승리 때문이 아니었다. 유수검의 절친한 친구였던 청성과 검객 윤회연(尹喜宴)이 복수를 하러 나섰다. 하지만 그의 복수는 이뤄지지 않았다. 일심회를 대변해 사천당문이 중재를 나선 것이다. 그제야 사람들은 일심회의 배후에 사천당문이 있음을 알게 되었다. 물론 그 일은 은밀히 이뤄졌지만 소문이 아니 날 수 없는 일이기도 했다. 어쨌든 감숙 진출을 꿈꾸는 사천당문의 최전방 전초기지가 바로 일심회였다. 물론 청천의 온갖 이권에 개입한 일심회와의 관계를 당문은 공식적으로 인정하진 않았다.

양추는 일심회 무인들 중 행동대장을 맡고 있는 자였다. 자연 그의 주위가 썰렁해졌다.

"현상금이 이천 냥? 뭐 하는 놈인데 이렇게 비싸?"

그러자 함께 왔던 수하 임길(林吉)이 현상 벽보를 훑었다.

"색마라는데요? 인근 고을의 처녀 아홉을 죽이고 지금 도주 중이랍니다."

"시벌. 아홉이나 해먹었어? 그것도 처녀만? 부럽네, 부러워."

객쩍은 소리에 임길이 피식 웃었다.

양추가 주먹을 불끈 쥐고 말했다.

"이런 새끼가 내 손에 한번 걸려야 하는데. 이천 냥이면… 어휴."

"벌써 날랐을 겁니다. 바보가 아닌 다음에야 아직 여기에 있겠습니까?"

그때 그들의 뒤에서 말소리가 들려왔다.

"이상한 일이군."

두 사람이 깜짝 놀라 고개를 돌려보니 짙은 자색 장삼을 차려입은 사십대의 중년인이 뒤에 서 있었다. 맑은 음색이 이십대 청년이라 생각했는데 생각보다 상대는 나이가 많아 보였다. 눈이 쭉 찢어지고 튀어나온 광대뼈에, 입술까지 두꺼운 것이 추남 중의 추남이라 할 만한 얼굴이었다.

"이 새낀 뭐야!"

자신도 모르게 욕부터 튀어나온 양추였다.

중년 사내는 아무 말도 하지 않았다는 듯 수배 전단에만 시선을 주고 있었다. 고깝고 기분 나쁘지 않다면 일심회의 개차반 양추가 아니리라.

"이 못생긴 놈이 지금 뭐라 지껄인 거야?"

중년 사내가 양추를 쳐다보았다. 가느다란 눈빛에서 흘러나오는 사기가 예사롭지 않아 절로 '헉' 소리가 튀어나왔다. 하지만 사리분별보단 주위 시선을 더욱 중요시하며 살아온 양추였다. 멀리 구경꾼들이 보고 있는데 이대로 물러설 수 없었기에 양추가 배에 힘을 주었다.

"인, 인마, 너 뭐야!"

한풀 꺾인 양추의 저항에 사내가 씩 웃었다. 그러자 양추는 더 무서워졌다. 자신도 모르게 두어 걸음 물러났다.

사내가 넌지시 물었다.

"너희 집에 여자 많으냐?"

"뭐, 뭐야? 이 새끼 뭐야?"

사내의 맑은 목소리는 분명 못생긴 얼굴과 어울리지 않았고, 그 얼굴과 목소리 모두 지금의 물음과 어울리지 않았다. 결국 양추의 찝찝함만 더해졌다.

눈치 빠른 임길이 재빨리 끼어들었다.

"어서 가시죠. 회주님께서 늦지 말고 모이라고 거듭 강조했습니다."

양추로선 너무나 고마운 만류였다.

"뭔 일인데 그리 서둔데. 혹시 이 새끼 잡자는 거 아냐?"

"이 일은 아닙니다."

"새끼, 네가 회주냐? 어찌 알아."

양추가 회주 운운하며 목청을 올렸다. '내가 일심회에서 이 정도는 돼'라는, 중년 사내가 듣고 겁 좀 먹어줬으면 하는 바람이었지만 중년 사내의 관심은 다시 수배 전단에 가 있었다.

"그, 그게 아니라 물건이 하나 들어왔답니다."

"물건? 뭔데? 무슨 대단한 물건이라고 나까지 불러?"

"그건 저도 잘 모르겠습니다. 일단 가시죠."

임길이 양추를 끌고 억지로 그곳을 떠나갔다. 양추가 못 이기는 척 그에게 끌려갔다. 저 멀리 멀어지자 양추가 중년 사내를 향해 욕을 해댔다.

멀리서 들려오는 욕설을 들으며 중년 사내가 다시 고개를 갸웃했다.

"설마?"

그 설마의 대상은 분명 그림 속의 유월이었다. 그의 시선이 유월과 부용을 번갈아 오갔다.

이윽고 중년 사내가 걸음을 옮겼다.

"일단… 식사부터 해볼까?"

그가 향하는 곳은 앞서 사라졌던 양추가 떠났던 방향이었다.

그렇게 그 사내마저 그곳을 떠나가자 다시 사람들이 모여들었다.

그곳에 남은 것은 이제 일확천금의 꿈과 서로를 향한 의심스런 눈초리들뿐이었다.

그 시각 그곳에서 백여 장 떨어진 건물로 유월과 부용이 들어서고 있었다. 골목길 사이에 위치한 그 건물은 금방이라도 허물어질 것처럼 낡았다.

"여기가 어디죠?"

유월의 뒤를 따르며 부용이 연신 주위를 두리번거렸다. 칠이 벗겨진 낡은 벽에는 휘갈겨 쓴 낙서가 가득했는데, 대부분 누군가를 저주하는 내용이었다. 단번에 이 건물의 주인이 어떤 사람인지를 짐작하게 했다.

섬뜩한 느낌을 받으며 부용이 계단을 걸어 올라갔다. 이층으로 올라가자 철문이 굳게 막아섰다.

유월이 철문을 두드리자 문에 붙은 작은 창이 열렸다. 창 속의 두 눈이 날카롭게 유월의 얼굴을 훑었다. 사내가 무뚝뚝하게 물었다.

"누구 소개로 왔소?"

"오늘 들어온 물건 때문에 왔소."

그 말에 사내의 눈빛이 번뜩였다. 창이 닫혔다. 가타부타 말이 없었지만 돌아가란 의미가 아니라 누군가에게 보고를 하러 갔음이 느껴졌다. 기다리는 사이 부용이 다시 물었다.

"여기가 어디죠?"

"암물포(暗物鋪)다."

"암물포? 그게 뭐 하는 곳이죠?"

"물건을 맡기고 돈을 구하는 곳이지. 주로 급전이 필요한 사람들이 이용한단다."

"아! 이런 곳도 있었군요."

그녀는 암물포의 존재를 이번에 처음 알았다. 사실 그것도 무리는 아니었다. 강호에 암물포가 생겨나기 시작한 것은 불과 몇 년에 지나지 않았다. 그것도 대부분 도적들이 장물을 처리하는 방편으로 사용되었기에 정식으로 허가가 나지 않은 업종이었다. 귀하게 자란 부용이 모르는 것은 당연했다.

"근데 여긴 왜?"

"찾을 물건이 있다."

"기억을 잃었다면서 여긴 어떻게 알았지요?"

유월이 유심히 주위를 살폈다.

"와본 곳이니까."

그 말 외에는 설명할 길이 없었다. 기억이 나지 않는 것은 오직 자신에 대한 부분이었다. 그 외의 일은 놀라우리만치 확실히 기억했다. 분명 이곳은 언젠가 와본 곳이거나 적어도 이런 곳이 이곳에 있다는 것을 알고 있었다.

그때 앞서의 그 사내가 문을 열어주었다.

"들어오시오."

두 사람이 들어서자 사내가 입구 쪽을 지키듯 막아섰다. 반질반질 닳은 검의 손잡이를 보며 유월은 사내의 무공 내력을 정확히 예측해 냈다. 삼류와 이류 사이. 수치로 적으라면 적을 수도 있을 정도로 사내의 무공 실력을 정확히 추측해 냈다. 다시 한 번 스스로의 과거와 자신의 신분이 궁금해지는 순간이었다.

하나의 너른 공간. 그곳의 정면에 다시 철창이 총총히 내려와 있었다. 칙칙한 검은빛을 발하는 그것은 보통 금속이 아닌 듯 보였다. 유월은 직감적으로 알아차렸다. 지금 자신의 힘으로 저 철창을 부술 수 없다는 것을.

철창 너머로 삼십대 사내가 의자에 앉아 있었다. 그가 바로 이곳 암물포를 운영하는 규길재(奎吉財)였다.

"물건 때문에 오셨다고?"

매서운 눈매만큼이나 걸음걸이에 절도가 있는 사내였다. 문을 지키는 사내의 무공보다 딱 세 배 정도 강한 사내였다. 무공이 강한 상대일수록 유월의 눈썰미는 더욱 정확히 발휘되고 있었다.

"그렇소."

길재가 뱀눈을 뜨며 유월을 샅샅이 훑었다.

"우리가 구면이던가?"

"아니오."

길재가 목소리를 깔았다.

"초면인데 물건을 찾으러 왔다? 누구 대리로 왔나?"

"오늘 칼 한 자루와 몇 가지 물건들이 맡겨졌을 것이오."

"맡겨졌을 것이다?"

말의 어조나 표정으로 볼 때 그가 자신의 물건을 맡았다고 유월은 확신했다. 자신은 분명 이런 자들을 많이 다뤄본 경험이 있었다.

길재가 까칠한 턱수염을 매만지며 유월과 부용을 번갈아 바라보았다. 의심과 경계심이 가득 담긴 신중한 눈빛이었다.

"일을 그렇게 처리할 순 없지. 물건을 대신 찾으려면 물건을 맡긴 사람의 서명이 든 위임장을 받아와야지."

상식에 맞는 말이었다.

"그 물건은 도난당한 것이오."

"허허."

그런 이유는 어림없다는 듯 웃었지만 길재의 경계심이 더욱 커졌다.

과연 유월의 예상대로 그 물건들은 이곳에 맡겨졌다. 길재가 그 물건들을 본 것은 불과 한 시진 전이었다.

수하 놈이 맡아둔 명패를 보고 왜 이따위 모조품을 받았냐며 놈의 정강이를 깠다. 오십 냥이란 거금을 쓸 명패가 아니었다.

사실 명패는 가장 큰 돈이 되는 물건 중 하나였다. 사기꾼이나 살수들이 주로 구하는 물건인데 그 명패에 쓰인 이름에 따라 그 값어치는 천지간으로 달라졌다. 그런데 이번 명패에 쓰인 이름은 그 어떤 살수도, 그 어떤 사기꾼도 감히 구해달라 할 수 없는 이름이었다.

수하 놈을 닦달하며 두들겨 패는데 놈이 억울하다며 뒤늦게 나락도를 내밀었다. 도가 심상치 않아서 함께 맡았다는 것이다.

나락도를 보는 순간 길재는 깜짝 놀랐다. 근 십여 년을 장물만 취급해 온 그였다. 보고 듣는 일이 많은 일이었다. 나락도가 마교 흑풍대주 독문병기란 것을 모르지 않았다. 명패와 나락도. 그의 입장에선 일단 진짜일 리 없는 물건이었고 두 물건이 함께라면 누군가 마음먹고 위조한 것이리라.

한데 문제는 나락도였다. 가짜로 생각하기에 나락도는 너무나 명품이었다. 어지간한 진품 도보다 훨씬 좋은 품질로 보였다. 오십 냥이 아니라 오천 냥을 줘도 구할 수 없는 물건처럼 보였다.

한참을 물건을 살피다 결국 설마하는 마음으로 일심회주에게 물건을 보낸 것이 불과 반 시진 전의 일이었다. 직접 가지 않은 것은 혹시나 하는 마음 때문이었는데 과연 그 주인을 자처한 자가 나타난 것이다.

길재의 긴장은 바로 유월이 진짜 흑풍대주일지도 모른다는 두려움 때문이었다.

"그 물건이 자네 것이라는 증거가 있나? 도둑맞았다는 증거가 있냐는 말이지?"

"없소."

"그럼 돌아가시게."

이만큼이나 정중하게 대해주는 것도 정말 평소의 길재답지 않았다. 문 앞을 막아선 사내가 이상하다는 듯 고개를 갸웃거릴 정도였다. 평소의 길재라면 벌써 욕설이 터져 나왔을 것이고, 아니, 자신에게 패서 쫓아내라 명령을 내려도 열 번은 더 내렸을 터였다. 그만큼 길재는 조심하고 있었다.

길재가 축객령을 내리자 옆에 서 있던 부용이 이제는 자신이 나서야 할 때라고 생각했다.

"도난당한 물건이라고 주장하면 한 번쯤은 조사를 해야 하지 않겠어요?"

그 순간 길재는 확신했다. 상대가 절대 흑풍대주가 아니란 것을. 맡은 물건이 진짜라면 일은 이런 식으로 진행되지 않을 것이다. 저런 애송이 여자애가 도난당한 물건 운운할 일도 없이 자신의 목은 이미 바닥을 뒹굴고 있을 것이다.

돌아선 길재의 인상이 확 구겨졌다. 동시에 자연스럽게 반말이 튀어나왔다.

"무슨 조사? 여기가 도적놈들 잡는 곳이냐? 왜? 우리보고 잡아달라고?"

으름장이 가득했지만 그렇다고 기죽을 부용이 아니었다.

"그렇다고 그냥 돌아설 일이 아니지요."

길재의 입과 눈, 그 양 꼬리가 동시에 치솟았다.

"그래서 어쩌자고?"

"아침에 물건 맡긴 사람이 누구였나요? 혹시 아는 얼굴이었나요?"

길재가 이제는 협박조로 말했다.

"어이, 어린 아가씨. 넌 여기가 어딘지 아느냐?"

등 뒤에 선 사내가 한 발 다가섰다. 그가 겁을 주려는 듯 검을 반쯤 뽑았다. 옆에서 길재를 말없이 응시하던 유월이 툭 내뱉었다.

"일심회주에게 안내하시오."

길재의 놀란 시선이 유월을 향했다. 자신이 일심회의 일원인 것은 극비였다. 이곳 청천에서 일심회의 존재는 공공연했지만 이곳이 일심회의 사업체 중 하나란 것은 극비 중의 극비였다.

"너! 뭐야?"

길재의 눈이 사납게 찢어졌다. 문 뒤에 선 사내가 본능적으로 움찔 움직인 순간, 유월이 그를 벽으로 밀어붙였다. 꽈당 하고 벽에 부딪친 사내가 억지로 검을 뽑으려 했다. 유월이 그의 팔목을 잡으며 검을 뽑지 못하게 막았다.

"이 새끼가!"

두 사람이 서로의 멱살을 쥔 채 빙글빙글 돌았다. 깜짝 놀란 부용이 검을 뽑아 들었지만 엎치락뒤치락거리는 그들이었기에 쉽게 돕지 못했다.

그 모습을 지켜보던 길재의 눈에 비웃음이 떠올랐다. 밤을 지키는 사내 하나 제압 못해 쩔쩔매는 꼴이 우스웠던 것이다. 저런 삼류 얼치기를 두려워했다는 생각에 화가 치밀어 올랐다.

길재가 한옆의 장치를 누르자 철창 옆의 작은 문이 열렸다. 그가 밖으로 나오는 순간.

빠악.

멱살을 쥐고 있던 유월의 손이 사내의 목을 후려쳤다. 정신을 잃은 사내가 벽에 기댄 채 미끄러져 내려왔다.

놀란 길재가 반사적으로 검을 뽑아 들었다.

"죽어!"

일갈을 내지르며 길재가 몸을 날렸다. 유월이 쓰러지는 사내의 허리에서 검을 뽑아 들었다. 날아든 길재의 검을 비껴 쳐 낸 유월의 검이 그대로 길재의 어깨에 박혔다.

퍽.

피가 튀며 길재가 비명을 질렀다. 그 순간 길재는 느꼈다. 상대가 자신보다 훨씬 고수란 사실을. 앞서 보여준 행동은 자신을 철창 밖으로 끌어내기 위한 위장에 불과했다는 것을.

유월이 검을 뽑자 어깨에서 피분수가 일었다.

"물건 어쨌지?"

차갑게 물어오는 유월을 보며 길재가 이를 악물었다.

유월은 망설이지 않았다. 길재의 반대쪽 어깨에서 핏물이 튀었다. 거친 손길이었기에 앞서보다 더 고통스러운 비명이 내질러졌다. 이제 유월은 묻지 않았다. 그저 무심한 눈빛으로 검을 휘둘렀다. 길재의 허벅지가 갈라졌다.

"으아아아악!"

길재의 비명에 부용이 눈을 질끈 감았다. 말려야겠다는 생각이 들었지만 두려움에 아무 말도 나오지 않았다.

다시 유월의 검이 들려질 때 길재가 소리쳤다.

"회주, 회주께 보냈습니다!"

유월이 길재의 눈을 들여다보았다. 진실을 말하고 있다는 것이 느껴졌다.

유월의 발길질에 길재의 턱이 돌아갔다. 그대로 길재가 혼절했다.

돌아서는 유월과 부용의 시선이 마주쳤다.

"당, 당신?"

부용의 목소리는 두려움에 떨리고 있었다.

"무엇을 말하고 싶으냐?"

곧이어 앞서 두 사람이 한 번씩 주고받았던 대화가 다시 한번 반복되었다.

"당신 도대체 누구죠?"

"넌 그만 돌아가라."

이다경 후, 두 사람은 그곳에서 오 리쯤 떨어진 한 장원 근처에 도착했다.

"왜 가지 않느냐?"

유월의 물음에 부용이 가볍게 한숨을 내쉬었다.

"저도 잘 모르겠어요."

부용은 왜 자신이 유월의 뒤를 따라 이곳까지 왔는지 스스로도 알지 못했다. 유월에게 반했다거나 딱히 이후 유월의 행로가 궁금해서도 아니었다. 알 수 없는 끌림이랄까? 이대로 떠나서는 안 될 것 같은 기분이 들었다. 그것은 운명의 끌림이었다. 그녀의 운명을 완전히 뒤바꿔 놓을 운명의 부름. 하지만 지금의 그녀로선 그것을 알 도리는 없었다.

"그나저나 여긴 어디죠?"

부용의 물음에 유월이 담담히 대답했다.

"일심회의 본거지다."

부용은 일심회의 존재에 대해 알지 못했다. 아버지를 따라 이곳 청천에 숨어든 지 얼마 되지 않았기 때문이었다.

"그들이 순순히 물건을 내어줄까요?"

"아니겠지."

"그런데 왜?"

문득 그녀가 입을 다물었다. 앞서 잔인하게 길재를 찌르던 유월의 모습이 떠올랐다.

두려움을 떨치며 그녀가 나직이 말했다.

"당신이 진짜 기억을 잃은 것이라면… 어쩌면 이대로 사는 게 나을지도 모르겠군요."

그녀의 뜻을 짐작한 유월의 눈동자가 살짝 떨렸다.

"어쩌면… 그럴지도 모르지."

말과는 달리 유월의 마음속에는 기억을 찾고자 하는 열망이 가득 차 있었다. 설령 그래서 후회한다 하더라도.

유월이 장원으로 걸어갔다. 그와 몇 걸음 떨어져 부용이 뒤따라 걸었다.

담을 넘어 들어갈까 생각했지만 발걸음은 대문을 향하고 있었다. 기억을 잃기 전 자신은 담을 넘는 것과는 거리가 먼 사람이란 생각이 들었다. 우선은 본능에 따르기로 했다. 상대의 무공 실력을 정확히 파악하는 눈. 그리고 동물적인 반사신경과 육감. 오직 그것만이 유월이 가진 전부였다.

유월이 문을 두드리자 문이 끼이익 음침한 소리를 내며 천천히 열렸다. 뒤따라온 부용이 바짝 긴장했다. 유월의 표정 역시 진지해졌다. 장원에서 흘러나오는 피 냄새가 두 사람의 말초신경을 자극하고 있었다.

두 사람이 조심스럽게 장원 안으로 들어섰다.

"아앗!"

부용이 소리치며 고개를 돌렸다.

장내에는 참혹한 광경이 펼쳐져 있었다. 장원에 널브러진 시체들은 한두 사람이 아니었다. 연무장 여기저기에 시체들이 널려 있었다.

"그, 그만 돌아가요!"

놀란 부용이 유월의 옷깃을 잡아끌었다. 하지만 유월은 그냥 떠날 생각이 조금도 없었다.

　유월이 연무장 안으로 들어섰다. 부용이 할 수 없다는 듯 유월의 뒤를 바짝 붙어 뒤따랐다. 두 사람이 시체를 살피며 천천히 걸었다. 그 결과 두 사람은 특이한 사실을 하나 발견할 수 있었다. 시체들의 표정이 하나같이 모두 웃고 있었던 것이다.

　그 기이한 모습에 부용이 의아하게 물었다.

　"어떻게 된 일일까요?"

　아무런 대답도 않았지만 유월은 몇 가지 사실을 더 추측해낼 수 있었다.

　'한 사람에게 당했군.'

　또한 흉수는 장법을 쓰는 자였다. 무공 차이가 워낙 심해 장원에 있던 그 누구도 상대를 피해 달아나지 못한 듯 보였다. 시체들이 모두 웃고 있는 것은 흉수의 무공 내력과 관련이 있음이 확실했다.

　두 사람은 건물 안으로 들어갔다. 부용으로선 정말 내키지 않았지만 이미 내친걸음이었다. 게다가 혼자서 시체들이 널린 연무장을 돌아나갈 자신도 없었다.

　복도에 널브러진 시체들도 바깥과 사정이 다르지 않았다. 모두들 웃고 있었고 단 한 명의 생존자도 없었다. 앞서 수배 전단 앞에서 한껏 어깨에 힘을 주던 양추와 함께 있던 임길의 시체도 그곳에 있었다.

　부용은 유월의 옷자락을 단단히 부여잡고 있었다. 일전에 납치당할 뻔했을 때도 제법 많은 시체를 목격한 그녀였다. 하지만 이 정도로 괴이하고 많은 시체들은 아니었다. 그녀는 절로 두려운 마음이 들었다.

이윽고 두 사람이 일심회주의 방으로 들어섰다.

"아아앗!"

다시 한 번 부용의 비명이 터져 나왔다.

지금까지 본 시체들 중 일심회주의 시체는 가장 참혹한 모습이었다.

일심회주는 벽에 걸려 있었고 배가 길게 찢겨져 있었다. 내장이 튀어나온 그 모습은 보는 이의 가슴을 섬뜩하게 만들고 있었다. 그 역시 웃고 있었다.

그야말로 일심회가 전멸한 것이다.

'누굴까?'

일심회주쯤 되는 자면 무공 역시 보통은 넘을 것이다. 그런 일심회주를 비롯해 일심회 전체를 몰살시켰다면 흉수는 고수 중의 고수임에 틀림없었다. 그것도 기괴한 무공을 사용하는.

시체를 살피던 유월이 이번에는 방 안을 살폈다. 과연 자신의 물건은 그곳에 없었다.

'어쩌면?'

흉수가 혹시 자신과 관련되어 있을지도 모른다는 생각이 들었다. 자신의 물건을 입수한 날 공교롭게도 그들이 원수의 침입을 받았다? 그것은 억지에 가까운 추측이었다. 분명 자신의 물건을 입수한 대가를 치른 것이란 생각이 들었다. 도대체 그 물건이 무엇이기에?

유월은 등줄기가 서늘해져 옴을 느꼈다. 흉수가 누구냐에 대한 의문보다 다시 자신이 누구일까에 대한 두려운 마음이 앞섰다. 혹시 이런 일을 저지른 자와 자신이 가까운 사이가 아닐까? 부용의 말처럼 오히려 기억을 되찾지 않는 편이 나은 것이 아닐까? 갖가지 상념들이 한꺼번에 밀려들었다.

문득 유월은 어딘가에 생각이 미쳤다. 뭔가 중요한 것을 놓쳤다는 표정으로 방을 나섰다.

"따라와라."

유월이 다급하게 다른 방을 뒤졌다. 몇 개의 방을 뒤진 유월이 고개를 끄덕였다.

"역시."

부용이 영문을 모르겠다는 얼굴로 물었다.

"무슨 일이죠?"

"젊은 여인들의 시체가 없다."

그 말에 부용이 깜짝 놀랐다. 과연 그러고 보니 장원 내에서 젊은 여인의 시체를 보지 못한 것이다. 발견된 여인의 시체는 모두 중년 부인이거나 늙은이였다.

"그렇다면 설마 그 색마가?"

부용의 추측에 유월이 묵묵히 고개를 끄덕였다. 느낌이 확실히 왔다. 그놈이다.

부용은 한편으로 안도했다. 만약 이 참변이 그 색마의 짓이라면 적어도 유월은 그 색마가 아니란 말이었으니까. 점차 유월이 용의선상에서 벗어나는 것이 반가웠다.

두 사람이 건물 밖으로 나왔을 바로 그때였다.

"저잡니다!"

굵직한 사내의 외침은 정문 쪽에서 나고 있었다.

정문으로 들어선 사내들은 정도맹 무인들이었고 고함을 친 사내는 바로 앞서 객잔에서 유월과 충돌했던 바로 그였다.

"잡아라!"

정도맹 무인들이 벌 떼처럼 달려들었다.

피해서 달아날 상황이 아니었다.

그들을 향해 유월이 달려나갔다.

앞서 달려들던 무인의 검을 피한 후, 유월이 그의 어깨를 짚으며 몸을 날렸다.

빡, 빠악!

둔탁한 타격음과 함께 뒤따르던 무인 둘이 동시에 턱을 강타당하며 쓰러졌다.

"위험해요!"

부용의 외침과 동시에 팔꿈치로 뒤에 선 사내의 등을 가격하며 유월이 몸을 굴렸다. 머리 위로 검이 스쳐 지나갔다. 한 바퀴 바닥을 구른 유월이 달려들던 사내의 정강이를 걷어찼다. 사내가 붕 날아오르며 엉덩방아를 찧었다.

이미 유월은 바닥을 박차고 다른 사내를 향해 달려들고 있었다.

"어림없다!"

가장 선배로 보이는 중년 사내의 검이 매섭게 유월의 가슴을 노리며 날아들었다. 사내의 검은 더없이 빨랐지만 유월은 가볍게 검을 피했다. 본능적인 움직임이었다. 그 방향으로 날아올 것이란 것을 그가 달려오는 것을 보는 순간 알아차린 유월이었다.

우두둑.

검을 내지른 사내의 팔목이 비틀리며 부러졌다. 그 비명 소리와 더불어 또 다른 비명 소리가 터져 나왔다. 사내의 검을 받아 든 유월이 검을 던졌고 뒤에서 달려들던 사내의 허벅지에 박힌 것이다. 두 사내가 동시에 바닥을 뒹굴었다.

남은 사내는 이제 둘이었다. 일시에 다섯이나 되는 동료들이 쓰러지자 그들은 공격을 망설이고 있었다. 유월이 저벅저벅 그들을 향해 걸어갔다.

두 사내가 좌우에서 동시에 검을 찔러왔다. 왼쪽 사내의 검이 오른쪽 사내의 검을 막았다. 유월이 왼쪽 사내의 손목을 제압한 채 두어 번 검을 휘두르곤 이내 바람개비처럼 날아오르며 두 사내를 동시에 걷어찼다. 사내들이 무기력하게 바닥을 뒹굴었다.

순식간에 정도맹 무인들이 모두 바닥을 기며 죽는소릴 내었다.

상황으로 봐선 이대로 가면 이곳의 죄까지 뒤집어쓸 것이 틀림없었다. 유월이 바닥에 떨어진 검을 주워 들고 가까이 있는 사내에게로 다가갔다. 안색이 퍼렇게 질린 사내가 살려달라고 애원했다. 부용이 절대 그들을 죽여선 안 된다고 소리쳤다.

유월은 망설였다.

'반드시 죽여야 해!'

'절대 죽여선 안 돼!'

정도맹 무인들에 대한 알지 못할 거부감에 살심이 일었고, 반대로 그들을 죽여선 안 된다는 금기와도 같은 제약이 유월의 발목을 붙잡았다. 복잡한 심정이었지만 갈등은 그리 길지 않았다.

땡그랑!

유월이 바닥에 검을 던졌다. 그리고 정문으로 걸어갔다.

"가자!"

안도의 한숨을 내쉰 부용이 유월의 뒤를 따라 뛰었다.

장원을 빠져나가는 유월의 눈빛이 번뜩였다. 분명 자신을 모함하는 자가 있었다. 정도맹 무인들에 대한 살심은 어느새 그 미지의 인물로 향해 있었다. 한 가지 생각뿐이었다. 걸리면 죽여 버린다. 스스로마저 두렵게 만드는 살심이었다.

같은 시각. 청천 외곽의 은성장(銀星莊)에서는 설무원의 서릿발 같은 노기가 터져 나오고 있었다. 아니, 노기를 넘어 살기에 가까운 분노였다.

"다시 말해보라! 뭐, 부용이가 뭐가 어째?"

면목없는 얼굴로 심 노인이 고개를 푹 숙였다.

"지금 찾고 있으니……."

꽈앙!

탁자가 부서졌다. 너니까 봐주지 아니라면 네 머리통이 부서졌을 것이단 의미가 담긴 일장이었다. 심 노인이 한숨을 내쉬었다. 그는 설무원의 심정을 십분 이해했다.

설무원의 진정한 신분은 천마신교 난주지단주였다. 물론 비운성의 천마신교가 아닌 파천황의 천마신교였다. 평소 냉철하고 차분하기로 소문난 그였다. 제일검무관으로 위장된 난주지단을 포기하고 이곳에 숨어들었을 때도, 이후 적신의 흑풍대가 쓸렸다는 소식을 들었을 때도 그는 이렇게 흥분하지 않았다. 결국 하나밖에 없는 딸의 일이었다.

애써 화를 누그러뜨린 설무원이 물었다.

"자세히 설명하라."

"지금 시내 곳곳에 수배 전단이 뿌려졌습니다. 아가씨가 납치된 것으로 알려졌지만……."

'끙' 하는 신음성과 함께 설무원의 몸에서 다시 한 번 살기가 솟구쳤다. 근래 딸과의 사이가 소원해졌지만 그래도 목숨보다 소중한 딸이었다.

"한데 뭔가 아귀가 맞지 않습니다. 수배 내용은 분명 음마(淫魔) 선배였는데 그 인상착의가 맞지 않습니다."

"그게 무슨 말이냐?"

"뭔가 착오가 있는 것이 틀림없습니다. 지금 애들을 풀어 알아보고 있으니 곧 소식이 올 것입니다."

설무원이 두 눈을 지그시 감았다. 화가 극도로 치밀면 오히려 차분해진다는 말이 바로 지금 그를 두고 하는 말이었다.

설무원이 흠칫 놀라 소리쳤다.

"설마 부용이의 실종이 음마 선배와 관련이 있는 것이냐?"

"그렇진 않은 듯합니다."

"으음."

설무원이 탄식 같은 신음성을 내뱉었다. 그럴 리는 없다고 스스로도 생각했다. 천하에 둘도 없을 색마였지만 그렇다고 같은 편의, 그것도 난주지단주나 되는 자신의 딸을 노릴 정도로 사리분별이 없진 않았다.

그때 문이 열리며 누군가 방 안으로 들어섰다.

"어째 귀가 간질간질하다 했더니 그대들의 입방정 때문이로다."

맑은 목소리를 내며 들어선 이는 중년 사내였다. 자색 장삼을 입은 그는 바로 앞서 수배 전단 앞에 서 있던 바로 그였다.

설무원이 벌떡 자리에서 일어났고 심 노인이 정중히 고개를 숙였다.

"오셨습니까?"

그가 바로 두 사람이 언급하던 바로 그 음마 냉음소(冷陰笑)였다.

냉음소는 그 생긴 것과는 달리 나이가 일흔이었다. 그는 향향음희공(享享淫喜功)과 환희극락장(歡喜極樂掌)을 익혔는데, 향향음희공은 여인의 정기를 빨아들여 스스로의 내공으로 화하는 절세의 색공이었고, 환희극락장은 그의 독문장법이었다. 적중당하는 순간 웃음이 터져 나오는 그야말로 희대의 괴장법이었다. 한평생 채음보양으로 여인의 정기를 빨아먹은 탓에 그는 사십대의 젊음을 유지하고 있었다.

그를 바라보는 설무원의 눈빛은 그리 곱지 않았다. 근래 냉음소의 난잡한 행동 때문이었다. 도착하기가 무섭게 처녀들을 납치해 청천을 발칵 뒤집어놓다니. 젠장. 누가 색마 아니랄까 봐. 더럽게도 못생겨 강제로 그 짓을 하지 않으면 답이 없겠다마는. 이런 생각들이 솔직한 그의 심정이었다.

자신들이 이곳 청천으로 후퇴한 후, 인근에서 활약하던 음마가 자신에게로 파견되었다. 여전히 건재한 유월의 흑풍대를 견제하기 위함이었는데 좋게 말하면 아직 설무원 자신이 이번 일에 필요 가치가 있다는 뜻이었고, 나쁘게 말하자면 이제 필요 가치가 떨어졌으니 냉음소의 뒤치다꺼리나 하란 뜻이기도 했다. 분명 후자에 가까웠다. 자신의 제일검무관을 기반으로 작전을 펼치던 적신의 흑풍대가 파멸하는 순간, 자신 역시 나락으로 떨어진 것이다.

어쨌든 설무원의 입장에서는 냉음소가 매우 못마땅했지만 냉음소는 자신의 선배였고 무공 또한 고강했다. 대놓고 불만을 터뜨릴 대상이 아니었다.

냉음소가 들고 있던 무엇인가를 탁자 위로 던졌다.

툭 하고 묵직한 소릴 내고 떨어진 것은 나락도와 명패였다.

"헉! 이것은?"

대번에 그것이 무엇인지 알아본 설무원과 심 노인이 깜짝 놀랐다.

"어찌 이것을 구하신 겁니까?"

냉음소가 의미심장한 미소를 지었다.

"일심회 애들이 입수한 것을 회수해 왔다."

일심회를 쓸어버린 것이 바로 냉음소였던 것이다.

"일심회?"

설무원과 심 노인이 마주 보며 의아한 눈빛을 교환했다. 일심회가 흑풍대주의 신물을 가지고 있을 리 없지 않은가? 그에 대해서는 냉음소 역시 마찬가지였다. 다만 이렇게 추측할 뿐이었다.

"흑풍대주 그자에게 뭔가 일이 벌어진 것이겠지."

설무원이 여전히 의심을 거두지 않은 채 말했다.

"혹시 놈의 농간이 아니겠습니까?"

그러자 냉음소가 픽하고 웃었다. 명백히 비웃음이 깃든 웃음이었기에 설무원은 내심 기분이 상했다.

"설 단주, 자네가 흑풍대주라면 말이야, 자신의 독문무기와 명패를 내던져서 우릴 꼬드기려 들겠나? 왜? 그가 직접 흑풍대를 풀어 우리를 찾는 것이 더 쉬울 텐데."

듣고 보니 앞서 자신의 의심은 과연 비웃음을 살 만했다. 흑풍대주가 자신의 독문병기를 쉽게 내놓을 리 없었다.

"더구나 지금 난주에 환마 그 친구와 철기대가 들어간 상황에서?"

더 이상 잔소리를 듣고 싶지 않았기에 설무원은 그저 묵묵히 고개만 끄덕였다.

그의 비아냥을 멈춰준 것은 밖에서 들려온 여인의 외침 때문이었다.

"아악! 이거 봐요!"

심 노인이 문을 열자 심 노인의 수하 둘이 여인 하나씩을 안고 있었다. 아마도 냉음소가 방에 들어오기 전에 맡겨둔 여인들인 듯했는데 그녀들은 바로 일심회주의 두 딸들이었다.

냉음소가 음흉한 미소를 피워 물었다.

"흐흐, 깨어났군."

그 모습에 설무원이 인상을 굳혔다. 망할 늙은이가 또다시 여인을 납치해 온 것이다. 같은 편임을 떠나, 딸을 키우는 아비의 입장에서 정말 뒤통수에 회심의 일장을 날리고 싶은 심정이었다.

설무원의 마음을 짐작했는지 심 노인이 참으라는 눈짓을 몰래 보내왔다. 돌아선 냉음소의 눈에 살짝 살기가 스쳤다. 등을 돌리고 있다고 그런 눈짓이 오고 감을 모를 정도로 무공이 낮지도, 눈치가 없지도 않았다.

설무원이 화를 삭이며 차분하게 말했다.

"일단 이번 일은 귀도님께 보고를 드리겠습니다."

"그러든지."

말든지란 말을 생략한 냉음소가 두 여인을 옆구리에 나눠 낀 채 그곳을 떠나갔다.

그가 떠나고 나서야 설무원이 이를 갈았다.

"젠장."

설무원은 한바탕 욕설이라도 퍼붓고 싶은 얼굴이었다. 그의 심정이 부글부글 끓고 있음이 느껴져 심 노인은 아무 말도 하지 못했다. 함부로 나섰다가 정말 머리통이 부서질지도 모른다는 생각이 들었다.

다행히 좋은 소식이 전해졌다. 수하 하나가 부용이 돌아왔다고 알려온 것이다.

설무원이 그야말로 몸을 날리듯 밖으로 뛰쳐나갔다.

정원을 가로질러 부용이 걸어오고 있었다.

버럭 소릴 내지르려던 설무원이 입을 다물었다. 뒤따르던 심 노인의 안색도 굳었다. 부용의 뒤를 따르는 사내를 확인하는 순간이었다.

'혹풍대주!'

두 사람 모두 유월에 대해 알고 있었다. 정작 그의 존재를 모르는 사람은 그를 데리고 들어온 부용뿐이었다. 설무원과 심 노인이 나란히 멈춰 섰다. 이게 도대체 무슨 분위기인가 심장이 미친 듯이 뛰기 시작했다.

내력을 양팔로 끌어올리기 시작한 설무원이었다. 부질없는 짓이란 것을 알았지만 고분고분 죽어줄 마음 또한 없었다. 어떻게든 딸은 살려야겠다는 생각뿐이었다.

그때 뭔가 이상하다는 것을 깨달은 심 노인이 한발 먼저 입을 열었다.

"아가씨, 도대체 어딜 갔다 오시는 겁니까? 아버님이 크게 걱정하셨답니다."

평소와 다름없는 심 노인의 잔소리에 부용이 미안한 기색을 보였다. 유월은 그저 담담히 제자리를 지킬 뿐이었다. 심 노인이 놀란 가슴을 애써 진정시키며 설무원을 돌아보며 말했다.

"용서해 주시지요."

심 노인의 눈짓이 날아들었다. 굳이 그런 신호를 보내지 않아도 심 노인이 무슨 의도인지 알 수 있었다.

심 노인이 물었다.

"근데 저분은?"

"아, 우연히 만난 분이에요. 하룻밤 쉬어가시라고 모셨어요."

흑풍대주를 하룻밤 쉬어가라 모실 순 없는 일이다. 적어도 이곳 은성장에는. 유월이 가볍게 인사를 건넸다. 분명 잘 부탁한다는 의미의 인사였다. 설무원과 심 노인이 놀란 마음에 서로를 돌아보았다. 정말 그들의 입장에서 유월의 행동은 이해할 수가 없었다.

"일단 손님부터 모셔라. 그리고 부용이는 우선 나 좀 보자."

부용이 조금 풀죽은 목소리로 대답했다.

"옷부터 갈아입고 오겠어요."

하인 하나가 뛰어와 유월을 객청으로 안내했다.

유월과 부용이 각자 다른 건물 안으로 사라지자 그제야 설무원과 심 노인이 긴 한숨을 내쉬었다.

"이게 도대체 어떻게 된 일이지?"

"분명 흑풍대주에게 일이 생긴 것 같습니다. 아까의 모습으로 봐서는 전혀 우리를 알아보지 못하는 것 같았습니다."

흑풍대주쯤 되는 이가 자신들의 마기를 알아차리지 못한다는 것은 말이 되지 않았다. 더구나 흥분한 채 부용을 맞이하러 달려나가는 통에 채 마기를 감추지도 않은 상태였다. 그런데도 못 알아본다? 분명 말이 되지 않았다. 설무원은 음마가 구해온 나락도와 흑풍대주의 명패가 이 괴이한 행동과 관련이 있으리라 생각했다.

"아가씨께 일의 전모를 들으시는 게 우선일 듯합니다."

"자넨 속히 귀도님께 이 사실을 알리게. 초지급으로 알려야 하네. 그리고 곧바로 마군자들도 불러들이게."

"걱정 마십시오. 참, 음마 선배께는요?"

"음. 우선 거기까지만."

"알겠습니다."

대화를 마친 심 노인이 바쁘게 달려갔다. 유월이 들어간 건물을 바라보는 설무원의 눈빛이 빛나기 시작했다. 기회가 온 것인지, 사신이 방문한 것인지 알 수 없었다. 하지만 적어도 한 가지는 확실했다. 자신의 인생에서 가장 중요한 시점에 도달했다는 것을.

그렇게 유월은 아무런 대책도 없이 호랑이 굴로 들어섰다.

第五十六章

마군자

魔刀霸爭

한나절 전 유월이 자리했던 유성객잔에 새로운 손님이 자리했다.

그들은 바로 검운과 엽평이었다.

검운의 삼조가 유월의 행적을 찾아 이곳까지 올 수 있었던 단서가 탁자 위에 놓여 있었다. 바로 유월의 수배 전단이었다. 정도맹에 의해 발급된 수배 전단은 이곳 청천 지역은 물론이고 인근의 난주까지 쫙 퍼진 상태였다. 난주 인근을 샅샅이 수색하던 중 조원 하나가 수배 전단을 발견했다. 검운은 모든 삼조원들을 거느리고 처음 유월이 수배를 받은 이곳까지 한달음에 달려왔다.

"어떻게 된 일일까요?"

엽평의 물음에 검운은 묵묵히 탁자 위의 그림에 시선을 두고 있었다. 사실 검운은 엽평의 말을 제대로 듣고 있지 않았다. 그의 시선이 향하는 곳은 유월이 아니라 부용이었다.

다시 보고 또다시 봐도 그녀는 분명 부용이었다. 물론 그녀가 아닐 수도 있었다. 정교한 초상화가 아닌 이상 이 작은 그림으로 그녀라 단정지을 수는 없었다. 하지만 검운은 느낄 수 있었다. 유월이 납치했다는 여인은 분명 부용이었다.

"조장님."

엽평의 부름에 검운이 그제야 전단에서 시선을 뗐다.

"어차피 적힌 내용이 엉터리니 그 내막은 알 수 없겠지."

검운의 말에 엽평이 고개를 끄덕였다. 수배 내용이 뜬금없어도 너무 뜬금없는 내용이었다.

검운이 손가락으로 여인의 모습을 가리켰다.

"우선 이 여인에 대해 조사해 보도록."

"아시는 여인입니까?"

그러자 검운이 조금 모호한 표정을 지었다.

"일단 시키는 대로 해."

"알겠습니다."

검운에 대해서 누구보다 잘 아는 엽평이었기에 수배 전단 속의 여인과 검운이 어떤 관계가 있음을 짐작했다.

그때 삼조의 운성이 그들에게 다가왔다.

"알아낸 것이 있나?"

엽평의 물음에 운성이 빠르게 보고했다.

"대주님의 행방은 여전히 묘연합니다. 대신 공교로운 일이 벌어진 듯합니다."

"뭔가?"

"오늘 낮에 일심회가 쓸렸습니다."

"일심회라면… 당문이 뒤를 봐주고 있는 애들이잖아?"

엽평의 물음에 운성이 빠르게 대답했다.

"네, 바로 그들입니다. 그쪽 하부 조직에 선을 대어 몇 가지 정보를 캐보려 했는데, 일심회 중추가 완전히 쓸려 버린 것 같습니다. 생존자가 아예 없다고 합니다."

"일심회가 몰살당했다? 조장님, 이거 그냥 넘어갈 일이 아닌 것 같습니다."

엽평은 뭔가 냄새를 맡은 얼굴로 검운을 주시했다. 검운 역시 같은 생각이었다. 검운이 운성에게 명령을 내렸다.

"애들을 셋으로 나눈다. 한 조는 이 여인에 대해 추적하고, 다른 조는 일심회에 관련된 일을 쫓아라. 나머진 색마와 관련된 사건에 대해 알아보도록."

"알겠습니다."

든든하게 대답한 후 운성이 자리를 떠났다.

검운이 술잔을 채웠다. 임무 중에는, 특히 지금 같은 중요한 임무에는 절대 술을 마시지 않는 검운이었기에 지금 그가 패나 심란하다는 것을 엽평은 짐작할 수 있었다.

두 사람이 그렇게 술을 나누고 있을 때였다.

검운의 시선이 무심코 창밖을 향했다. 객잔 밖의 소로를 걸어가는 사내들의 모습이 보였다. 사내는 모두 넷이었는데 그 순간 검운의 눈빛이 반짝였다.

'마기!'

그들에게서 마기를 느끼는 순간 검운이 자신의 마기를 최대한 없앴다. 마기는 마기를 만났을 때 본능적으로 반응을 하기 때문이었다. 마기를 감추는 것이 한발 늦었기 때문일까? 걸어가던 사내 중 가운데 섰던 사내가 휙 검운 쪽을 돌아보았다.

그때 검운은 술잔을 치켜들며 큰 소릴 내고 있었다.

"하하하. 동생, 오늘 죽도록 마셔보자고."

척하면 척이라고 엽평이 껄껄대며 술잔과 장단을 함께 맞추었다.

"그럼요. 오늘같이 기쁜 날 마셔야지요."

검운은 창 쪽으로 돌아보지 않았다. 창밖의 시선은 여전히 자신에게 머물러 있었다. 느낌으로 알 수 있었다.

'고수다.'

검운은 본능적으로 자신을 쳐다보는 이의 무공이 보통이 아님을 직감했다. 얼굴을 확인하기 위해 돌아보고 싶은 욕구를 검운은 억지로 참았다. 상대는 절대 풋내기가 아니었다. 한 번 의심한 대상을 끝까지 주시하는 치밀함까지 갖춘.

'아직이다.'

검운은 창밖을 바라보지 않았다. 기습적으로 암기가 날아올 수도 있다는 불안감에 고개를 돌리는 순간, 자신의 정체 역시 들키게 될 것이다.

상대는 마기를 지닌 이들. 그렇다면 분명 놈들이었다. 그 말은 곧 유월을 찾을 가장 강력한 단서를 찾은 것이기도 했다.

한참이 지난 후에야 검운이 창밖으로 시선을 돌렸다. 네 명의 사내들은 저 멀리 점이 되어 사라지고 있었다.

그들을 향하는 검운의 눈빛이 반짝이기 시작했다.

                    *   *   *

유월이 객청의 작은 방을 나서고 있었다.

묵묵히 하인이 안내하는 대로 따라온 유월이었다. 하지만 유월은 자신을 안내하는 사내가 나무나 베고 걸레질이나 하는 이가 아님을 직감했다.

'뭔가 있군.'

그런 유월이 결정적으로 의심을 품은 것은 객청으로 향하는 와중에 들려온 비명 때문이었다. 미약하게 들려온 그 비명은 분명 여인의 것이었다. 그때 사내는 결정적인 실수를 했다. 미약했지만 분명 그도 들었을 소리였다. 그가 무공이 있든 없든 당연히 어떤 반응을 보였어야 했다. 하지만 사내는 당황했는지 못 들은 척 행동했다. 마치 유월이 잘못 들은 소리이기를 바라는 듯. 하지만 무공과 기억을 잃었다고 해도 상대는 유월이었다.

유월은 그가 바라는 대로 행동했다. 고개를 한 번 갸웃거려 준 후 묵묵히 그의 뒤를 따른 것이다.

사내가 떠나간 직후, 곧바로 유월이 방을 나섰다. 아직 본격적인 감시가 붙기 전이었다.

객청에 마련된 네 개의 각기 다른 방은 모두 비어 있었다. 객청을 나선 유월이 은성장의 본채로 향했다. 마음은 앞서 여인의 비명 소리가 들려온 또 다른 객청 건물로 향했지만 우선은 이곳의 주인에 대해 알아보는 것이 우선이란 생각이 들었다.

건물 뒷벽을 타고 올라 지붕 위로 올라간 유월이 조용히 기왓장을 들어냈다. 지붕을 통해 잠입한 곳은 부용의 시비가 머무는 방이었다. 부용에게 갔는지 시비는 보이지 않았다. 유월이 조용히 복도를 걸었다. 복도나 문을 지키는 이는 아무도 없었다.

복도 끝 방에서 말소리가 들려왔다. 유월이 본능적으로 기척을 숨겼다. 물론 평소의 유월이라면 방문 앞까지 걸어가도 들키지 않겠지만 지금은 내공이 없는 상황이었다.

유월이 말소리를 알아들을 수 있는 거리까지 게걸음으로 복도 벽을 타고 걸었다. 하지만 더 이상 다가갈 필요가 없었다. 복도 끝에서도 들을 수 있을 만큼 큰 소리가 들려온 것이다.

"전 이해할 수 없어요!"

부용의 목소리였다. 설무원의 목소리는 들리지 않았다. 그가 무슨 말을 했는지 다시 부용의 목소리가 들렸다.

"전 아버지의 딸이에요! 제게도 알려주지 못할 일이 도대체 뭐죠?"

설무원의 언성이 조금 높아졌다.

"세상에는 몰라서 이로울 일도 있는 법이다."

"딸에게조차 숨길 비밀은 없다고 생각해요."

"넌 자신하느냐? 그 모든 것을 듣고도 스스로 감당할 수 있다고?"

잠시 침묵이 흘렀고 이내 자신에 찬 부용의 대답이 들렸다.

"그게 제가 당면한 현실이라면 어떤 식으로든 받아들이겠어요."

"장담하지 마라. 넌 절대 받아들일 수 없을 것이다."

잠시 침묵이 흐르고 한발 물러선 부용의 대답이 들렸다.

"좋아요. 그렇다고 쳐요. 한데 왜 저 사람에 대해 이렇게 궁금해하시는 거죠?"

"그건… 말해줄 수 없다."

"아버지!"

"용아!"

"그도 아버지의 비밀과 관련이 있는 사람인가요? 또 그때 그 사람처럼 죽여 버리실 작정이신가요?"

짜악!

뺨을 때리는 소리가 들렸다. 부용의 흐느낌 소리가 들렸다.

유월은 부용이 말하는 사람이 자신임을 알 수 있었다. 느낌이 좋지 않았다. 위기감이 속삭이기 시작했다. 이곳을 빠져나가라고.

그곳을 나가려는데 조금 누그러진 설무원의 말이 들렸다.

"부용아, 난 네가 행복하게 살기를 바란다."

"아버지, 전… 두려워요. 뭔가 무서운 일이 벌어질 것만 같다고요."

그 말을 끝으로 부녀 간의 대화는 끊어졌다.

전음으로 말을 전하고 있는지, 혹은 침묵으로 일관하고 있는지 유월로서는 알 수 없었다. 일단 이곳을 빠져나가야 한다고 생각했다. 자신이 자리를 비웠다는 것을 지금쯤이면 알아냈을 것이다.

유월이 조심스럽게 복도를 빠져나왔다. 유월은 들어왔던 지붕으로 나가지 않고 입구로 걸어나갔다. 침입로와 퇴로는 항시 다르게. 그러고 보니 어떻게 그런 규칙을 알고 있는 것일까?

연무장을 가로질러 대문 쪽으로 걸어갔다. 너무 쉽게 빠져나간다는 생각이 들었는데 과연 대문을 오 장 정도 앞뒀을 때 누군가 뒤에서 불렀다.

"어딜 가십니까?"

돌아보니 심 노인이었다.

"잠시 바람 좀 쐬러 나왔소."

유월의 말에 심 노인이 사람 좋은 얼굴로 웃으며 다가왔다.

"저녁 준비가 다 되어갑니다. 함께 들어가시지요."

그냥 이대로 가야겠다고 하면 어떻게 반응할까? 그는 반드시 자신을 보내려 하지 않을 것이다.

유월이 심 노인의 무공 수위를 살폈다. 무공 수위는 정확히 파악할 수 있었다. 오늘 봤던 인물들 중 두 번째로 강한 무공 수위였다. 첫 번째는 물론 설무원이었다.

'단번에 제압할 수 있을까?'

느낌상 확률은 반반이었다. 호신강기를 일으킬 정도의 고수이거나 혹은 특별히 호신공을 익힌 자가 아닌 다음에야 급소는 그야말로 급소. 유월은 그의 목울대를 노리고 있었다.

다섯 걸음, 네 걸음… 점차 두 사람의 사이가 가까워졌다.

유월이 심 노인의 목에 일격을 가하려는 순간.

덜컹.

대문이 열리며 네 명의 사내들이 장원 안으로 들어섰다.

기습 공격의 기회를 잃은 유월이 아쉬운 마음으로 그들을 살폈다.

그런 마음을 아는지 모르는지 심 노인이 그들을 반겼다.

"오, 신 대협. 어서 오십시오."

신 대협이라 불린 사내는 앞서 검운을 살폈던 바로 그 사내였다.

그들은 바로 마군자라 불리는 마인들이었다. 사천지부의 대표적인 고수들이었는데 첫째가 바로 신 대협이라 불린 신기(申琦)였고, 둘째가 서염(徐琰), 셋째가 요립(姚立), 넷째가 파무령(巴武嶺)이었다. 모두 진마의 경지에 이른 고수들로 사천 지역을 담당하는 대표적인 마인들이었다.

유월이 그들을 말없이 응시했다.

'분명 나를 알아봤다.'

네 명의 사내들 중 넷째 파무령이 자신을 보는 순간 흠칫한 것을 유월은 분명히 느꼈다.

"이분들은 장주님과 호형호제하시는 분들로 강호에 널리 협행을 떨치고 계신 사천의 신진고수 분들이십니다. 마침 식사도 차려졌으니 함께 가셔서 말씀들 나누시지요."

분위기상 심 노인의 말에 따를 수밖에 없었다.

설무원을 만나고 오겠다는 신기를 제외한 세 사람이 유월의 뒤를 바짝 따랐다. 적당한 거리에서 포위하듯 늘어섰다.

'너무 노골적이군.'

유월은 그들의 행동이 상식을 넘고 있다는 것을 실감했다. 이제 상대는 대놓고 자신을 압박하고 있었다.

'만약 내가 이들의 적이라면? 왜 나를 이대로 두는 거지?'

당연한 의문이었다. 당장 등 뒤의 세 사내만 하더라도 그들의 합공을 견뎌낼 수 있을 것 같지 않았다. 유월은 막연히 자신의 신분과 관련이 있겠구나 정도만 추측할 뿐 답을 내지 못했다.

그렇게 네 사람이 심 노인의 안내를 받으며 본채의 큰 방으로 안내되었다. 십여 명이 앉을 수 있는 식탁에는 이미 기본적인 요리가 올라와 있었고 숙수로 보이는 중년인이 부지런히 요리를 나르고 있었다.

유월이 창문에서 가장 가까운 자리를 잡고 앉았다. 원래 파무령이 앉으려던 자리였는데 유월이 새치기를 하듯 한발 먼저 앉아버린 것이다. 과연 파무령은 그 작은 행동 하나에도 곧바로 반응을 보였다. 그의 미간이 살짝 찌푸려진 것이다.

'무공은 강하지만 아직 어리군.'

파무령의 입장에서는 꽤나 억울한 평가였다. 파무령이 유월의 행동 하나하나에 촉각을 세우는 것은 유월의 생각처럼 강호 경험이 일천한 풋내기라서가 아니었다. 단지 그는 아직 젊었고 흑풍대주를 직접 대면했다는 흥분에 몸이 한발 먼저 반응하고 있을 뿐이었다. 흑풍대주가 은성장에 왔다는 소식을 들을 때까지만 해도 정말 이런 분위기일 줄 꿈에도 생각지 못했다. 하지만 정말 심 노인의 보고대로 유월은 흑풍대주가 아닌 듯 행동하고 있었다. 게다가 무공조차 자신보다 약하게 느껴졌다. 그러한 의문은 막내뿐만 아니라 서염과 요립도 마찬가지였다.

서염이 대협 같은 호방한 웃음을 지으며 말했다.

"하하, 그러고 보니 대협의 존성대명을 아직 듣지 못했구려."

"저는 강호의 무명소졸에 불과하니 통성명을 나눌 처지가 못 됩니다."

유월의 대답에 서염이 미소를 지어 보였다. 하지만 표정과는 달리 속마음은 유월의 의도가 무엇일까 진지하게 고민했다. 유월이 가짜가 아닐까란 생각이 들었다. 흑풍대주가 이렇게 무방비로 자신들에게 노출이 될 리가 없지 않는가란 의구심 때문이었다.

몇 마디 잡담이 오가자 설무원과 신기가 들어왔다.

"허허. 이거 손님을 기다리게 했군요. 오랜만에 아우를 만나 긴히 나눌 말이 있어서."

미안한 기색으로 운을 뗀 설무원이 모두에게 술잔을 권했다.

"우선 한잔들 하시지요."

유월은 잔에 입만 가져다 댄 후 술을 마시진 않았다. 그 모습에 신기의 눈빛이 번뜩였다.

"술을 좋아하지 않으시나 봅니다."

유월이 고개를 까닥했다. 그 반응에 설무원이 어색한 웃음을 지었다.

유월은 굳이 그들에게 잘 보이려는 노력을 하지 않았다. 어차피 그들이 자신을 목표로 두었다면 자신의 행동은 하등 문제가 되지 않았다. 정작 문제는 이들이 누구이며 왜 자신을 노리느냐에 있었다.

"늦었네요. 죄송해요."

뒤늦게 부용이 자리에 합류했다. 그녀는 세안을 하고 옷을 갈아입은 후였다. 설무원이 넌지시 물었다.

"그래, 두 사람은 어떻게 만나게 된 것이냐?"

설무원의 질문에 부용이 조금 어이없다는 표정을 지었다. 앞서 그렇게 격한 대화를 나눈 후였다. 그런데 아버지는 다시 유월에 대해 묻고 있었다. 그것도 유월과 다른 손님들이 있는 자리에서. 앞서처럼 매몰차게 반응할 순 없었기에 그녀는 망설였다.

그 모습에 유월은 아직 부용이 자신에 대해 이야기를 하지 않았음을 직감했다. 자신이 기억을 잃었다는 것은 될 수 있음 그들이 몰라야 할 부분이었다. 과연 부용이 어떻게 대답을 할지 유월이 내심 긴장한 채 기다렸다.

"그냥 우연히 만났답니다. 만나서 이야기를 나누다 보니 뜻이 맞아 의기투합하게 되었지요."

그녀의 성의없는 대답에 설무원의 안색이 어두워졌다. 딸의 성격을 잘 알았기에 설무원은 더 이상 묻지 않았다. 본격적인 식사가 시작되었다.

묵묵히 젓가락질을 하던 설무원이 대뜸 유월에게 물었다.

"그대는 흑풍대에 대해 들어본 적이 있소?"

그 직접적인 물음에 깜짝 놀란 것은 마군자들이었다. 모두들 내력을 끌어올리며 유월의 반응을 기다렸다.

"들어본 적이 없습니다."

유월의 대답에 모두들 마른침을 삼켰다. 어떻게 받아들여야 할지 모르겠다는 표정들이었다.

그 순간 설무원은 확신했다.

'기억을 잃었구나.'

그게 아니라면 이 모든 일을 설명할 길이 없었다. 자신의 생각을 신기에게 전했다. 신기 역시 그러하다고 생각했지만 좀 더 신중히 상대하자는 대답을 보냈다.

그때 밖에서 심 노인이 다급히 설무원을 찾았다.

문밖으로 나가자 심 노인이 그를 복도 끝으로 이끌었다. 그곳에서 그가 나지막이 말했다.

"난주에 입성한 철, 철기대가 전멸했답니다."

"뭐야?"

경악한 설무원의 음성이 방 안까지 들려왔다.

"뿐만 아니라 환마 선배께서도 돌아가셨다고 합니다."

설무원이 비틀거렸다. 믿을 수 없는 소식이었다.

순간 설무원의 머릿속에 벼락이 치듯 한 가지 생각이 떠올랐다.

"그렇군. 그렇게 된 것이야."

설무원이 성큼성큼 방으로 돌아왔다.

문을 거칠게 열어젖힌 그가 부용에게 말했다.

"넌 이만 물러가거라."

"아버지?"

"어서."

차마 사람들 앞에서 대들지 못하고 그녀가 조용히 자리를 떠났다.

그녀가 방을 나가자 설무원이 유월을 죽일 듯이 노려보았다.

살기를 느낀 유월이 자리에서 일어났다. 동시에 마군자들도 모두 자리에서 일어났다.

설무원이 차갑게 물었다.

"네 의도가 뭐지? 왜 이곳을 찾았지?"

유월이 아무 대답이 없자 설무원이 차갑게 웃었다.

"역시 아무것도 기억하지 못하는군."

설무원과 신기가 마주 보며 고개를 끄덕였다. 자신들의 추측이 맞음을 확신하는 순간이었다. 환마와 철기대의 일전을 거치며 기억뿐만 아니라 무공까지 잃은 것이 틀림없었다.

신기가 검을 뽑아 들며 말했다.

"흑풍대주, 드디어 오늘이 네 제삿날이구나."

마군자들이 일제히 검을 뽑아 들었다. 위기였다. 한 명이라면 모를까? 지금 유월의 상태로는 절대 그들 모두를 감당할 수 없었다.

그들이 유월을 향해 한 발 다가서던 순간이었다.

스르륵, 쿵.

문 쪽에서 누군가 쓰러지는 소리가 들렸다. 놀라 돌아보니 심 노인이 문 앞에 쓰러져 있었다.

그리고 그 앞에 부용이 서 있었다.

"너?"

깜짝 놀란 설무원을 부용이 멍하게 바라보고 있었다.

"이게 무슨 짓이냐?"

설무원의 호통에도 부용은 반쯤 넋이 나간 얼굴로 서 있었다.

스윽.

그녀의 머리 쪽에 무엇인가 다가왔다. 검운의 비격탄이었다.

       *   *   *

　"운이에게 아직 연락 없나?"

　"아직입니다."

　양 손가락으로는 이제 더 이상 셀 수 없을 정도로 진패는 같은 질문을 하고 있었다. 대답을 한 비호가 힘주어 덧붙였다.

　"걱정 마십시오. 대주님이 누굽니까?"

　"안다."

　"알면서 왜 이러신대요. 늙은이 걱정 늘면 일찍 죽어요."

　"난 죽어도 돼."

　"무섭게 왜 이러신대."

　비호는 어떻게든 분위기를 풀어보려 했지만 유월에 대한 진패의 충성심은 너무나 크고 높았다. 창가에 선 진패의 등을 바라보다 비호가 가볍게 한숨을 내쉬었다. 누군가를 진심으로 존경한다는 것. 누군가에게 진심으로 존경을 받는다는 것. 아마 유월과 진패가 그 말의 의미에 가장 부합하는 예란 생각이 들었다. 자신의 걱정이 초라하게 여겨질 정도로.

　"형님."

　불러도 대답없는 등을 향해 비호가 나직이 말을 이었다.

　"만약에 말입니다."

　"하지 마."

　진패가 비호의 말을 끊었다. 말에 실린 느낌이 좋지 못한 까닭이었다. 지금 진패에게 만약이란 떠올리기도 싫은 단어

212 마도쟁패

였다.

비호가 어깨를 한 번 으쓱하고는 자리에서 일어났다. 나쁜 뜻의 농담을 하려는 것은 아니었다. 그저 실없는 소리로 분위기를 풀어보려고 했는데 진패의 기분이 영 아닌 탓에 과잉반응이 나온 것이다.

비호가 방을 나서기 직전 진패가 말했다.

"미안하다."

"아닙니다."

비호가 방을 나왔다. 섭섭함 따위 없었다. 자신을 너무나 잘 알고 이해하는 진패였다. 그저 성격의 문제일 뿐 좋고 싫음의 문제가 아니었다.

비호가 별채를 거쳐 유설표국의 뒤쪽 공터로 걸어갔다. 백위와 세영이 그곳에 있었다. 진지한 얼굴로 백위가 작은 무덤가에 술을 뿌리고 있었다. 그곳은 철기대와의 일전에서 목숨을 잃은 조원들을 가매장한 곳이었다.

죽은 조원들의 얼굴이 떠올랐다. 비호가 치밀어 오르는 슬픔을 억누르며 백위에게 다가가 손을 내밀었다. 그러자 백위가 말없이 술병을 건네주었다. 그의 눈에는 생김새와는 전혀 어울리지 않는 한 방울의 눈물이 매달려 있었다. 하지만 비호는 안다. 그 눈물이 얼마나 진실된 것인지를.

비호가 묵묵히 무덤가에 술을 뿌렸다.

"좋은 곳에는 못 갔겠지만… 외롭고 무서워도 조금만 참아라. 언젠가 다시 만나면 저승에서 겨야 할 짐 내가 다 겨주마.

살아도 죽어도 우린 한 가족이다."

결국 백위가 고개를 돌렸다. 눈물을 흘리고만 백위의 모습을 못 본 척하면서 비호는 마음 한구석이 아련해졌다. 조원들을 잃은 슬픔의 크기는 유월의 소식만을 기다리는 진패도, 말없이 서 있는 세영도 모두 같을 것이다.

다만 슬픔을 표현하는 방식들이 각기 달랐다. 어쩌면 자신이 가장 눈물과 어울릴 유형이었다. 하지만 자신은 울지 않았다. 울고 싶어도 눈물이 나지 않았다. 이렇게 가슴이 아릴 정도로 마음이 아픈데 왜 눈물이 나지 않는 것일까? 왜 실없는 농담을 해서 분위기를 바꾸지 않으면 견딜 수 없는 걸까?

어쩌면 한 번 감정을 드러내기 시작했을 때 폭주하는 그 감정들을 견딜 수 없을 것 같아 겁을 먹고 있으리라. 비호가 고개를 내저었다. 아니다. 단지 내가 더 독한 놈이라 그런 것일 뿐이다. 울어야 할 때 울지 않는 것에 이유를 가져다 대는 행동은 그저 못된 변명에 불과할 뿐.

이어지는 상념이 들고 있던 술병을 모두 비웠다.

"안주는 없다. 술이야 안주로 먹는 게 아니지. 술은 오직 낭만으로 먹는 것 아니겠냐. 우리 마음만 받아라."

옆에 선 세영이 미소를 지었다. 서글픈 미소였다.

"아직 운이에게 연락 없지?"

그 지겨운 물음에 세영까지 합세했다. 비호가 고개를 끄덕였다.

"오늘 자정까지 연락이 없다면……."

세영이 말꼬리를 흐렸다. 말하지 않아도 이미 결정된 바였다.

귀환.

유월과 검운의 이탈을 방치한 채 귀환해야 했다. 그것은 혹시나 하는 마음으로 기다릴 수 있는 문제가 아니었다. 비설의 안전과 관련된 일이었다. 진패의 과도한 초조함은 바로 거기서 시작되는 것이었다.

"저 잠시 나갔다 오겠습니다."

지금 상황에서 외출을 한다는 것에 한마디 할 법도 했지만 세영이나 백위는 그 마음을 이해한다는 듯 기분 좋게 고개를 끄덕였다.

비호는 그 길로 유설표국을 나섰다. 울적한 마음에 그대로 있다간 숨이 막힐 것만 같았다.

표국을 나서는데 갈평이 따라붙었다. 두 사람은 한참 동안 말없이 어깨를 나란히 한 채 걸음만 옮겼다. 난주 시내에 이르러서야 비로소 비호가 입을 열었다.

"간만에 둘이 한잔할까?"

"좋지요."

두 사람이 향한 곳은 태백루였다. 주위가 어둑해진 초저녁이라 태백루는 제법 손님들로 북적이고 있었다. 마침 자리가 난 일층 구석 자리에 두 사람이 앉아 술과 안주를 시켰다.

비호가 대뜸 말했다.

"잘 모르겠네."

"뭐가요?"

"그냥 모든 게 다……."

갈평의 나이는 비호보다 일곱이 많았다. 깍듯이 비호를 조장으로 모시고 있었지만 갈평은 마인으로서도, 인생에 있어서도 비호의 선배였다.

갈평은 지금 비호의 기분을 대충 이해할 수 있었다. 눈빛만 봐도 무슨 생각을 하는지 아는 관계였다. 그런데 비호가 이렇게 노골적으로 고민을 해오는데 그 마음을 모를 순 없었다.

"지금 화나 있죠?"

비호가 순순히 고개를 끄덕였다.

"자신에게?"

그러자 비호가 씩 웃었다.

"역시 눈치 빠르다. 내 오른팔답다."

"오른팔이 말합니다. 주인이 왼손잡이면 좋겠다고."

재밌다며 비호가 낄낄거렸다.

그사이 술과 안주가 왔다. 마음껏 마실 상황이 아니었기에 그저 목만 축이며 잔을 내려놓았다.

"의원이 병을 치료할 때 말입니다. 가끔은 상처가 곪아 터지기를 기다릴 때가 있지요. 상처가 곪는다는 것은 몸 안에서 병균과 싸운 결과물이니까요. 때론 곪아 터져야 치료가 될 때도 있죠."

눈치 빠른 비호가 그 말이 무슨 뜻인지 모를 리 없었다. 고민하고 아파하는 것을 두려워 마라는 말이었다.

"곪아서 낫는 것이 아니라 결국 잘라내야 한다면."

이미 비호의 얼굴에서 장난기가 사라진 후였다.

"그 정도로 곪을 때까지 몰랐다면 할 수 없겠지요. 하지만 똑똑한 사람들은 그전에 치료를 하지요."

"그렇게 똑똑하지 못하다면?"

"그럼 뭐… 맞아야지요."

만약 비호가 그렇게 우둔한 짓을 하면 직접 때려주겠다는 간접적인 표현이었다. 비호가 쓸쓸한 미소를 지으며 자신의 술잔을 내려다보았다.

"혹시라도 내가 그러면… 나 때려줄래?"

갈평이 씩 웃으며 소맷자락을 걷어붙였다.

"언제든지요."

두 사람이 마주 보며 씩 웃었다. 왠지 모를 울적함이 다소 가시는 순간이었다.

"가자. 기분 다 풀렸다."

비호가 벌떡 자리에서 일어났다.

"변덕은. 안주도 많이 남았는데."

술을 들이켠 후 갈평의 젓가락질이 빨라졌다. 입 안 가득 안주를 채워 넣는 모습에 비호가 어이없다는 듯 말했다.

"우리 최소한의 품위 유지는 하며 살자."

"그건 그거고, 아까운 건 아까운 거고."

"나 때려달란 말 취소다."

"남아일언중천금이죠."

"입가에 기름이나 닦으시지."

그렇게 두 사람이 껄껄거리며 태백루를 나섰다. 노을이 세상을 물들여 가고 있었다.

"좋구나, 좋아."

"그러게요."

"우리 건강하게 오래오래 살자."

"당연한 말씀."

"그 바보 같은 놈들처럼 먼저 뒈지지 말고."

비호 식의 추모란 것을 너무나 잘 알았기에 갈평이 더욱 신나게 대답했다.

"지당하신 말씀."

두 사람이 꼬마 애들처럼 발을 맞춰 걸었다.

한참을 그렇게 걷다 갈평이 진지하게 물었다.

"그나저나 우리 이대로 귀환하는 겁니까?"

"그렇겠지. 준비는?"

"벌써 다 끝났죠. 떠나기만 하면 됩니다."

"오늘 내로 삼조장에게 소식이 없으면 돌아간다. 일단 그렇게 결정된 상황이다… 어?"

비호의 시선이 어딘가에 고정되었다.

"저 거지!"

저 멀리 앞서 걸어가는 거지가 등에 진 마대 자루는 다섯이었고 허리띠의 매듭 역시 다섯이었다.

"개방 오결인데요?"

오결제자라면 당주 급의 인사였다. 쉽게 길에서 볼 수 있는 일반 거지가 아니었다. 그와 조금 떨어진 곳에 사결제자 하나가 그를 호위하듯 뒤따르고 있었다. 발걸음이 빠른 것이 뭔가 심상찮은 분위기였다.

발걸음을 멈춘 비호가 빠르게 물었다.

"오결은 우리 난주 들어오고 처음 보지?"

"그렇죠. 난주에 있던 거지들도 몇 명만 남겨두고 인근 고을로 다 뺐다고 들었습니다."

"그런데 오늘 오결이 움직여?"

"뭐, 맹주 실종 때문이 아니겠습니까?"

비호가 고개를 끄덕였다. 맹주가 실종된 데에다, 공동파의 목계영이 죽고 백화방이 몰락한 상황에서 더 이상 정파무림은 눈치만 보고 있지 않을 것이다.

대수롭지 않게 돌아서려는데 발걸음이 떨어지지 않았다. 왠지 모를 예감이 비호의 마음을 잡아끌었다.

"마음에 걸리십니까?"

비호가 고개를 끄덕였다.

"그럼 잡아먹죠."

망설일 시간이 없었다. 이미 두 거지는 시야 밖으로 사라지고 있었다.

"네가 연막 좀 뿌려라."

"알겠습니다."

두 사람이 약속이나 한 듯 흩어졌다. 거리를 두고 두 사람이 그들의 뒤를 따랐다.

두 사람이 미행하는 오결 방도의 이름은 방진(方眞)이었다. 그는 이곳 난주를 책임지는 당주로 중요한 명을 수행 중이었다. 일행인 사결제자의 이름은 명인(明寅)이었다.

바쁜 걸음을 재촉하는데 명인의 전음이 들려왔다.

"꼬리가 붙었습니다."

"떼어낸다."

두 사람이 골목으로 빠져들었다. 동시에 선풍보(旋風步)를 극성으로 끌어올리며 바람처럼 골목을 내달렸다. 뒤따르는 이의 경공 역시 보통이 아니었다. 금방 추격을 따돌릴 수 있으리라 생각한 미행자는 쉽게 떨쳐 낼 수 없었다. 그렇다고 중요한 약속을 앞둔 방진은 그를 기다려 상대할 입장이 아니었다.

그들이 열두 번째 골목모퉁이를 돌았을 때야 비로소 미행을 따돌릴 수 있었다. 뒤따르던 이는 바로 갈평이었다.

"젠장."

낭패한 얼굴로 골목길에 서 있던 갈평이 빠르게 그곳을 빠져나갔다.

그가 사라지자 방진과 명인이 근처의 담을 훌쩍 뛰어넘었다. 골목을 벗어나는 갈평을 지켜보며 명인이 물었다.

"누굴까요?"

방진이 눈을 가늘게 떴다.

"마교의 개들이겠지."

그러자 명인이 살기를 뿜어냈다.

"감히 우릴 뒤쫓다니. 왜 그냥 보내신 겁니까?"

명인은 갈평을 잡아 족치지 못한 것이 분한 모양이었다. 그 중오는 무림맹주가 실종되고 그 모친이 잔인하게 살해당했다는 소식을 들은 대부분의 정파무인들의 마음과 다르지 않았다.

명인의 마음을 이해했지만 지금 중요한 것은 그것이 아니었다.

"해야 할 일이 우선이다. 가자."

두 사람이 반대쪽 골목으로 빠져나갔다. 예상치 못한 술래잡기로 시간을 지체한 그들의 발걸음이 빨라졌다. 그들이 멀어지자 이번에는 비호가 모습을 드러냈다.

그들과 거리를 둔 채 비호가 달리기 시작했다. 갈평이 그들을 놓친 것은 다소 의도적이었다.

개방의 오결제자쯤 되는 이를 미행하는 것은 결코 쉬운 일이 아니었다. 추격자를 따돌렸다는 방심을 준 후 본격적으로 비호가 미행을 시작한 것이다. 게다가 시간을 지체한 그들이 달리다시피 속도를 올렸기에 오히려 미행이 더 쉬워졌다. 아무래도 천천히 주위를 감시하며 가는 것보다 뒤를 신경 쓸 여유가 없는 탓이었다.

그렇게 난주 시내를 빠져나간 방진과 명인이 도착한 곳은 인근 산속의 한 폐가였다. 적막한 주위는 어느새 어둑해져 있었고 폐가의 음산함이 더해져 금방 귀신이라도 나올 것 같았다.

주위를 조심스럽게 살핀 명인이 입구의 방진에게로 달려왔다.

"이상없습니다. 서두른 덕분에 다행히 늦지 않은 것 같습니다."

방진이 집 안으로 들어섰다. 명인이 한구석에 굴러다니는 의자를 가져왔다. 방진이 자리에 앉았다.

"변 대협이 무슨 일로 당주님을 뵙자는 것일까요?"

"그야 뻔한 일이 아니겠느냐?"

"맹주님의 실종 말씀이십니까?"

방진은 대답하지 않았다. 마땅히 그래야겠지만 속으로 공동파의 관심은 거기에 있지 않다고 확신했다. 구파일방 중 정도맹과 마찰이 유독 심했던 공동파였다. 그런 그들이 맹주가 실종되었다고 굳이 앞장서 나설 이유가 없었다. 그들의 관심사는 바로 목계영과 공동사수의 죽음에 있을 것이다.

명인이 그런 방진의 마음을 짐작했다.

"아, 백화방 사건의 흉수를 알고자 함이겠군요."

곧이어 명인이 의아한 기색을 드러냈다.

"이상한 일이군요. 이미 그들도 이번 일의 흉수가 마교의 짓이란 것을 알고 있지 않습니까? 생존자가 있다고 들었습니다."

그날 생존한 어린 제자의 증언으로 공동파는 이번 일을 저지른 자들이 마교의 철기대란 사실까지 확실히 알고 있었다. 그런데 굳이 공동파에서 방진을 따로 만나자는 의도가 명인으로선 궁금한 것이었다.

그때 수염이 가슴까지 내려온 도사풍의 노인이 폐가로 들어섰다. 그가 바로 공동파의 이대검객 중 또 다른 일인인 변일수(卞溢洙)였다. 목계영에 비해 나이도 많았고 검술 또한 일가를 이루고 남을 정도라 불리는 그였다.

평소 그와 개인적 친분이 깊었던지라 방진이 자리에서 일어나 정중히 인사를 건넸다.

"오랜만에 뵙습니다."

"그간 잘 지내셨소?"

일신의 안녕을 묻는 형식적인 인사가 오고 갔다.

평소 인자한 웃음을 곧잘 내보이던 변일수는 오늘따라 표가 날 정도로 경직되어 있었다. 그도 그럴 것이 철기대에 의해 죽은 목계영은 자신과 더불어 공동파 이대검객인데다 개인적으로는 한 스승에게 사사한 사형제 간이었다. 그의 죽음은 변일수에게 크나큰 충격과 분노를 안겨주었다.

변일수가 곧바로 본론을 꺼냈다.

"내 오늘 방 당주를 이렇게 은밀히 청한 것은 본 파의 입장과는 무관하오."

결국 개인적인 친분에 의지해 부탁할 것이 있다는 뜻이었다.

방진이 믿음직한 눈빛으로 변일수의 걱정을 무마했다.

"본 파의 어린 제자가 목격한 바로는 목 사제와 사수를 해친 자들이 마교의 철기대라 들었소. 맞소이까?"

"맞습니다."

방진이 순순히 대답했다. 사실 개방은 공동파에게 면목이 없는 처지였다. 마교의 흑풍대가 난주에 들어온 사실을 개방은 이미 알고 있었다. 하지만 개방은 그 사실을 공동파에게 알리지 않았다. 그것은 한두 마디 말로 설명될 수 있는 일이 아니었다. 여러 정치적인 부분이 복합적으로 얽힌 이해관계가 복잡한 문제였다. 어쨌든 사고는 터졌고 개인적으로 방진은 변일수에게 마음의 빚을 진 기분이었다.

"혹 방 당주께서는 그들이 난주에 입성한 것을 사전에 알고 계시었소?"

방진이 날카로운 빛을 뿜어내는 변일수의 눈을 담담히 응시했다.

"그렇습니다."

방진이 솔직히 대답하자 변일수가 헛기침을 내뱉었다. 그 마른기침에 섞인 것은 불쾌감이었다. 하지만 변일수는 방진을 이해했다. 그와 같은 일은 방진 혼자 처리할 수 있는 일이 아니란 것쯤은 알고 있었기 때문이었다. 책임을 따지자면 그 대상은 개방이 되어야 했지 방진이 되어선 안 되었다. 그리고 사실 따지고 들면 개방이 굳이 그 사실을 자신들에게 알려줘야 할 의무는 없었다. 결국 도의적인 문제였고, 정치적인 이해관계 앞에 도의란 그저 말에 불과하다는 것을 실감하는 사건이기도 했다.

방진이 면목없는 얼굴로 말했다.

"본 방은 그들이 이런 극악무도한 짓을 저지를 줄은 미처 예상하지 못했습니다."

뒤늦은 변명이었지만 방진이 할 수 있는 전부였다. 방진이 의아한 것은 일을 저지른 자들이 흑풍대가 아니라 철기대란 사실이었다.

변일수가 정색을 하며 물었다.

"방 당주, 그들이 왜 이곳에 왔는지 내게 알려줄 수 있소?"

드디어 오늘 만남의 목적이 밝혀지는 순간이었다. 공동파에서는 일의 내막을 상세히 알고자 했고, 정도맹과의 관계가 껄끄러웠던 탓에 결국 개방의 힘을 빌릴 수밖에 없었던 것이다. 결국 변일수와 방진의 개인적인 친분에 기대 그 내막을 알아내려 한 것이다.

방진이 한숨을 내쉬었다. 오늘 변일수가 밀담을 청했을 때 어느 정도 예상한 바이기도 했다.

"방 당주."

변일수의 목소리에 애절함이 실렸다. 평소 자존심 강하고 도도한 성격의 그였기에 그 애절함은 더욱 방진의 마음을 흔들었다. 한참을 숙고하던 방진이 결국 결론을 내렸다.

'어차피 결국 알려질 일이다. 오늘 변 대협과의 관계를 돈독히 하는 것이 어쩌면 내게 더욱 유리할 것이다.'

방진이 명인을 밖으로 물렸다.

"너는 잠시 물러나 있어라."

명인이 걱정스런 표정을 지으며 밖으로 나섰다. 자신을 내

보내는 것이 결국 이 일에 휘말리지 말라는 방진의 배려임을 느꼈기에 명인은 더욱 방진이 걱정되었다.

명인이 밖으로 나가자 이윽고 방진이 솔직히 모든 것을 털어놓았다.

"난주에 그들이 입성한 이유는 천마의 딸이 하산했기 때문입니다."

그 말에 변일수가 깜짝 놀랐다.

"그게 사실이오?"

"그렇습니다. 무슨 이유인지 모르나 천마의 딸이 이번에 하산을 했습니다. 호위를 맡은 이들은 마교의 흑풍대였습니다."

"흑풍대? 이번 일의 흉수는 철기대가 아니오?"

"그렇습니다."

"그렇다면 흑풍대와 철기대 모두 난주에 입성했단 말이오?"

묵묵히 고개를 끄덕인 후 방진이 말했다.

"그녀가 왜 하산을 했는지 정확한 이유를 알 순 없습니다."

무거운 침묵이 흘렀다. 개방과 방진에 대한 섭섭함과 사제를 잃은 슬픔은 곧 분노가 되었다. 서릿발 같은 차가운 분노를 담아 변일수가 물었다.

"지금 그녀는 어디에 있소?"

방진은 갈등했다. 만약 공동파가 천마의 딸을 해치게 된다면? 강호는 돌이킬 수 없는 상황이 될 것이다. 대답해서는 안 된다는 생각이 들었다. 하지만 해야 했다. 자신을 향하는 변일수의 눈빛은 오직 진실만을 요구하고 있었다. 아니, 입장을 바꿔 생각해 봐도 누군가는 그에게 알려줘야 할 일이었다. 일을 저질렀으면 반드시 책임을 져야 하는 것이 강호의 법칙이니까.

방진이 긴 한숨을 내쉬며 대답했다.

"그녀는… 유설표국에 있습니다."

변일수는 말없이 그곳을 떠나갔다. 그 고마움은 돌아서기 전에 보냈던 짧은 눈빛이 전부였다. 비밀은 꼭 지켜주겠다는 약속이 담긴 눈빛이었다.

변일수가 그곳을 떠나자 명인이 안으로 들어왔다. 방진은 그의 걱정을 일축했다.

"가자꾸나."

그렇게 두 사람마저 그곳을 떠났다.

이제 어둠에 잠긴 폐가에 누군가 모습을 드러냈다. 폐가 뒤쪽 벽에서 걸어나온 사람은 바로 비호였다. 폐가 근처로 잠입한 것은 목숨을 건 위험한 선택이었다. 변일수를 비롯한 방진 등의 마음이 복잡하지 않았다면, 또 얼마 전 마혈 타통으로 비호의 무공이 증진되지 않았다면 반드시 들켰을 일이었다.

하지만 결과적으로 그 선택은 목숨을 걸 만한 가치가 있었다.

폐가를 떠나는 비호의 발걸음이 빨라졌다.

그 발걸음만큼이나 난주의 상황도 급박하게 돌아가기 시작했다.

第五十七章

탈출

魔刀霸爭

세 시진 후, 달빛을 타고 일단의 무리들이 유설표국으로 들이닥쳤다. 그들은 공동파의 무인들이었는데 선두에 선 사람은 바로 변일수였다. 그의 좌우로 칠상권(七傷拳)의 달인인 소백(昭白), 소양검법의 극의를 깨우친 송가유(宋加流)를 비롯한 공동파의 내로라할 만한 고수들이 함께였다.

복마검법이 일정 수준에 다다른 이백 명의 공동파 무인들이 표국을 완전히 포위했다. 이 정도라면 상대가 흑풍대라 할지라도 능히 감당할 수 있다는 자신감이 변일수에게 있었다. 비록 피해는 크겠지만 흑풍대를 깨부술 수만 있다면, 그래서 천마의 딸을 사로잡을 수만 있다면 앞서의 치욕은 충분히 갚을 수 있으리라 여겼다.

어차피 맹주가 실종된 상황이었다. 앞으로의 강호는 마교와의 충돌을 피하기 어려웠다. 천마의 딸을 사로잡을 수만 있다면 공동파는 앞으로 벌어질 전쟁에 크나큰 우위를 점할 수 있을 것이다. 거기에 복수의 무게가 실렸다. 어차피 명분에 살고 명분에 죽는 구파일방이었다. 아무리 상대가 마교라지만 이번 일을 그냥 넘어가게 된다면 강호인들은 자신들을 손가락질하며 비웃을 것이다. 그건 공동이 더 이상 공동이 아님을 의미했다. 숙고 끝에 장문인이 공격을 허락한 것도 결국 그와 같은 이유 때문이었다.

꽈직!

유설표국의 정문이 산산조각났다.

당당히 정문으로 들어서며 변일수가 내력을 실어 제자들을 독려했다.

"제마척사 의기천추(制魔斥邪 義氣千秋)! 오늘 공동의 힘을……."

변일수가 더 이상 말을 잇지 못했다.

휘이잉.

썰렁한 연무장에 말먹이 풀을 나르던 사내 둘이 겁에 질려 바닥을 나뒹구는 모습을 본 것이다.

"당신들 누, 누구요?"

사내들은 바로 유월이 지하비무장에서 만났던 조막과 신범이었다. 입 거칠기로 유명한 조막도 한꺼번에 들이닥친 공동파 무인들의 기세에 엉덩방아를 찧을 정도로 놀란 것이다. 신범 역시 놀란 얼굴로 부들부들 떨기만 했다.

"샅샅이 뒤져라!"

공동파 무인들이 사방으로 흩어졌다. 앞장서 제자들을 지휘하며 수색하던 송가유가 변일수에게 돌아왔다.

"텅 비었소이다."

변일수가 인상을 굳혔다. 장문인을 설득하고 최대한 빠르게 공격을 감행했는데 한발 늦은 것이다.

젊은 제자 하나가 그들에게로 달려왔다.

"화로가 따뜻한 것이 떠난 지 얼마 되지 않은 것 같습니다."

변일수의 시선이 조막과 신범을 향했다.

"저놈들을 끌고 와라."

두 사람이 공동파 무인들에게 질질 끌려왔다.

"무사님들, 왜 이러십니까요?"

"저희는 아무 죄도 없습니다."

두 사람이 그저 살려달라며 죽는소릴 해댔다. 그 모습을 지켜보는 변일수를 비롯한 공동파 고수들이 인상을 찌푸렸다. 아무리 유심히 살펴도 마인은커녕 도적질조차 제대로 하기 힘들어 보였다.

"네놈들은 누구냐?"

변일수의 일갈에 조막이 땅에 고개를 처박은 채 대답했다.

"소인은 표국에서 쟁자수를 맡고 있는 조막이라 합니다요."

뒤이어 신범이 떨며 말했다.

"소인은 회계를 맡고 있는 신범입니다."

변일수가 옆에 선 송가유에게 눈짓했다. 송가유가 두 사람의 팔목을 잡아보더니 가볍게 고개를 가로저었다. 한 줌의 내력도 느껴지지 않는 일반인이란 의미였다.

변일수가 여전히 굳은 낯빛으로 물었다.

"다들 어디로 갔느냐?"

그러자 신범이 조심스럽게 고개를 들었다.

"모두들 훈련이 있어 표국을 나섰습니다."

"훈련?"

변일수가 코웃음을 쳤다. 달아날 핑계치곤 웃기지도 않는 핑계였다.

"표국에서 무슨 훈련을 한단 말이냐?"

"아시는지 모르겠지만 저희 표국은 사람을 실어 나르는 표국입니다. 안전제일을 우선으로 시간 엄수와 편안한……."

"이놈! 그 무슨 잡설이냐!"

변일수가 버럭 소릴 내지르자 신범이 나 죽네 하며 고개를 처박았다.

"어서 그자들이 어디로 갔는지 말해라."

"소인들은 모릅니다. 그저 느티재 쪽으로 가는 것만 봤을 뿐입니다."

느티재란 말에 소백이 고개를 끄덕였다.

"그 길이 난주를 벗어나는 가장 빠른 길이지요."

변일수가 고개를 끄덕였다. 아마도 자신들의 움직임이 사전에 알려진 것이 틀림없었다. 이백이나 되는 제자들을 한꺼번에 움직였으니 당연한 일이란 생각이 들었다. 훈련을 빌미로 놈들이 이곳을 빠져나간 것이 틀림없었다. 조금만 빨랐으면 하는 아쉬움이 밀려들었지만 아직 늦지 않았다.

변일수가 우렁찬 목소리로 명령을 내렸다.

"얼마 가지 못했을 것이다. 곧장 전속력으로 추격한다!"

황급히 돌아서는데 제자 하나가 물어왔다.

"이자들은 어떻게 할까요?"

시선이 자신들에게 집중되자 조막과 신범이 눈물까지 흘리며 살려달라고 애원했다.

변일수가 판단하기로 굳이 붙잡아갈 가치도 없는 자들이었다. 그들이 버리고 간 자를 굳이 잡을 이유도 없었다. 게다가 무공조차 모르는 이들이었다.

"그냥 풀어줘라."

조막과 신범이 대협이니 군자니 온갖 좋은 말로 감사했다.

공동파 무인들이 모두 사라지자 두 사람이 벌떡 몸을 일으켰다.

조막이 그들이 사라진 방향으로 침을 퉤 뱉었다.

"단체로 지랄들이네. 공동파면 다냐?"

그러자 신범이 싱긋 웃었다.

"그래도 다행입니다. 총관님 말씀대로 저희는 그냥 버려두고 가는군요."

"이게 기뻐할 일이냐? 우린 뭐 죽일 가치도 없다는 얘기 아니냐?"

"그래도 살았잖습니까?"

"좋기도 하겠다, 이놈아."

조막이 연신 침을 뱉어댔다. 기분이 나쁠 수밖에 없었다. 요즘 쟁자수들 가르치는 재미에 푹 빠진 그였다. 과거 파락호 같은 생활은 이제 안녕이라고 작별인사를 하는데, 그 와중에 표국에 사단이 난 것이다. 그렇게 따지자면 신범 역시도 마찬가지였지만 신범은 지금 크게 감동한 상황이었다. 오늘의 일은 겁 많은 자신이 목숨을 걸고 행한 용기였다. 의리였고 남아다운 기개였다. 무사히 맡은 일을 해냈다는 생각에 너무나 기뻤다.

"도대체 무슨 일이 벌어진 거냐? 무슨 짓을 저질렀기에 공동파가 저 난리냐고."

조막은 유월과 비설 일행이 마인이란 것을 알지 못했다. 하지만 신범은 그 정체를 희미하게나마 느끼고 있었다. 물론 그들이 마교의 흑풍대란 사실까지는 아니더라도 분명 마교의 인물들이란 것을 짐작했다. 그랬기에 오늘의 일은 더욱 놀랍고 흥분되는 일이었다.

"그나저나 시키는 대로 했다만 이제 어떻게 되는 거냐?"

조막의 얼굴에는 피곤함이 가득했다.

"국주님이 다시 돌아올 때까지 숨어서 기다려야죠."

"얼씨구. 이 녀석아, 다 틀렸다. 저 흉흉한 자들이 저리 설쳐대는데 어찌 이곳으로 다시 돌아오겠느냐? 그 예쁜 아가씨는 이제 우리와 인연 끝이다, 끝."

조막에 비해 신범은 매우 희망적이었다.

"꼭 돌아올 겁니다. 전 믿습니다."

"부모 자식도 못 믿는 세상인데… 강호인을 어찌 믿누?"

하지만 결국 신범과 함께 비설이 다시 돌아오기를 기다릴 수밖에 없는 조막이었다.

"그래, 누가 죽고 살든 무슨 상관이냐? 우린 술이나 먹자."

"그러죠."

"어라, 어쩐 일로 고분고분 술을 먹겠대?"

"큰일했으니 한잔해야죠!"

두 사람마저 그곳을 떠나자 텅 빈 유설표국에는 오직 달빛만이 고고히 노닐며 언제 돌아올지 모를 주인을 기다렸다.

*   *   *

난주 외곽의 관도를 내달리는 마차가 거칠게 덜컹거렸다. 사십여 명의 사내들이 마차 주변을 호위하듯 말을 내달렸다.

금방이라도 마차 바퀴가 빠질 듯 덜컹거렸지만 마부석에 탄 마부의 채찍질은 멈추지 않았다.

마차가 느티재를 넘은 것은 이미 반 시진 전이었다. 이후 백리 길을 내달리도록 마차는 단 한 번도 쉬지 않았다. 말들도 사람들도 모두 지쳐 가고 있을 그즈음, 추격자들이 따라붙었다.

마부석의 사내가 돌아봤을 때 저 멀리 점이었던 그것은 몇 번의 채찍질을 한 후에는 어느새 마차에서 십여 장 떨어진 곳까지 바짝 추격한 상황이었다.

"멈춰라!"

우레 같은 함성을 내지르며 마차로 쇄도한 것은 변일수와 두 명의 고수들이었다. 말을 타고 뒤쫓던 그들은 마차가 시야에 들어선 후에는 경공을 써서 따라붙었다. 장기적으로야 사람이 말을 이길 순 없지만 순간적인 속도는 고수의 경공을 당해낼 수 없었던 것이다.

가장 앞서 달리던 변일수가 다시 소리쳤다.

"멈추지 않으면 부숴 버린다!"

혹시나 있을지 모를 암습에 대비해 내력을 한껏 끌어올린 상태였다.

그때 마차 안에서 누군가 명령을 내렸다.

"세워라."

마부가 마차의 속도를 줄였다. 자신의 경고에 마차가 순순히 속도를 줄이자 변일수는 의아한 마음이 들었다.

이윽고 마차가 섰을 때 변일수의 불안감은 더욱 커졌다. 흑풍대가 이렇게 순순히 자신의 말을 들을 리 없지 않은가? 그사이 함께 추격하던 공동파의 제자들이 모두 그곳에 도착했다.

검을 빼 든 그들이 마차와 사십 명의 사내들을 완전히 포위했다. 마차를 호위하던 사내들이 놀라 반사적으로 검을 뽑아 들었다.

변일수가 나직이 경고했다.

"허튼짓할 생각 말고 곱게 무기를 내려라!"

마차 문이 열리며 늙은이 하나가 내렸다. 바로 고 총관이었다.

고 총관이 무슨 일이냐는 표정을 지으며 내리는 순간, 변일수는 '아차' 하는 마음이 들었다. 그 불안감은 이내 현실이 되었다.

"무슨 일이길래 본 국의 앞을 막아서셨소?"

"그대는 누군가?"

"저는 유설표국의 총관이오만, 어디에서 오신 분들이오?"

변일수가 조심스럽게 마차를 호위한 사내들을 살폈다. 그들 중 누구에게도 그 어떤 마기를 느낄 순 없었다. 더구나 그들은 잔뜩 겁까지 집어먹은 상황이었다.

'이런, 낭패로구나.'

혹시 방진이 자신에게 잘못된 정보를 전해준 것이 아닐까 하는 의심이 들었다. 하지만 이내 그럴 리 없다고 생각했다. 마교와 작당한 것이 아닐진대 방진이 감히 자신에게 헛소리를 늘어놓을 까닭이 없었기 때문이었다. 그렇다면 이미 천마의 딸과 흑풍대는 난주를 벗어난 것이 틀림없었다.

'내가 경솔했구나.'

다시 생각하니 그렇게 큰일을 저지르고 그들이 아직까지 난주에 남아 있을 까닭이 없었다.

'일수야, 일수야. 나이를 헛먹었구나.'

변일수는 탄식했다. 사제의 죽음과 공동파의 명예가 눈을 가린 것이란 자괴감이 들었다.

그의 마음을 짐작한 송가유가 대신 물었다.

"그대들은 지금 어디로 가는 길이오?"

"본 표국의 표사들과 함께 훈련을 하는 중이오. 본 표국은 사람을 실어 나르는 곳으로 한 번의 표행에도 인명이 걸려 있소. 그래서 달에 한 번씩 모든 표사들이 참가하는 훈련을 하지요."

그럴듯한 말에 소백이 버럭 소릴 내질렀다.

"헛소리 마라! 마인들과 작당해 강호의 질서를 어지럽힌 것만으로도 너흰 모두 죽음을 면치 못하리라!"

그 말에 표사들이 웅성거리며 동요했다. 난데없이 마인과 한패라는 누명을 쓰게 되었으니 그들의 놀람과 흥분은 점차 커져 갔다.

"그게 무슨 말씀이시오? 우린 유설표국의 표사에 불과하오."

"그렇소. 확인해 보시오. 내 이름은 정구요. 전에 있던 표국의 국주께서 내 신분을 보장해 주실 거요!"

그러자 너도나도 자신이 아는 사람들 중 가장 높고 명망있는 사람들을 댔다.

그 와중에 따지는 사람도 있었고 눈물로 하소연하는 이도 있었다.

"마인이라니! 우릴 어떻게 보고 하시는 말씀이시오? 우리가 마인이란 증거라도 있소?"

"아내와 딸이 기다리고 있소. 제발 그냥 돌려보내 주시오."

주위는 이내 시끄러워졌다. 그 모습을 지켜보던 고 총관은 내심 그들에게 미안한 마음이 들었다. 이미 비설을 태운 마차는 다른 길로 난주를 빠져나가고 있었다. 그들이 자신을 뒤쫓기 위해 시간을 소모한 이상 비설을 추격하는 일은 쉽지 않은 일이 돼버린 것이다.

이 계획을 세운 사람이 바로 고 총관 본인이었다. 스스로 미끼가 되어 시간을 벌겠다는 계획을 진패는 망설이지 않고 받아들였다. 망설일 시간도 대안도 없었다. 오히려 그들을 데리고 함께 탈출하다가 공동파와 마주친다면 더욱 위험하리라 판단한 것이다. 어쨌든 자신이야 의지로 행동했다지만 표사들은 아무 죄가 없었다. 물론 공동파가 자신들에게 해를 끼치진 않으리란 믿음이 있었기 때문이었지만 미안한 것은 미안한 것이다.

"모두 끌고 가라."

소백의 단호한 명령에 무인들이 퍼런 서슬을 내뿜으며 다가섰다.

그때 변일수가 힘없이 말했다. 그는 이미 무기력한 패배감에 젖어 있었다.

"모두 물러나라."

소백이 그런 변일수를 말렸다.

"아니 될 말씀입니다. 이들 중에는 놈들에 대해 알고 있는 자가 분명 있을 것입니다."

그러자 변일수가 소백을 바라보며 물었다.

"그래서 이들을 데려가 고문이라도 하잔 말씀이신가?"

결국 소백이 한숨을 내쉬었다. 아니 될 말이었다. 분위기로 보아하니 여기 있는 자들은 마인들에게 이용당한 이들이 틀림 없었다. 아마 자신들을 부린 이들이 마인이란 것조차 모르고 있으리라.

송가유가 한숨을 쉬며 나섰다.

"어차피 이제 마교와는 한 하늘 아래 공존할 수 없는 입장이 되었소. 상대가 상대이니만큼 신중하게 풀어가야 하겠지요. 이만 돌아갑시다."

송가유마저 그렇게 나서자 결국 소백이 물러났다. 하지만 표사들에게 엄포를 놓는 것을 잊지 않았다.

"그대들은 표국으로 돌아가 한 발도 나오지 말라. 이 명을 어길 시에는 이번 일의 죄를 묻겠다."

목숨이 살아난 것만 해도 다행이라 여겨 표사들이 안도했다.

소백이 고 총관을 노려보았다. 눈빛만으로도 사람을 죽일 수 있다면 바로 지금 소백의 눈빛이 그러했다.

고 총관이 표사들과 함께 마차를 돌렸다.

변일수가 이를 악물며 나직이 말했다.

"마교 놈들! 내 절대 용서치 않을 것이오."

허탈하게 발걸음을 돌리는 공동파 무인들 모두의 심정이기도 했다.

                    *   *   *

그 시각, 비설을 태운 마차는 난주를 훨씬 벗어나 사천을 향해 달리고 있었다. 흑풍대는 마차 앞뒤로 나눠져 선두는 길을 열고 후미는 혹시나 모를 추격에 대비하고 있었다.

마차에 탄 사람은 비설과 예은, 그리고 진명과 무옥이었다. 굳이 함께 가겠다는 노씨 일가를 억지로 친척집으로 보냈다. 지금까지 흑풍대의 안살림을 맡아준 것만으로도 이미 그들의 목숨 빚은 갚고도 남았다. 더 이상 함께 가는 것은 그들에게 너무나 위험한 일이었기에 후일을 기약하며 아쉬운 이별을 한 것이다.

"고 총관님과 표사 아저씨들은 괜찮으실까?"

비설의 걱정에 무옥이 답했다.

"공동파는 명문정파잖아. 아무리 복수심에 불탄다 해도 무고한 사람을 해치진 않을 거야. 그러니 걱정 마."

"그래도……."

비설은 아무래도 그들을 미끼로 쓴 것이 마음에 걸리는 모양이었다.

그때 문득 비설과 예은의 시선이 마주쳤다. 예은이 황급히 시선을 돌렸다. 비설이 마교 교주의 딸이란 것을 알고 난 후부터 그녀를 볼 때면 예은은 절로 심장이 두근거리며 울렁증이 일었다. 비록 강호의 일을 모르는 그녀였지만 비설의 존재감은 그녀에게 황제의 딸과 같았다. 비설이 너무나 아름다워서 같은 여인으로서 부러운 마음도 들었고, 생각보다 착한 마음에 놀라기도 했다. 그리고 지금 비설을 빤히 쳐다본 것은 고 총관과 표사들의 안전을 걱정하는 마음을 보며 막연히 알던 마교와 실제 마교가 많이 다르다는 생각을 하고 있던 중이었다.

"혹 제게 하실 말씀이라도 있으세요?"

비설이 다정하게 물어오자 예은이 당황했다.

"아, 아니에요."

"앞으론 편하게 대하셔도 돼요. 세영 오라버니와 혼인을 하시게 되면 제겐 언니가 될 텐데."

"네? 말도 안 되는 말씀을… 언니라니요."

손사래를 치는 예은은 당장이라도 마차에서 내리고 싶은 기분이었다. 기녀로 살면서 악다구니도 늘고 주량도 늘었지만, 가장 큰 변화는 더 이상 순진한 촌년이 아니란 점이었다. 상대가 아무리 편하게 대하라 해도 넘어서는 안 될 선이란 것은 언제나 이 세상에는 존재하는 법. 바로 지금의 경우였다.

한편으로 그녀는 사람의 인생이란 참으로 알 수 없다는 생각이 들었다. 불과 한 달 전만 해도 자신이 마교 교주의 딸과 한 마차를 타리라고 상상이나 했을까? 비설과 반대쪽 창밖으로 시선을 준 그녀가 저 멀리 말을 달리는 세영의 모습을 보았다. 든든한 그 모습에 불편한 기분이 조금 나아졌다.

한편 예은과 반대쪽 창밖을 멍하니 내다보던 비설이 자신도 모르게 한숨을 내쉬었다. 깊은 시름이 느껴져 무옥이 농담처럼 가볍게 말했다.

"한숨 쉬지 마. 습관돼."

"역시… 말렸어야 했을까?"

유월을 보내지 말았어야 했다는 후회였다. 떠나기 전 자신을 바라보던 그 든든한 눈빛이 떠올랐다.

"명령이에요. 꼭 이기고 돌아오세요."

잘못된 명령이란 생각이 들었다. 그때 이렇게 말했어야 했다. '반드시 살아서 돌아오세요. 승패 따윈 상관없어요' 라고.

유월은 이제 그녀에게 아버지를 제외하고 세상에서 두 번째로 믿을 수 있는 사람이 되었다. 그런 유월이 아직까지도 소식이 없었다. 상대가 얼마나 강한 것일까? 그들은 도대체 누구일까? 이번에 다시 유월을 만나게 되면 반드시 그에 대해 물어보리라 다짐하는 그녀였다.

상념에 빠진 비설에게 무옥이 차분하게 말했다.

"일전에 말했었지. 우리 아버지는 평범한 약초꾼이었다고. 어머니는 귀영대에서 활동하시고. 어머니가 집에 계시든 작전 중이든 아버지는 하루도 빠짐없이 산을 오르셨어. 언젠가 내가 아버지께 여쭤본 적이 있었어. 작전에 나간 어머니가 걱정되지 않느냐고. 내 눈에 비친 아버진 너무 태평스러워 보이셨거든. 그때 아버지가 말씀하셨어. 걱정을 해서 어머니가 무사할 수 있다면 단 한순간도 멈추지 않고 걱정만 할 거라고. 그리고 또 말씀하셨어. 희망이 없는데 어찌 삶이 있겠냐고. 그땐 무슨 말인지 솔직히 이해가 안 됐지. 그저 식어버린 애정에 대한 핑계거니 했었지. 하지만 이젠 알 것 같아. 아버진 분명 어머니를 그 누구보다 더 걱정했을 거야. 그리고 또 동시에 세상 그 누구보다 믿고 있었을 거야. 어머니가 언제나 무사히 돌아오리란 것을. 그 희망과 믿음이 결국은 오늘날의 삶의 결과를 만들어냈으리라 생각해. 두 분은 여전히 건강하시고 행복하시니까."

묵묵히 긴 이야기를 들은 비설이 작은 목소리로 말했다.

"희망이라……."

비설은 그 말을 몇 번이나 반복했다. 지금 그녀에게 그 말은 감동이 느껴지는 말도, 기분을 바꾸는 말도 아니었다. 적어도 희망만으로 세상을 살아갈 순 없다는 것을 알 나이가 되었으니까.

하지만 한편으로 그런 생각이 들었다. 하산하고 어느 시점부터인가 희망이나 믿음과 같은 긍정적인 생각보단 부정적인 생각을 많이 하게 되었다는 것을. 그것은 분명 자신답지 않았다. 자신답지 않기에 닥친 현실이 더욱 힘들게 느껴지는 것이다.

비설이 애써 우울함을 털어냈다.

"또 마인 같지 않은 소리 한다. 대천산에 돌아가면 당장 너부터 잘라야겠어."

그러자 무옥이 '어이쿠' 하며 두 손으로 삭삭 비는 시늉을 했다.

비록 동갑이었지만 무옥이 참으로 어른스럽다는 생각이 들었다. 그게 고마웠고 부러웠다.

그때 창밖으로 진패의 목소리가 들렸다.

"아가씨, 잠시 쉬어가겠습니다."

내리 한 시진을 쉬지 않고 내달린 마차가 휴식을 위해 멈춰 섰다. 사람들보단 말을 쉬게 하기 위한 휴식이었다. 비설과 함께 모두들 마차에서 내렸다.

흑풍대원들이 사방으로 흩어져 경계를 섰다. 이미 주위 십 리 내외는 흑풍대의 감시하에 있었다.

비설이 마차 옆의 평평한 바위에 다리를 펴고 앉았다. 진명과 무옥이 양옆으로 호위하듯 나란히 앉았고 바위 끝에 예은이 살짝 걸터앉았다.

무옥이 비설의 다리를 주물러 주었다. 마차에 오래 앉아 있어 자신의 다리가 저렸다. 비설 역시 마찬가지란 생각이 든 것이다.

"왜 이래? 저리 가."

"나 자르면 안 돼. 우리 부모님 이제 나 하나 보고 살아. 나 잘리면 다 굶어 죽어."

비설이 깔깔 웃었다. 진명이 다릴 주물러 잘리지 않는다면 자신은 삼 주야 동안 쉬지 않고 주물러 줄 수 있다는 실없는 농담을 했다. 물론 무옥의 핀잔을 들은 것은 당연한 일이었다.

진패가 마차 뒤에 실린 짐에서 음식을 챙겨왔다. 육포와 찐 감자였다.

"우선 요기라도 하시죠."

"우와! 맛있겠다!"

진명이 호들갑을 떨었다. 진명과 무옥은 어떻게든 분위기를 밝게 하려 애쓰고 있었다. 고맙게 느껴질 노력이었다.

네 사람이 기분 좋게 음식을 나눠 먹었다. 흑풍대원들 역시 교대로 식사를 했다. 언제 적과 마주칠지 몰랐기에 체력을 비축하는 일은 매우 중요했다. 현재 마차 주위에 있는 조장은 진패와 세영이었다. 비호는 오조원들과 함께 마차에서 오 리쯤 떨어진 전방에, 백위는 역시 조원들을 거느리고 오 리쯤 떨어진 후방에 있었다.

식사를 마칠 때쯤 세영이 죽통에 물을 가져왔다. 비설에게 하나, 진명과 무옥에게 하나, 그리고 예은에게 따로 하나를 건네주었다. 물을 건네는 세영과 이야기를 나누고 싶었지만 비설 때문에 예은은 말없이 물만 받아 들었다.

그냥 돌아서려는데 비설이 장난스럽게 말했다.

"흐음, 혹시 그 물은 공청석유고 제 것은 맹물 아닌가요?"

"하하하. 그럴 리가 있겠습니까?"

세영이 재밌다는 듯 껄껄거리며 웃었다. 공청석유가 뭔지 몰랐지만 대충 무슨 뜻으로 말하는지 짐작했기에 예은이 얼굴을 붉혔다.

"그런데 저희 지금 어디로 가는 중인가요? 하산하던 길이 아닌 것 같아서요."

분명 대천산으로 돌아가는 길이 아니었다.

"사천 땅의 청천이란 곳으로 갑니다."

"왜 그곳으로 가나요?"

그러자 세영이 힐끔 진패 쪽을 돌아보았다. 대화를 듣고 있던 진패가 고개를 끄덕였다. 솔직히 말해줘도 된다는 의미였다.

"출발 직전에 삼조의 연락이 왔습니다. 대주님의 종적을 청천에서 발견했다고."

"네?"

깜짝 놀란 비설이 벌떡 일어났다.

"그럼 오라버니는 무사하신 건가요?"

"네. 아마도 그런 것 같습니다."

"앗! 이렇게 중요한 일을 왜 이제 말씀하세요! 괜히 걱정했잖아요!"

비설이 목청을 올렸다. 세영이 멋쩍은 미소를 지어 보였다.

촉박하게 출발하느라 알릴 여유도 시간도 없었다.

완전히 표정이 밝아진 비설이 짐짓 화난 얼굴로 말했다.

"홍! 각오하세요! 세영 오라버니부터 자를 수도 있어요!"

그러자 뒤에서 '안 돼요!' 란 말이 다급하게 터져 나왔다. 돌아보니 예은이었다. 자신도 모르게 소리쳐 놓고 뒷감당을 못해 홍당무가 돼버린 그녀였다.

"죄, 죄송해요."

예은이 황급히 사과를 하자 비설이 실실거렸다.

"헤헤헤. 이거 서러운데요."

"아가씨… 그게 아니라."

"장난이에요, 장난. 아, 지금 우리 밥 먹을 때가 아니잖아요! 자, 모두 출발입니다. 오라버니들 모두 출발해요!"

비설의 기분이 깃털처럼 가볍게 날고 있었다.

第五十八章

음마

魔刀霸爭

"당, 당신은 죽었는데. 내가 이 손으로 분명이 묻었는데……."

부용은 반쯤 넋이 나간 상황이었다. 방을 나서던 그녀는 복도 끝에서 심 노인을 만났다. 아니, 더 정확히 말하자면 검운의 기습에 쓰러지는 심 노인을 목격했다. 그녀는 한마디 비명도 지르지 못했다. 심 노인을 제압하고 자신에게 다가오는 사내는 분명 검운이었기 때문이었다. 자신이 직접 묻은 사람이 자신을 향해 걸어오는 경험은 당해보지 않은 사람은 절대 모를 공포였다.

"부용아!"

설무원의 애절한 부름에 부용이 퍼뜩 정신을 차렸다. 목을

겨눈 차가운 화살촉이 이 상황이 꿈이 아님을 실감하게 해주
었다. 부용이 고개를 돌려 검운을 쳐다보았다. 분명 검운이었
다.

검운은 그녀를 쳐다보지 않았다. 그는 유월만을 직시했다.
검운의 눈에 이채가 감돌았다. 자신을 바라보는 유월의 시선
이 평소와 달랐던 것이다. 반응 역시 마찬가지였다. 저렇게 멍
하니 자신을 바라볼 상황이 아닐진대.

"대주님?"

그러자 벽에 붙어 선 유월이 고개를 갸웃했다.

"대주?"

검운의 가슴이 철렁 내려앉았다. 그때 신기와 서염이 빠르
게 눈짓을 주고받았다. 재빨리 유월을 제압하자는 신호였다.

낌새를 알아차린 검운이 소리쳤다.

"손가락 하나 까딱 마!"

핏.

부용의 목에서 피가 튀었다. 화살촉이 그녀의 목덜미에 상
처를 낸 것이다.

"멈추시오!"

설무원이 다급하게 마군자들에게 소리쳤다.

하지만 오히려 신기의 검에서 시퍼런 검강이 뻗쳐 나왔다.

"어디 그 아이를 죽여봐라! 그 순간 이자는 양단될 테니."

설무원이 살기를 뻗치며 소리쳤다.

"검을 거두시오!"

"닥치시오! 지금 상황에서 한낱 피붙이의 안위를 걱정하다니, 당신 제정신이오?"

설무원이 이를 악물었다. 다른 이의 경우라면 자신 역시 같은 말을 할 것이다. 하지만 막상 자신의 딸이 위험에 처하자 눈앞이 캄캄해졌다.

신기가 한 발 더 유월에게 다가갔다. 다른 세 마군자도 마찬가지였다. 그들의 검에서도 검강이 뻗쳐 나왔다.

검운이 다시 한 번 다급하게 소리쳤다.

"대주님!"

검운이 부용을 방패 삼아 방 안으로 들어섰다. 유월 옆으로 가려는 의도였는데 마군자 둘이 그를 막아섰다.

"어딜?"

신기가 다시 한 발 더 유월에게 다가섰다. 일렁이는 검강을 금방이라도 유월에게 쏟아낼 기세였다.

'부용아!'

설무원의 눈에서 불꽃이 튀는 순간, 수많은 일들이 동시에 벌어졌다.

가장 먼저 움직인 것은 설무원이었다. 그가 기습적으로 장력을 날렸다.

쐐애애애!

그 대상은 바로 신기였다.

"이런 미친!"

신기가 날아드는 장력을 검으로 쳐냈다.

동시에 검운이 비격탄을 날렸다. 다른 마군자들을 향해서였다.

쉭쉭쉭쉭!

유월은 서염에게로 미끄러지듯이 달려들었다. 이 모든 일들은 한순간에 일어났다.

장력을 해소한 신기의 검이 설무원을 향해 날아들었다.

"죽어!"

살기 가득한 신기의 검이 설무원의 옆구리를 스쳤다. 가까스로 몸을 비틀어 검을 피한 설무원이 연이어 장력을 발출했다.

퍼어엉!

신기를 빗나간 장력이 파무령의 가슴에 적중했다. 이미 앞서 검운의 비격탄을 어깨에 적중당한 그는 속수무책으로 장력을 맞고 말았다. 파무령이 벽에 부딪힌 후 튕겨져 나왔다.

"동생!"

요립이 소리치며 설무원에게 달려들었다.

푹.

이미 그때는 신기의 검이 설무원의 배에 박혀 있었다. 설무원이 검을 잡고 늘어졌다.

"으아아악!"

손가락이 잘려 나가는 상황에서도 설무원은 한 손으론 신기의 검을 붙들고 다른 한 손으론 장력을 날렸다. 자식을 위한 부정은 그야말로 기적과도 같은 힘을 내게 만들었다.

펑, 퍼엉!

두 발의 장력을 연이어 적중당한 신기의 몸이 크게 휘청거렸다. 하지만 이미 기혈이 뒤얽힌 상황에서 날아든 장력이었기에 신기를 절명시키지 못했다. 신기가 검을 비틀어 빼며 크게 휘둘렀다.

서걱.

설무원의 가슴이 사선으로 길게 베였다.

쉭쉭쉭쉭쉭쉭!

검운의 비격탄이 신기와 그 옆으로 달려드는 요립에게로 쏟아졌다. 너무나 가까운 거리였기에 그 공격은 매우 위협적인 것이었다.

이미 설무원의 장력에 내상을 입은 신기는 화살을 피할 수 없었다.

푹푹푹푹푹!

따다다다당!

두 개의 이질적인 소리가 동시에 울려 퍼졌다. 가슴에 다섯 발의 화살을 적중당한 신기가 뒤로 꼬꾸라졌고 세 발자국을 물러서고서야 요립은 날아든 화살을 모두 쳐낼 수 있었다.

"크윽!"

뒤에서 들리는 귀에 익은 비명 소리는 분명 서염의 것이었다. 무엇인가 자신의 등으로 날아들었다. 반사적으로 요립이 검을 휘두르며 돌아섰다. 검운의 비격탄이 날아들까 두려워 뒤를 확인하며 검을 날릴 여유가 없었던 것이다.

서걱.

자신의 검에 베어진 것은 서염의 가슴이었다. 서염의 목을 꺾은 유월이 서염과 함께 요립에게 쇄도했던 것이다.

'젠장!'

유월이 서염의 시체를 요립에게 내던졌다. 날아드는 시체를 피하며 유월에게 검기를 날리려는 순간.

쉭쉭쉭쉭!

다시 비격탄이 날아들었고 요립의 검은 날아드는 화살을 쳐냈다.

그 순간.

빠악.

크게 회전해 날아온 유월의 손날이 그대로 요립의 목을 강타했다. 울대가 부서지며 요립이 뒤로 튕겨져 날아갔다. 벽에 부딪쳐 서서히 미끄러지며 내려오는 요립의 눈에 비로소 장내의 상황이 모두 들어왔다.

유월과 검운을 제외한 모두가 죽어 있었다.

'이런 빌어먹을!'

검운의 비격탄이 그의 심장에 박혔다. 죽어가던 그가 그대로 절명했다.

모든 것은 숨 한 번 들이쉴 정도의 짧은 시간에 벌어진 일이었다.

검운이 한숨을 내쉬었다. 설무원의 희생이 없었다면 결코 감당할 수 없는 상대들이었다.

"아버지!"

뒤늦게 부용이 설무원에게 달려갔다. 애타게 설무원을 흔들었지만 이미 설무원은 절명한 후였다.

"어흐흐흐흑. 아버지! 아버지!"

그녀가 서럽게 눈물을 흘렸다. 검운은 차마 그 모습을 지켜보지 못하고 고개를 돌렸다. 그녀와의 인연이 악연이 되는 순간이기도 했다. 자신이 아니었다면 그녀의 아버지는 죽지 않았을 테니까.

검운이 유월에게 다가갔다. 유월이 흠칫 놀라 한 발 뒤로 물러섰다.

"대주님."

그러자 유월이 찡그린 채 대답했다.

"당신이 누군지 모르겠소. 기억이 나지 않아… 아무것도."

설마했는데 그것이 현실이 되자 검운의 마음이 무거워졌다. 그로선 그야말로 상상도 못한 일이었다.

"일단 가시죠."

유월이 고개를 끄덕였다. 인질까지 써서 자신을 구하려 한 것만 봐도 검운은 믿을 수 있는 사람이었다.

검운이 눈물을 흘리며 아버지의 시체 옆에 앉아 있는 부용을 내려다보았다. 부용이 멍하니 검운을 올려보았다.

"당신!"

증오에 찬 눈빛이었다. 검운은 담담히 그 눈빛을 마주했다.

"함께 가지."

그녀가 차갑게 검운을 외면했다. 증오에 찬 그녀의 눈빛은 복수를 담고 있었다. 검운이 한숨을 내쉬었다. 자신의 일이 중요하지 않았다. 우선 유월을 안전한 곳으로 데려가야 했다.

부용을 남겨둔 채 두 사람이 방을 나서는 순간이었다.

퍼억!

울컥 피를 토해내며 검운이 방 안으로 튕겨져 들어왔다. 마치 검운의 그림자처럼 무엇인가 함께 날아 들어왔다. 그 그림자의 다음 목표는 유월이었다. 내력 없이도 서염의 목을 꺾은 유월의 반사신경이었지만 날아든 그것에게는 소용이 없었다.

다시 묵직한 타격음이 들렸고 가슴을 얻어맞은 유월이 방 안을 나뒹굴었다.

단숨에 유월과 검운을 제압한 그림자는 바로 음마 냉음소였다.

그는 방 안에 죽은 동료들은 안중에도 없었다.

오히려 색기 가득한 웃음이 부용에게 날아들었다.

"아비가 배신을 하고 죽었으니, 넌 이제 더 이상 쓸모가 없구나."

*   *   *

유월이 눈을 뜨자 낯선 어둠이 그를 맞이했다. 욱신거리는 통증이 가슴을 압박해 옴을 느끼며 유월이 몸을 일으켰다. 주위는 어두웠고 공기는 탁했다. 본능적으로 이곳이 지하란 것을 깨달았다.

옷자락을 열어보니 가슴의 상처가 어느새 아물고 있었다.
시퍼렇게 들었을 멍은 이제 옅은 자색으로 변했고 이내 사라질
것 같았다. 움직임도 아무 지장이 없었다. 그 말은 곧 뼈가 상
하지도, 내상을 입지도 않았다는 의미였다. 다행한 일이었다.

'누구였을까?

유월은 자신을 공격한 자의 모습을 제대로 확인하지 못했
다. 그 말은 곧 그가 절정의 무공을 익힌 자란 뜻. 그런 그의 일
장을 얻어맞고도 이렇게 무사하다는 것이 이상할 따름이었다.

그때 어둠 속에서 나직한 신음 소리가 들려왔다.

"으으으으……"

구석에 또 다른 누군가 쓰러져 있었다. 유월이 조심스럽게
그에게 다가갔다. 창백한 얼굴로 신음을 흘리며 누워 있는 이
는 바로 검운이었다. 검운의 얼굴은 고통으로 일그러져 있었
다. 유월이 검운의 옷자락을 풀어헤쳤다. 자신의 상처와는 확
연히 달랐다. 검운의 가슴은 마치 불에 타버린 재처럼 시커먼
멍이 들어 있었다.

문제는 피부의 상처가 아니었다. 큰 내상을 입었는지 검운
의 입가에는 쏟아낸 피가 덕지덕지 말라붙어 있었다. 같은 장
력을 맞았는데 왜 자신은 무사한지 이해할 수 없었다. 상대가
자신을 봐준 것일까?

유월이 검운의 얼굴을 가만히 응시했다. 아무리 기억을 떠
올리려 해도 생각이 나지 않았다. 자신을 대하는 태도나 호칭

으로 봐서 자신의 수하가 틀림없었다.

'젠장!'

유월이 주먹을 불끈 쥐었다. 도대체 어떤 일이 있었기에 이렇게 기억을 잃어버린 것일까?

"으으으으."

검운의 신음에 담긴 고통이 더욱 깊어졌다.

유월이 검운의 상체를 안아 일으켰다. 그러자 검운이 힘겹게 눈을 떴다. 자신을 알아본 검운의 얼굴이 밝아졌다.

"…대주님."

힘없이 흘러나오는 그의 음성은 죽음의 기운을 담고 있었다.

"여전히 당신이 누군지 모르겠소."

검운의 눈꺼풀이 가늘게 떨렸다. 그 눈꺼풀 아래 눈동자에는 안타까움이 가득했다. 눈빛만으로도 가슴이 뭉클해졌다. 기억을 잃기 전 그와 얼마나 각별한 사이였는지 느낄 수 있었다.

"제 말… 잘 들으십시오."

검운이 힘겹게 말을 이었다.

"대주님은… 교주님의 따님을 모시고… 하산한 흑풍대주십니다."

"…흑풍대주!"

"반드시 기억을 떠올리셔야 합니다. 반드시."

검운이 울컥 피를 토해냈다. 검운이 헛구역질을 할 때마다 어김없이 피를 토해냈다. 유월이 다급하게 소리쳤다.

"당신 이름이 뭐지?"

"검… 운."

"검운, 정신 차려. 이봐. 운, 정신 차리라고!"

하지만 이미 검운은 정신을 잃은 후였다. 창백한 안색은 이제 분칠을 한 것처럼 하얗게 변했다.

"어떻게 해야 널 구할 수 있는지 말해달란 말이다!"

유월의 외침에도 검운은 눈을 뜨지 못했다.

유월은 검운을 살리고 싶었다. 처음으로 자신을 알아본 상대였다. 위험을 무릅쓰고 자신을 구하려다 부상을 당했다. 반드시 살려야 했다.

유월이 다급하게 주위를 살폈다. 십여 개의 계단 위로 철문이 희미하게 보였다. 검운을 조심스럽게 내려놓고는 문으로 달려갔다.

쾅, 쾅.

유월이 거칠게 문을 두드렸다.

"거기 아무도 없나? 아무도 없냐고!"

목이 터져라 고함을 질렀지만 아무도 대답하지 않았다. 철문에 주먹질을 하던 유월이 뒤로 물러섰다.

"으합!"

큰 기합과 함께 몸을 날렸다. 모든 힘을 실어 문을 걷어찼지만 문은 꿈쩍도 하지 않았다. 다시 유월이 몸을 날렸다. 어깨가 부서질 듯 아파올 뿐 두꺼운 철문은 요지부동이었다.

다시 유월이 목이 터져라 소리쳤다.

"이봐! 아무도 없어? 제발 누가 좀 와달라고!"

꽝! 꽝꽝!

유월의 주먹에서 피가 흘러나왔다. 살갗이 벗겨졌지만 유월은 멈추지 않았다.

"으아아아아!"

유월이 고함을 내질렀다. 한참을 발악하듯 고함을 지르던 유월이 제풀에 지쳐 철문에 기대앉았다.

검운이 사시나무 떨 듯 몸을 떨기 시작했다. 경련이었다.

유월이 입술을 잘근 깨물었다. 이대로 놔두면 죽는 것은 시간문제였다.

"기억해. 기억해 내!"

유월이 머리를 감싸 쥐었다. 예의 그 극악한 두통이 찾아들었다. 하지만 유월은 생각하고 또 생각했다.

"난 흑풍대주다. 흑풍대주. 검운. 흑풍대주……."

머리가 깨어질 듯 아팠다. 유월의 코에서 코피가 흘러내렸다. 답답한 마음에 뒤통수로 철문을 두드렸다.

이윽고 유월이 제풀에 지친 듯 발악을 멈추었다.

멍하니 앉아 검운을 쳐다보았다. 이미 죽었는지 검운은 꼼짝도 하지 않고 있었다.

유월이 검운에게 기어갔다. 검운의 몸은 차가워질 대로 차가웠고 딱딱하게 굳어가고 있었다.

주르륵.

유월의 눈에서 눈물이 흘러내렸다.

볼에 눈물이 떨어지자 검운의 눈꺼풀이 살짝 흔들렸다. 마지막 힘을 다해 검운이 눈을 떴다. 눈에 생기가 돌았다. 죽기 전 마지막 힘을 낸다는 회광반조 현상이었다.

"지금까지 모실 수 있어서… 영광이었습니다."

그때 마음속에서 누군가 말했다.

"그를 살리고 싶으냐?"

그 순간 유월의 몸이 허공에 붕 뜨는 착각에 빠졌다. 마개를 뽑아낸 배수구처럼 머릿속에 엉켜 있던 답답함이 한순간에 뻥 뚫렸다. 수천, 수만 가지의 영상이 한꺼번에 밀려들어 왔다.

모든 것이 생생하게 기억나기 시작했다. 예전 기억은 물론이고 기억을 잃었을 때의 일조차 생생했다. 그렇게 기억은 한순간에 찾아왔다.

유월이 일갈을 내질렀다.

"너!"

유월이 벌떡 일어났다.

오색천마혼의 뜻이 담긴 울림이 다시 일어났다.

"이래도 날 부정할 생각이냐."

기억과 무공을 막은 것이 오색천마혼의 짓이란 것을 깨닫자 유월의 눈에 퍼런 살기가 돌았다.

유월이 검운을 보며 소리쳤다.

"운, 운아!"

검운이 감았던 눈을 다시 떴다. 자신을 내려다보는 유월의 눈빛이 평소처럼 돌아온 것을 느끼자 창백해진 그의 볼이 가볍게 떨렸다.

"…기억을 되찾으셨군요. 됐습니다… 이제."

검운이 미소를 지었다. 유월이 검운을 흔들어 깨웠다.

"정신 차려! 정신 차리라고!"

검운을 일으켜 세운 후 그의 등 뒤에 손을 가져다 댔다. 내력을 끌어올렸지만 내력은 일어나지 않았다. 무엇인가 단전을 꽉 막고 있었다. 오색천마혼이 되돌려준 건 기억뿐이었다. 유월이 이를 바드득 갈았다.

"네가 원하는 게 뭐지?"

오색천마혼의 웃음소리가 들렸다.

"나를 인정해라."

"그래, 인정한다. 인정한다."

다급하게 소리친 후 유월이 다시 내력을 끌어올렸다. 역시 내공이 일지 않았다.

분노에 찬 얼굴로 다시 오색천마혼을 부르려던 유월의 표정이 가라앉았다. 오색천마혼은 자신의 몸에 깃들어 있는 존재. 급한 마음의 거짓말이 통할 리 없는 존재란 것을 깨달은 것이다.

유월이 가볍게 한숨을 내쉬었다.

'그래, 진정으로 너를 인정해 주지.'

유월의 눈빛이 차분해졌다. 몸속의 오색천마혼의 기운을 찾기 시작했다. 그가 느껴졌다. 자신의 몸을 가득 채우고 있는 그의 존재가. 그의 숨결이 들려왔다. 유월이 그 숨결과 하나가 되기 시작했다. 그의 육체를 느꼈고 그의 마음을 느꼈다. 그가 지닌 그 파괴적인 욕망과 분노까지 받아들였다.

유월이 눈을 번쩍 떴다. 그 순간 웅혼한 내력이 단전에서 솟구쳐 올라왔다.

유월의 손이 검운의 등에 닿았다.

저승길 뱃사공의 뺨을 후려갈기며 검운을 억지로 배에서 내리게 하는 순간이었다.

*   *   *

무엇이 그리 좋은지 음마 냉음소는 연신 싱글벙글이었다.

혈도가 제압당해 침상에 던져진 부용은 두려움에 떨며 거의 반실성 직전이었다. 아버지가 죽은 슬픔을 채 느끼기도 전에 최악의 상황을 맞았으니 정상인 것이 오히려 이상한 상황이었다.

냉음소가 탁자 위의 나락도를 들어 올렸다. 눈앞에 날을 세워 이리저리 살피며 감상했다.

땅—

냉음소가 손가락을 튕기자 나락도에서 맑은 금속성이 울려
퍼졌다.

"좋구나, 좋아."

부용이 두려움을 참으며 용기를 내어 소리쳤다.

"날 어쩔 작정이냐!"

너무 순진한 물음에 스스로조차 한심한 마음이 들었지만 지
금 부용이 가진 것은 세 치 혀밖에 없었다. 어떻게든 냉음소의
마음을 돌리는 것만이 봉변을 피하는 길이었다.

냉음소가 부용을 돌아보았다. 못생긴 얼굴에서 들기름처럼
줄줄 흘러내리는 색심은 이미 말로 어찌 될 선을 넘은 상태였
다.

"사지를 갈가리 찢어주랴?"

"……!"

"살고 싶지?"

공포에 질린 부용은 아무 말도 하지 못했다.

"그럼 닥치고 있어."

냉음소가 이번에는 유월의 명패를 집어 들었다. 그가 킬킬
거리며 웃었다. 지금껏 교의 중심에 서보지 못한 그였다. 단지
자신이 음마란 이유 때문이었다. 하지만 이제 상황은 달라졌
다. 이번 일로 귀도는 자신을 중히 쓰게 될 것이다. 흑풍대에
이어 철기대와 환마까지 깨버린 유월이었다.

냉음소가 명패를 벽으로 던져 버렸다. 둔탁한 소릴 내며 명

패가 바닥을 뒹굴었다.

냉음소가 침상으로 다가왔다. 화들짝 놀란 부용이 소리쳤다.

"내 몸에 손가락 하나라도 댄다면 곧바로 자결하겠다."

역시 씨도 안 먹히는 협박이었다. 냉음소는 지금껏 수백 번이나 같은 말을 들어왔다. 하지만 그 말처럼 용감히 자결을 하는 여인은 채 몇 명도 되지 않았다. 목숨이란 끊고 싶다고 쉽게 끊을 수 있는 게 아니었다. 더구나 지금부터 자신이 행하는 행동까지 덧붙여진다면 그건 불가능에 가까운 일이었다.

냉음소가 침상에 앉아 운기조식을 시작했다. 향향음희공을 극성으로 끌어올리기 시작한 것이다. 그의 눈에서 연분홍 빛깔의 광채가 흘러나왔다. 광채는 곧 향기가 되었다. 방 안을 가득 채우는 꽃향기를 맡는 순간 부용의 눈가가 붉어졌다. 향향음희공에 부용의 몸이 반응하기 시작한 것이다. 의지만으로 막을 수 없는 색공의 힘이었다.

"안, 안 돼."

이를 악물었지만 그녀의 양 볼이 붉게 달아올랐다. 몸속 어디에 이런 기운이 숨어 있었을까 놀라울 정도로 강렬한 열기가 온몸을 휘감았다.

냉음소가 사악하게 웃었다.

"노부와 밤새 운우지락을 나눠보자꾸나."

냉음소가 그녀 옆으로 바짝 다가갔다. 가늘고 긴 손을 내밀어 그녀의 옷자락을 풀어헤쳤다. 겉옷이 벗겨지자 새하얀 속옷이 드러났다.

"아아아악!"

부용이 비명을 질렀다. 그 모습에 더욱 흥분한 냉음소가 다시 손을 내미는 순간이었다.

징징!

갑자기 나락도가 울기 시작했다. 냉음소가 깜짝 놀라 침상에서 내려왔다. 나락도의 울음소리는 계속 커지고 있었다.

'흑풍대주의 나락도가 천하의 기병이라더니 과연 홀로 울음을 내는구나.'

냉음소는 한편으로 감탄하고 다른 한편으로 의아한 마음이 들었다.

'한데 왜 갑자기 울기 시작한 것일까?'

혹시 향향음회공에 나락도가 반응한 것이 아닐까란 생각이 들었다.

'그렇다면 네 이름은 나락도가 아니라 극락도라 불러야겠구나.'

엉뚱한 상상을 하며 냉음소가 껄껄 웃었다.

그 순간 나락도의 울음이 뚝 그쳤다. 그리고 그것이 신호가 된 듯 방문이 덜컥 열렸다. 방으로 들어서는 이를 확인한 냉음소가 화들짝 놀라 몇 발짝 뒤로 물러났다.

"너? 어떻게?"

유월이 들어선 것이다.

냉음소의 놀람은 이만저만이 아니었다. 앞서 유월에게 날린 장력은 설령 자신이라 하더라도 쉽게 회복될 만한 것이 아니었다. 겨우 숨만 붙여둔 공격이었는데 지금의 유월에게서는 그 어떤 내상의 기운도 느낄 수 없었다.

놀라 두 눈을 치켜뜬 냉음소에 비해 유월은 너무나 담담하고 평온한 모습이었다. 유월이 바닥에 떨어진 명패를 주워 들었다.

흑풍대주.

유월이 명패를 묵묵히 내려보았다. 이 녁 자의 이름에 담긴 의미가 오늘따라 크고 감격스럽게 다가왔다.

명패를 갈무리한 유월이 탁자로 걸어왔다. 냉음소가 아차 하는 표정을 지었다. 탁자 위의 나락도를 그대로 둔 것이다.

유월이 나락도를 움켜쥐었다.

징징—

나락도가 기분 좋게 울었다. 유월이 예의 그 매력적인 미소로 그에 답했다.

냉음소의 마음은 복잡했다. 태연한 유월의 태도에 놀라면서도 그것이 혹시 허장성세가 아닐까 의심하고 있었다. 방금 전까지 기억을 잃고 자신의 일장조차 피하지 못한 그였다. 갑자기 기억과 무공을 모두 찾았을 리 없었다. 그럼에도 함부로 손을 쓰지 못하는 것은 유월의 여유로운 태도 때문이었다. 냉음소는 은밀히 내력을 끌어올리며 유월을 주시했다.

유월이 나락도를 등에 메었다. 그리곤 부용 쪽을 바라보았다. 침상 위의 그녀는 온몸이 불덩이처럼 달아올라 몸을 뒤틀고 있었다.

유월이 가볍게 몇 줄기의 지풍을 날렸다. 이내 부용의 몸이 안정을 찾으며 숨결이 정상으로 돌아왔다. 부용은 그저 놀란 눈으로 유월을 응시할 뿐이었다. 앞서의 혼란스런 눈빛이 아니었다. 그제야 부용은 유월이 기억을 되찾았음을 직감했다.

그 모습에 냉음소의 가슴이 철렁 내려앉았다.

'정말 무공을 되찾았구나!'

더구나 자신의 향향음희공을 손짓 한 번으로 파해해 버린 실력은 그가 지금껏 단 한 번도 겪어보지 못한 경지였다. 끌어올린 공력으로 기습을 가하느냐, 달아나느냐? 고민은 길지 않았다.

냉음소가 본능적으로 창문을 향해 몸을 날렸다.

빠악!

턱이 돌아간 냉음소가 바닥을 나뒹굴었다. 이형환위의 신법으로 창문을 막아선 유월이 사정없이 주먹을 날린 것이다. 주먹만 한 쇠공이 머리통을 두들긴 느낌이었다.

골이 흔들렸는지 냉음소가 고개를 좌우로 흔들며 눈을 껌벅였다. 그 순간 냉음소는 유월이 단 일격에 머리통을 부수지 않은 것에 대해 매우 심각한 착각을 했다.

'견딜 만하다. 그렇다면 아직 놈의 무공이 완전히 회복되지 않았구나!'

내력이 실리지 않은 주먹이란 것은 상상도 못했다. 진마를 넘어 신마의 경지에 접어든 그였다. 내력이 실리지 않은 주먹에 쓰러진다는 것은 있을 수 없는 일이었다. 그리고 그는 유월이 맨주먹으로 때려죽이겠다고 마음먹었다는 것은 더더욱 상상하지 못했다.

"잠깐 손을 멈추시오."

냉음소가 은밀히 내력을 끌어올리며 비틀비틀 일어섰다. 그리고 벼락처럼 돌아서며 일장을 내질렀다.

퍼억!

쏟아져 나간 장력이 정확히 유월의 몸에 적중했다.

'해냈다!'

기쁨도 잠시, 냉음소가 경악했다. 헤헤거리며 쓰러져야 할 유월이 한 치의 흔들림 없는 모습으로 그 자리에 건재했던 것이다.

"죽어!"

다시 쌍장을 내질러 장력을 발출하려던 그 순간, 유월이 폭풍처럼 달려들었다.

퍽, 퍽, 퍽, 퍽!

냉음소의 얼굴이 빠르게 좌우로 돌아갔다. 내력이 실리지 않았다는 것을 절대 믿을 수 없는 매서운 주먹질이었다. 냉음소의 눈앞에서 별이 번쩍거렸다. 너무 아파 눈물이 쏙 나올 것 같은 주먹질이었다. 내력이 미친 듯이 날뛰었지만 그것을 발출할 수 없었다. 정신을 차릴 수 없었고 오직 아프다는 생각뿐이었다.

"그, 그, 그만!"

냉음소가 발악하듯 소리쳤다. 그러자 유월이 주먹질을 멈췄다. 튀어나온 광대뼈가 푹 눌린 채 쌍코피를 흘리며 냉음소가 손사래를 치며 뒤로 물러섰다.

동시에 향향음회공을 극성으로 끌어올렸다.

'제발, 제발 걸려라.'

간절한 마음을 담은 희대의 색공이 그의 눈빛을 통해 유월에게 쏟아졌다.

유월이 휘감아오는 향기를 모두 들이마셨다. 마치 공기를 빨아들이듯 방 안의 향이 모두 유월의 입속으로 빨려 들어갔다.

유월이 눈을 지그시 감으며 그 향기를 즐기는 듯 보였다. 다시 유월이 눈을 떴다. 유월이 처음으로 씩 웃었다. 하지만 그것뿐이었다. 어지간한 고수들은 단 한 줌의 향기만으로 색계에 나락으로 빠뜨릴 무공이었는데 그걸 다 마신 유월은 그저 기분이 조금 좋아졌을 뿐이었다.

부웅―

유월이 허공을 가로질러 날아와 그대로 냉음소의 가슴을 무릎으로 찍어버렸다.

꽈직.

냉음소의 갈비뼈 세 대가 한꺼번에 부러졌다.

'왜… 왜 통하지 않는 거지?'

냉음소는 알지 못했다. 구화마공을 익힌 유월이 극마의 경지에 이르면서 그 어떤 사공이나 색공도 그를 위협하지 못한다는 것을.

냉음소가 뿜어내는 피분수를 슬쩍 피한 유월이 다시 다가왔다.

"살, 살… 려……."

퍼억!

음마가 사타구니를 움켜쥐며 비명을 내질렀다. 유월이 오른발로 그의 목숨보다 소중한 것을 박살 내버린 것이다. 냉음소의 눈에서 피눈물이 줄줄 흘러내렸다.

퍼억!

다시 유월의 주먹이 냉음소의 턱을 강타했다. 그의 몸이 붕날아올랐다가 거꾸로 처박혔다. 우수수 떨어지는 것은 방금전까지 악물며 고통을 참던 그의 이였다. 더 아플 것이 없으리라 여겼건만 너덜너덜해진 턱에서 참을 수 없는 고통을 호소했다.

그 모습을 지켜보던 부용은 한편으론 통쾌했지만 다른 한편으론 두려움에 떨었다. 사람이 사람을 패는데 저렇게 무섭게 팰 수 있으리라곤 한 번도 상상조차 해본 적이 없었다. 검으로 베어 죽이는 것보다 백배는 더 무섭게 느껴졌다.

유월이 구석에 쪼그리고 앉은 냉음소를 내려다보았다. 유월을 올려다보며 냉음소가 뭐라 응얼거렸다. 그는 더 이상 살려달라고 하지 않았다. 이제 죽여달라고 애원하고 있었다.

유월이 그의 뒷덜미를 잡고 일으켜 세웠다.

아무 감정이 담기지 않은 무심한 표정. 그것이 이승에서 볼 수 있는 마지막 표정이었다.

유월이 냉음소를 공처럼 공중에 띄웠다.

허공에 떠오른 그를 향해 유월이 연이어 주먹을 날렸다. 비로소 유월의 주먹에 내력이 실렸다.

픽! 퍼엉! 펑펑!

가죽 북 터지는 소리가 연달아 났다. 그의 몸이 천장 구석까지 밀려 날아올라 갔다가 빠르게 추락했다.

투둑.

바닥에 떨어진 그것은 피떡이 되어 형체를 알아볼 수 없었다.

부용이 차마 그것을 볼 수 없어 유월에게 시선을 고정했다. 바닥의 시체보다 살아 있는 유월이 더 무섭다는 생각이 들었다.

"당, 당신… 기억을 되찾았죠?"

"그래. 고맙다."

짤막한 인사에 부용이 한숨을 내쉬었다.

"그 사람은 어떻게 됐나요?"

유월이 문 쪽으로 고개를 돌렸다. 언제 와 있었는지 복도에서 있던 검운이 방 안으로 들어섰다. 안색이 파리했지만 큰 고비를 넘긴 듯 보였다.

검운과 부용이 말없이 서로를 응시했다. 부용의 눈동자에 눈물이 맺혔다. 눈물에 담긴 것은 애정과 증오였다. 애정이 큰만큼 증오도 컸다.

"미안하오."

검운이 고개를 숙였다.

두 사람 사이에 자신이 알지 못할 일들이 있었다는 것을 유월은 알 수 있었다. 당사자들이 풀어야 할 문제였지만 작은 도움이라도 주고 싶은 게 유월의 마음이었다.

유월이 담담하게 부용에게 말했다.

"네 아버지를 죽인 것은 검을 휘두른 그자다. 운이가 너를 인질로 잡지 않았다면 죽지 않았다는 생각이 드느냐? 그렇게 생각한다면 네 아버지를 죽인 사람은 나다. 네 눈에 띄지 않았다면 애초에 검운이 날 구할 일도 없었을 테니까… 네 아버지를 죽인 사람은 너다. 네가 나에게 밥을 사준다고 하지 않았으면 아무 일도 없었을 테니까… 네 아버지를 죽인 것은 그 자신이다. 그가 마교에 입교하지 않았다면 오늘 같은 일은 없었을 것이다… 도대체 누가 네 아버지를 죽인 것이냐?"

잔인한 말이란 것을 알았지만 해야 할 말이었다. 검운의 성격으로 볼 때, 그녀의 어린 나이로 볼 때, 두 사람은 절대 오늘의 일을 감당할 수 없을 테니까.

유월이 마지막으로 덧붙였다.

"비겁하게 들릴지 모르지만… 결국 모든 게 운명인 것이다. 받아들이든지 거부하든지 그건 네가 결정할 문제겠지."

유월이 도울 수 있는 것은 거기까지였다. 유월이 먼저 방을 나섰다.

검운이 그 뒤를 따랐다. 문 앞에 선 검운의 발걸음이 떨어지지 않았다.

"함께 가자."

결국 서러운 눈물이 부용의 뺨을 적시기 시작했다.

第五十九章

귀도출현

魔刀霸爭

다음날 아침, 비설과 흑풍대가 청천에 도착했다.

흑풍대는 대여섯 명씩 나눠져 이목을 끌지 않으며 시내로 들어갔다. 각자 장사치나 표사, 낭인들로 꾸며 주위의 이목을 받지 않으려 노력했다.

비설을 직접 호위한 것은 네 조장들이었다. 예은과 진명, 무옥은 다른 삼조원들과 함께 움직이고 있었다. 비설은 예은과 동행하고자 했지만 안 된다고 나선 사람은 의외로 세영이었다. 공사 구분을 확실히 하고 싶은 세영의 마음을 예은은 섭섭함없이 흔쾌히 받아들였다. 오히려 그녀는 비설과 함께 있는 것보다 그게 편했다. 비설이 진명과 무옥을 그녀와 함께하도록 했다. 아무래도 사내들만 있으면 불편할 것이란 배려였는데 세영은 그마저 거절하진 않았다.

"우와, 분위기 살벌하네요."

청천 시내에 들어선 비설의 소감이었다. 면사로 얼굴을 가린 비설은 거리를 돌아보며 고개를 내저었다. 거리는 칼 찬 무인들로 그야말로 북적대고 있었다.

그들 대부분은 일심회의 붕괴로 청천에 들어온 이들이었다. 일심회의 공백을 메우며 청천에 세력을 굳히려 욕심을 낸 무인들이었다. 물론 일심회의 배후에 당문이 있다는 것을 모두들 알았다. 그들이 노리는 것은 당문의 새로운 사냥개의 역할이었다. 당문 역시 그 공백을 메우기 위해 누군가를 앞세워야 할 것이기 때문이었다. 나머지 무인들은 색마를 잡아 일확천금을 이루려는 현상금 사냥꾼들이었다. 굳이 위장을 하고 들어오지 않아도 될 정도로 청천은 북적이고 있었다.

"대주님의 소식은 아직인가요?"

비설은 오직 유월을 보고 싶은 마음뿐이었다. 진패가 걱정 말라는 표정으로 비설을 달랬다.

"곧 연락이 오실 겁니다."

유월이 살아 있는 것이 확인된 이후 진패는 걱정을 한시름 떨친 상태였다. 색마로 수배 중이란 삼조의 연락에 어이없는 웃음까지 터뜨렸었다. 어쨌든 살아만 있다면 유월은 반드시 자신들을 찾아올 것이다.

"우선 요기부터 하시고 여장을 푸시지요. 저희가 알아보겠습니다."

"오라버니들도 우선 좀 쉬세요."

자신을 호위하며 오느라 제대로 먹지도 자지도 못한 그들이었다. 유월에 대한 그리움에 무작정 길을 재촉한 미안함이 뒤늦게 들었다. 당장 백위의 얼굴에 화색이 돌았다.

"흐흐. 그러게요. 우선 목부터 축입시다."

"네놈은 아침부터 술타령이냐?"

진패의 한마디에 백위가 삐친 척 입을 내밀었다.

"물 먹자는 말입니다. 목 축일 물."

옆에 선 비호가 백위를 놀려댔다.

"구차한 변명이십니다."

"흥! 술을 꼭 저녁에만 먹어야 한다는 법은 도대체 누가 정한 거야!"

"그럼요. 밤에 자고 아침에 일어나란 법 없죠. 굳이 여인과 혼인해야 한다 정해둔 법 없습니다. 그뿐이겠습니까? 숨 쉬란 법도 없죠."

"지금 나 놀리는 거 맞지?"

"사람이 진실되야 한다는 건 또 누가 정했을까요. 위험을 무릅쓰고 이럴 때 솔직히 고개를 끄덕여야 하니."

"이 자식이!"

백위가 재빨리 비호를 걷어찼지만 비호가 날렵하게 피했다.

"때리면 일단 피하고 보자는 법은 제가 만들었습니다. 으헤헤."

두 사람의 장난에 비설이 깔깔거렸다. 이목 끌지 말라고 한 소리 하려던 진패가 재밌어하는 비설의 모습에 그저 고개만 내저었다.

그들이 객잔을 찾아 시내 중심으로 걸음을 옮겼다. 그사이 두 번의 검문이 있었는데 무사히 지날 수 있었다. 이런 상황에 대비해 흑풍대는 각자 서너 개의 위장된 신분을 지니고 있었다. 시내 외곽의 검문을 지나자 더 이상 검문은 없었다.

저 멀리 유성객잔의 현판이 보일 때쯤 비설이 무엇인가를 발견했다.

"어?"

벽에 붙은 수배 전단을 본 비설이 깜짝 놀랐다. 그림 속의 인물은 분명 유월이었다. 게다가 여인들을 간살한 죄라니.

비호가 장난스럽게 말했다.

"우리 대주님 어디 갔나 했더니 여기서 재미 보고 계셨네."

조장들은 이곳에서 유월의 종적을 발견했다는 보고를 들었을 때 이 소식을 전해 들은 상황이었다.

그에 비해 비설이 토끼처럼 눈을 동그랗게 뜨고는 진패를 돌아봤다.

"설마 아니겠죠?"

그러자 진패가 피식 웃었다.

"당연히 아니죠."

백위가 팔짱을 낀 채 말했다.

"누군지 몰라도 참 잘생겼다."

그때였다. 그들 뒤에서 누군가 차갑게 말했다.

"천하에 찢어 죽일 색마 놈에게 그 무슨 개소리냐!"

순간 백위의 양미간이 좁아지며 두 눈이 사납게 쭉 찢어졌다. 들려온 목소리는 아직 어린 소녀의 목소리였던 것이다.

백위가 돌아서자 뒤에는 녹의경장을 입은 십칠팔 세 정도로 보이는 소녀가 서 있었다. 이목구비가 또렷한 것이 어려서 예쁘다는 소리깨나 듣고 자랐을 미녀였다. 그녀의 뒤에 두 남자가 서 있었는데 역시 녹의장삼을 입고 있었다. 진패를 비롯한 조장들은 한눈에 그들이 누구인지 알아볼 수 있었다.

'당문!'

과연 세 사람은 당문의 고수들이었다. 뒤의 두 사내 중 오십줄의 사내가 천하오독(天下五毒) 중 일인인 당수광(唐洙洸)이었고 그 옆의 이십대 사내가 당수광의 제자 당수인(唐洙寅)이었다. 앞서 백위를 호통 친 여인은 당소소(唐笑笑)로 당수광의 막내 제자였다.

당수광이 이곳에 온 이유는 다름 아닌 일심회의 일 때문이었다. 감숙 진출의 교두보로 뒤를 밀어주던 일심회의 붕괴는 당문에 큰 충격을 안겨주었다. 막말로 쓸린 조직이야 새로 만들면 되는 것이라지만 문제는 당문의 자존심이었다. 감히 사천당문이 뒤를 봐주는 일심회를 건드렸다는 그 사실만으로도 당문제일고수라 불리는 당수광을 보낼 이유가 되었던 것이다. 사부를 보필하기 위해 당수인이 따라나섰는데 막내 제자인 당소소가 사부를 졸라 함께 따라온 것이다.

백위가 당소소를 노려보자 그녀가 더욱 목청을 높였다.

"적반하장의 그 눈빛은 도대체 뭐야?"

그야말로 그녀는 가문과 사부와 무명을 믿고 안하무인처럼 행동하고 있었다. 당소소는 또 다른 천하오독의 일인인 당유정(唐流晶)의 무남독녀로 아비와 사부를 천하오독으로 둔 귀한 혈통이었다. 따라서 평소의 성격이 오늘 이 자리에서도 고스란히 드러난 것이다.

그 순간 진패의 전음이 백위에게 날아갔다.

"까불면 내 손에 죽는다! 일단 비는 시늉이라도 해."

백위가 이를 바득 갈며 고개를 숙였다.

"소인이 하늘 같은 당가의 여협을 못 알아보고 그만 헛소리를 지껄였습니다. 용서해 주시기를."

백위가 꾸벅 고개를 숙였다. 배알이 뒤틀린 사과였는데 아직 강호 물정을 모르는 당소소는 당연히 그래야지 하는 표정을 지어 보였다.

"오라버니도 뭐라 한 말씀……."

당수인을 돌아보던 당소소가 새침해졌다.

당수인은 비설을 빤히 쳐다보고 있었다. 비록 면사를 착용했다고는 하나 그 미모를 모두 가릴 순 없는 법이었다. 그가 비설에게 넋을 잃자 당소소는 괜한 질투심에 불타올랐다.

"흥! 저 색마 놈처럼 얼굴에 흉터라도 있는 걸까? 왜 신비한 척 얼굴을 가리고 다닐까?"

그녀의 도발적인 말에 비설이 난감한 표정을 지었다. 그녀도 상대가 당문 사람들이란 것을 짐작했다. 사천 땅에서 녹의를 맞춰 입고 다니는 무인들은 오직 그들뿐이라 들은 적이 있었다.

비설이 분위기를 무마하려는 미소를 지었다. 그러자 당수인은 더욱 얼이 빠졌다. 당소소의 눈매가 사나워졌다. 당소소가 백위를 흘겨보았다.

"천하의 색마를 두둔한 죄를 짓고 그깟 사과 한마디로 끝낼 순 없지."

그녀의 억지에 모두들 난감한 표정을 지었다.

"사람이 살다 보면 실수도 할 수 있는 법이지 않겠습니까? 소저께서 부디 너그러운 마음으로 용서해 주시지요."

당소소에게 용서를 구했지만 진패는 당수광을 쳐다보면서 말했다. 그 행동에는 이 철부지를 말리지 않고 도대체 뭐 하는 거냐란 질책이 담겨 있었다. 당수광은 그저 모른 척 방관만 하고 있었다. 모든 제자들에게는 엄했지만 막내인 당소소에게만은 막둥이의 재롱을 대하듯 관대한 그였다. 게다가 조장들의 겉모습이 정파무림인 같지 않은 것도 크게 한몫했다.

뒤늦게 당수인이 나섰다.

"사매, 억지 부리지 마라. 저이는 그저 말실수를 했을 뿐이다."

당수인이 비설 일행을 두둔하자 당소소는 더욱 화가 났다.

"사내가 입을 함부로 놀린 것이 어찌 죄가 되지 않겠어요? 더구나 정도맹의 수배를 받는 악적을 잘생겼다는 등의 망발을 했으니 이건 큰 죄가 아닐 수 없어요."

그녀의 억지에 당수인이 고개를 내저었다.

진패가 좋은 낯빛으로 말했다.

"그럼 어떻게 하면 아가씨의 화가 풀리겠습니까?"

당소소가 비설에게 말했다.

"자고로 개가 사람을 물어도 그 주인이 책임을 지는 법, 아랫사람이 잘못을 저질렀으니 그 주인 된 자가 나서서 죄를 빌어야 하겠지."

비설에게 사과를 하란 뜻이었다. 그 말에 비로소 진패가 안색을 굳혔다. 다른 세 조장들의 기도 역시 날카로워졌다. 되도록 신분을 감추려는 입장이기에 자신들은 얼마든지 그들에게 고개를 숙일 수 있었지만 그게 비설이라면 문제가 달랐다. 그들에게 비설과 당소소의 비중은 보름달과 반딧불이의 차이였으니까.

분위기가 얼어붙는 순간 비설이 정중히 고개를 숙였다.

"제가 대신 사과드리겠어요. 용서해 주시기를."

순순히 비설이 사과를 하자 오히려 당소소가 당황했다. 사과를 받았지만 전혀 기분이 좋지 않았다. 뭐라 다른 꼬투리를 잡으려는데 그때까지 방관만 하던 당수광이 나섰다.

"됐다. 그만 가자."

"사부님!"

당소소가 억울한 표정을 지었지만 당수광은 이미 앞서 걸어가기 시작했다.

"앞으로 언행에 조심하도록."

백위에게 한마디 쏘아붙이고는 당소소가 그 뒤를 따라갔다. 당수인은 비설과 헤어지는 것이 아쉬운지 다시 한 번 비설을 돌아보았다. 사부와 당소소가 아니라면 차라도 한 잔 하자고

하고 싶은 얼굴이었다.

그들이 멀리 사라지자 백위가 울상을 지었다.

"뭐라 할 말이 없다."

비호가 그를 위로했다.

"사천이야 지들 안방 아닙니까? 마음 넓은 형님이 참아요. 요즘 어린것들 버릇없는 거야 하루 이틀 일이 아니잖습니까?"

세영이 비설을 향해 미소를 지었다.

"잘하셨습니다."

"사과 몇 마디 하는 거에 돈 드는 것도 아니고. 게다가 자존심 따질 상대조차 못 되더군요."

진패가 대견한 눈빛을 보냈다. 천방지축 안하무인 하려 들면 비설만큼 완벽한 조건을 갖춘 사람이 세상에 몇이나 될까? 하지만 비설은 비슷한 또래의 당소소에 비해 너무나 어른스러웠다.

진패의 마음을 느끼자 비설은 조금 부끄러워졌다. 그러고 보니 하산 이후 철이 좀 들었다는 생각이 스스로도 들었다. 자고로 고생을 해봐야 철이 든다는 말은 틀리지 않았다.

"자, 어서 가요."

일행이 객잔을 찾아 걸음을 옮겼다. 곧 유월을 만날 수 있으리란 기대에 비설의 발걸음은 가벼웠다.

생각하면 할수록 화가 나는지 그때까지도 씩씩거리는 백위를 비호가 달랬다.

"참아요, 언젠가 크게 한 번 당할 날이 올 겁니다."

당수광 일행이 크게 당할 날은 생각보다 빨리 찾아왔다. 바로 오늘이었고 그 대상은 그들은 물론 당문 전체가 나선다 하더라도 감당할 수 없는 매우 무서운 상대였다.

*   *   *

당수광 일행이 은성장으로 향한 것은 일심회의 시신들을 검시한 직후였다. 또 다른 사건이 발생했다는 정도맹 무인들의 대화를 당수광은 소홀히 듣지 않았다. 그들을 통해 은성장에서 정체를 확인할 수 없는 무인들이 죽음을 당했다는 것을 알아냈고 곧바로 은성장으로 향한 것이다.

"도대체 어떤 놈들 짓일까요?"

"놈들이 아니다."

당수광의 대답에 당수인이 깜짝 놀랐다.

"그 말씀은 흉수가 하나란 말씀이십니까?"

당수광이 묵묵히 고개를 끄덕이자 당수인이 혹시나 하는 마음에 물었다.

"혹 사부님께서는 흉수가 어떤 자인지 알아내셨습니까?"

"짐작 가는 이가 있다."

"그게 누굽니까?"

"음마 냉음소."

당수인이 고개를 갸웃했다. 강호에 음마나 색적들은 많고 많았지만 냉음소에 대한 소문은 단 한 번도 들어본 적이 없었던 것이다. 당수광 역시 오래전 얼핏 그에 대한 떠도는 이야기를 들었을 뿐 자세한 것은 알지 못했다. 비설이 속한 천마신교의 마인들은 대부분 은밀히 활동했다. 냉음소 역시 그러한 편에 속했지만 주기적으로 여인을 간살해 온 그가 종적을 완전히 감출 순 없었다. 게다가 일신의 무공 또한 기이하여 아무리 비밀을 유지하려 해도 결국 몇 가지 소문을 남길 수밖에 없었다.

"직접 그와 대면한 적은 없지만 그의 장법은 괴상망측하여 적중당하면 웃음을 참지 못한다고 전해지고 있다. 그저 뜬소문이라 여겼는데 과연 그런 무공이 실재하는구나."

"색심을 채우기 위해 그 많은 사람들을 죽이다니. 그자는 천하에 둘도 없는 악적이군요. 반드시 잡아 죽여야 할 위인입니다."

당수광은 한편으로 내심 의아한 마음도 들었다.

'지금까지 들은 소문에 의하면 냉음소는 대량 학살을 한 적이 단 한 번도 없었다. 한데 고작 여인 몇을 얻기 위해 일심회를 몰살시키다니 실로 이해할 수 없는 일이구나.'

두 사람이 음마에 대해 주거니 받거니 할 때에도 당소소는 대화에 끼지 않고 삐쳐 있었다. 뒤늦게 그녀의 심기가 불편함을 눈치 챈 당수인이 그녀를 달랬다.

"소소야, 이제 그만 화를 풀어라."

"흥! 이 어리석고 속 좁은 사매에게는 그만 신경을 끄시지요."

"철딱서니 하고는."

"흥! 솔직히 말하시지요. 아까 그 여인이 마음에 들었다고."

정곡을 찔리자 당수인이 당황했다. 그 모습에 당소소가 콧

방귀를 뀌었다.

"그건 오해다."

"그러시겠죠."

당소소의 원망이 당수광으로 향했다.

"사부님께서도 제가 잘못했다고 생각하시나요?"

"굳이 일을 만든 것이 잘한 일은 아니나 그렇다고 못할 말을 했다고 생각진 않는다."

"그런데 왜 그냥 떠나자고 하셨죠?"

그러자 전혀 예상치 못한 말이 당수광의 입에서 흘러나왔다.

"그들은 마인들이었다."

"네?"

당소소가 깜짝 놀라 두 눈이 화잔등처럼 커졌다. 놀라기는 당수인도 그와 다르지 않았다. 당수인이 다급히 물었다.

"한데 어찌 그냥 보내셨습니까?"

당수광이 살짝 미간을 좁혔다.

"하면 그자들을 어찌했어야 했단 말이냐? 일의 결과도 따지지 않고 그들을 그 자리서 모두 처단했어야 했단 말이냐?"

"아닙니다, 사부님."

사부의 질책에 찔끔 놀란 당수인이 황급히 고개를 숙였다.

당수광이 조금 너그러운 어조로 말을 이었다.

"강호의 일이란 그리 간단한 것이 아니다. 감정만 앞세워 일을 처리하다간 큰 화를 당할 수 있지. 게다가 근래 강호의 분위기가 심상치 않다. 경거망동하다간 사문에 큰 화를 입히게 될 수도 있다."

맹주가 실종되고 공동파와 백화방이 큰 화를 입었다는 것을 당문에서도 알고 있었다. 지금 같은 시기였기에 마인들에게 쌍심지를 켤 만했지만 반대로 튀어나온 못이 되어 가장 먼저 망치를 두들겨 맞을 수도 있었다.

처음 만났을 때 상대가 마인이란 것을 알았다면 애초에 당소소를 말렸을 것이다. 하지만 당소소가 비설에게 사과를 하라고 한 직후 살벌한 분위기가 되었을 때 비로소 상대의 마기를 읽어냈다. 그 말은 곧 상대들의 무공이 범상치 않음을 의미했다. 혼자라면 모르되 어린 제자들까지 데리고 온 입장이었기에 두말 않고 그 자리를 떠난 것이다.

이런저런 이야기를 나누는 사이, 그들은 은성장에 도착했다.

은성장 입구를 세 명의 정도맹 무인들이 지키고 서 있었다. 그들 중 나이가 지긋한 무인이 황급히 달려왔다.

"청룡단의 장휘입니다."

당수광이 직접 그곳으로 찾아온다는 기별을 받았는지 그는 매우 깍듯한 예를 차렸다. 당문은 구파일방에는 포함되어 있지 않았지만 사천 땅의 정도맹 무인들은 그들을 매우 두려워했다. 손짓 한 번에 핏물이 되어 녹아내릴지도 모른다는 두려움도 두려움이었지만 그보단 한 명이 죽으면 열 명의 목숨으로 되갚아준다는 당문의 그 독심 찬 가훈 때문이었다. 이래저래 당문은 무서운 존재였다.

"시신을 직접 볼 수 있겠나?"

"물론입니다."

장휘가 그들을 장원 안으로 안내했다.

마당에 나란히 눕혀진 시체는 모두 다섯으로 음마와 마군자였다.

장휘가 조심스럽게 말했다.

"다녀간 맹의 의원에 의하면 죽은 지 만 하루도 지나지 않았다고 합니다."

이제 겨우 하루가 지났지만 시체에는 벌써부터 구더기가 끓고 있었다. 당소소가 기겁을 하며 물러섰다. 일심회의 무인들의 시체를 수십 구나 목격한 그녀는 시신을 살피는 것이 그다지 재미난 일만은 아니란 것을 경험한 상태였다. 특히 형체조차 알아볼 수 없는 음마의 시체는 그야말로 목불인견이었다.

긴 작대기를 주워와 이리저리 시체를 살피던 당수광의 얼굴에 실망한 빛이 스쳤다. 이곳의 흉사 역시 음마의 소행이라 여겼는데 추측이 빗나간 것이다. 게다가 그 상처의 성격이 각기다른 것이라 여러 사람이 관여된 것이 확실했다.

"그자의 소행이 아닌 듯합니다, 사부님."

당수인이 봐도 상처는 일심회 경우와는 확연히 달랐다. 당수광은 거기에 시체들의 근육의 발달 상태로 그 무공 수위까지 짐작해 냈다.

"이들은 하나같이 고수들이다."

"고수들이 이곳에서 떼죽음을 당하다니… 괴이한 일이군요. 혹시 이번 사건과 관련이 있을까요?"

당수광이 한숨을 내쉬었다. 관련이 있는지 없는지는 알 수 없었지만 사천 땅에 뭔가 큰일이 벌어지는 것만은 확실했다.

그때 당소소의 외침이 들렸다.

"사부님!"

깜짝 놀라 돌아보니 문으로 누군가 들어서고 있었다.

백의 무복을 입은 중년 사내였다. 사내는 훤칠하게 키가 컸고 외모 또한 매우 잘생긴 얼굴이었다. 눈가의 잔주름을 볼 때 쉰은 되어 보였는데 얼핏 보면 삼십대 초반으로 보였다. 저잣거리 애들이 잘생긴 중년을 보며 농담처럼 말하는 것처럼 그는 한마디로 미중년이었다. 하지만 그런 그의 외모는 단 한 가지 특징으로 모두 묻히고 있었다.

삭막함.

그의 분위기는 더없이 삭막했다. 그 삭막함은 유월이나 검운의 그것에 비할 바가 아니었다. 그가 노려보면 눈알을 빼서라도 그 시선을 피하고 싶은 기분이 들 것 같은 냉혹함. 툭 건들면 수천 자루의 비수가 온몸에서 튀어나올 것 같았고 그가 입김을 훅 불면 펄펄 끓어오르는 물이 얼어버릴 것 같았다. 당소소가 놀라 당수광을 부른 것도 그 첫인상이 주는 무서움 때문이었다.

당수광은 태어나 이렇게 차가운 느낌을 주는 인물은 처음이었다. 그를 보는 순간, 당수광은 심장이 얼어붙는 기분이 들었다.

'이자!'

몸 안의 모든 위기 본능이 일제히 곤두섰다. 이런 더러운 기
분은 처음이었다. 그가 등장한 이후 주위의 공기조차 달라졌
다. 사내는 거대한 도를 등에 차고 있었는데 도의 손잡이 끝에
는 한철로 만들어진 둥근 악귀상이 붙어 있었다.

　'마인이다. 그것도 초고수.'

　당수광이 재빨리 두 제자에게 전음을 날렸다.

　"뒤로 물러나라."

　심각한 사부의 전음에 당수인과 당소소가 당수광의 뒤로 물
러섰다.

　사내가 저벅저벅 다가왔다. 그곳에 있는 사람들에게 눈길 한
번 주지 않은 채 그저 말없이 바닥에 놓인 시체를 내려다보았다.

　평소 눈치라면 제법 있다는 평을 받곤 했는데 오늘따라 마
가 끼었는지, 아니면 당문의 고수들에게 잘 보이고 싶었는지
장휘가 눈에 힘을 주며 소리쳤다.

　"당신 누구요! 어떻게 여길 들어온……."

　퍼엉!

　장휘의 몸이 산산조각나며 사방으로 흩어졌다.

　사내는 여전히 시체를 내려다보고만 있었다. 어떻게 손을
썼는지 알아보지도 못했기에 과연 그가 장휘를 해친 것인지조
차 의심스러웠다.

　"우에엑."

　그 끔찍한 광경에 당소소가 구역질을 하며 속에 있는 것을
게워냈다. 놀람은 곧 공포가 되었다. 당소소가 공포에 질려 부

들부들 떨리기 시작했다.

"사, 사부님."

두렵기는 당수인도 마찬가지였다.

당수광은 묵묵히 사내를 응시하고 있었다. 자신조차 이렇게 두려운 마음이 드는데 어린 제자들이 지금 어떤 심정일지는 묻지 않아도 알 수 있었다.

당수광이 소맷자락 속에 숨겨둔 폭우이화정(暴雨梨花釘)을 움켜쥐었다. 당문 최고의 암기 중 하나였고 자신이 가장 자신 있게 사용하는 것이기도 했다. 단 한 명의 적에게 폭우이화정을 사용하려 마음먹은 것 또한 이번이 처음이기도 했다.

사내가 나지막이 말했다.

"그가 또 살아남았군."

당수광으로선 이해할 수 없는 말이었다. 당수광의 전음이 당수인에게 전해졌다.

"수인아, 동요 말고 내 말을 들어라. 내가 손을 쓰는 순간… 뒤도 돌아보지 말고 소소를 데리고 이곳을 벗어나라. 알았느냐?"

당수인이 입술을 꽉 깨물었다. 사부가 사생결단을 각오했다는 것을 느낀 것이다. 도대체 어느 하늘에서 떨어진 자이기에 천하제일이라 여겼던 자신의 사부가 이렇게 당황하는 것일까? 두려움에 절로 몸서리쳤다.

당수광이 사내에게 물었다.

"그대는 누군가?"

그제야 사내가 스윽 고개를 들어 당수광을 쳐다보았다. 신분을 밝히는 대신 사내가 물었다.

"그대는 악연을 믿나?"

"믿는다."

당수광이 순순히 대답하자 사내가 다시 물었다.

"악연이란 뭔가?"

사내는 마치 꼬마 학동에게 답을 묻는 글방 선생처럼 묻고 있었다. 그 도도함이 지나쳐 답이 틀리면 죽이겠다는 의미가 담긴 것처럼 느껴졌다.

당수광이 당당하게 답했다.

"악연은 곧 만나지 않았어야 할 인연."

사내의 입꼬리가 말려 올라갔다.

"틀렸다. 악연이야말로 반드시 만나야 할 인연이다."

"그 무슨 궤변인가?"

"인간은 언제나 좋은 것만 찾지. 좋은 것만이 자신에게 이롭다는 착각에 빠져서. 인간을 변화시키는 것은 언제나 좋지 못한 일인데 말이야."

그 말은 곧 악연이 나쁘다는 이유만으로 만나지 않아야 한다는 것은 옳지 않다는 의미였다. 모순적이고 억지스러웠지만 일순 맞는 말이기도 해서 당수광은 아무 대답도 하지 못했다.

사내가 다시 물었다.

"그럼 그대와 나는 어떤 인연이라 생각하느냐?"

폭우이화정을 더욱 굳세게 움켜쥐며 당수광이 대답했다.

"그건 그대의 행동에 달렸겠지."

그러자 사내가 씩 웃었다. 그 삭막한 웃음 속에 담긴 것은 분명 적의를 넘어선 악의였다. 당수광은 더 이상 망설이지 않았다. 이 정도 기도의 적에게 선공을 양보한다는 것은 곧 자살 행위였다.

투파아아아앙!

폭우이화정이 폭발하듯 발출되었다. 다섯 살부터 시작된 무공 수련이었다. 오십 년을 갈고닦은 당문 무공의 정수가 담긴 공격이었다. 그 누구도 피하지 못했고 그 누구도 살아남지 못한 공격이었다.

바늘보다 가는 수백 개의 독침이 사내와 그 주위를 휩쓸어 갔다.

'해냈다.'

당수광은 온몸이 떨릴 정도로 기뻤다. 상대의 무공이 자신의 상상을 초월해 한발 늦게 자신을 벤다 해도 두려울 것이 없었다. 폭우이화정에 당한 이상 최악의 경우라 해봐야 양패구상이었다. 물론 그조차 허용할 생각이 전혀 없었지만.

당소소를 데리고 달아나려던 당수인이 발걸음을 멈추었다. 그도 분명히 목격했다. 폭우이화정의 암기가 사내를 휩쓸어간 것을. 더 이상 도망갈 이유는 없었다. 사부의 과잉반응일 뿐이었다.

하지만 사내는 쓰러지지 않았다.

한껏 내력을 끌어올리며 당수광은 조심했다. 상대가 쓰러지지 않고 버티고 있다는 것만 해도 대단한 공력이었다. 최후의 발악을 조심해야 했다.

사내가 희미한 미소를 지었다.

"자네가 틀렸군. 악연을 만든 것은 결국 자네의 행동이었군."

이어지는 광경에 당수광의 입이 천천히 벌어졌다. 당수광의 눈동자가 흔들렸다. 흔들리는 것은 눈동자가 아니었다. 육십 평생의 믿음과 가치관이었다.

사내의 몸에 박혔던 암기들이 빠져나와 허공에 떠올랐다. 보통 사람들의 눈에는 보이지도 않을 미세한 침들이었지만 당수광의 눈에는 그것들이 똑똑히 보였다. 사내의 몸을 몇 바퀴 회전한 뒤 그것들이 사내의 손에 후드득 떨어졌다.

"어헉!"

당수광의 입에서 절로 신음이 터져 나왔다. 당수인이 다리의 힘이 풀리며 주저앉았고 당소소는 넋 나간 얼굴로 일어날 줄 몰랐다.

사내가 주먹을 꽉 쥐었다.

스스스스.

주먹 안에서 연기가 피어올랐다. 사내가 주먹을 펴자 쇠침들은 하나로 뭉쳐져 작은 못이 되어 있었다. 그것이 툭 하고 바닥에 떨어졌다. 처음부터 끝까지 믿을 수 없는 광경이었다.

경악한 얼굴로 사내를 노려보던 당수광이 혼잣말처럼 뇌까렸다.

"설마 만독불침(萬毒不侵)?"

사내는 대답해 주지 않았다. 대신 일도를 휘둘렀다.

번쩍.

한줄기 벼락같은 빛줄기가 당수광을 관통했다.

폭우이화정을 피할 수 없듯이 그 도기 또한 피할 수 없었다.

하지만 죽는 쪽은 당수광이었다. 눈을 부릅뜬 당수광이 그 자리에 꼿꼿이 선 채로 절명했다.

무거운 침묵이 흘렀다.

당수인이 바닥을 기어 당수광 쪽으로 기어갔다. 다리에 힘이 빠져 일어날 수가 없었다.

"사부님, 사부님?"

애절함이 더해갔지만 대답할 리 없었다.

"사부님!"

당수인의 목소리가 커져 갔다. 당수인이 다리를 감싸 안자 그제야 당수광이 허물어졌다.

"사부님—"

처절한 당수인의 목소리가 사방에 울려 퍼졌다.

"크엑."

당소소가 한 사발의 피를 토했다. 너무 놀라고 당황해 기혈이 뒤틀린 것이다.

"사매, 사매!"

당수인이 당소소에게 기어갔다. 이미 당소소는 정신을 잃은 후였다.

"으아아아아!"

당수인이 처절한 비명을 내질렀다. 사부가 단 일수에 죽음을 당한 것은 절대 믿을 수 없는 일이었다.

'꿈이다! 그래, 이건 꿈이야!'

그랬으면 얼마나 좋을까.

사내는 원래 자리에 묵묵히 서 있었다. 그가 바라보는 곳은 시리도록 푸른 먼 하늘이었다.

"가라."

살려주겠다는 의미였다.

피눈물을 흘리며 울부짖던 당수인이 퍼뜩 정신을 차렸다. 가야 했다. 가서 이 일을 가문에 고해야 했다. 사부의 죽음을 방관한 죄는 그 이후에 받아야 했다. 복수를 위해서라도 일어나야 했다.

당수인이 벌떡 자리에서 일어났다. 옷을 찢어 끈을 만들었다. 사부를 들쳐 업고 끈으로 동여맸다. 그리고 당소소를 들어안았다. 당수인의 마음은 얼음장처럼 차가워져 있었다.

사내를 지나쳐 대문으로 걸어가던 당수인이 발걸음을 멈췄다.

당수인이 이를 악물며 나직이 물었다.

"그대의 사문과 이름을 말해주시오!"

사내가 짤막하게 대답했다.

"천마신교의 귀도다."

당수인은 몇 번이나 그 말을 반복하면서 그곳을 떠나갔다. 천마신교와 정도맹은 이제 걷잡을 수 없는 상황으로 치닫고 있었다.

스윽.

귀도에게서 십여 걸음 떨어진 곳에 또 다른 사내가 모습을 드러냈다. 그는 귀도와 대조적으로 붉은 무복을 입고 있었다.

"비설이 도착했습니다."

"지금 어디에 있느냐?"

"방금 전 유성객잔에 묵었습니다."

사내의 기도나 존재감은 앞서 죽은 철염기 못지않았다. 그 대상이 귀도가 아니었다면 이 고분고분한 모습도, 누군가의 명령을 받은 것도 정말로 어울리지 않는다는 생각이 들 정도였다.

"그는?"

"지금 찾는 중입니다. 아마 이곳에 남아 있다면 곧 비설과 접촉하리라 예상됩니다."

귀도가 차갑게 명령했다.

"계속 보고하도록."

"존명."

나타난 것보다 더 빠르게 사내가 그 자리에서 사라졌다.

귀도가 앞서 올려다보던 하늘을 다시 올려다봤다.

"…이제 슬슬 마무리 지을 때가 왔군."

말은 담담했지만 그의 눈빛은 날아가던 새도 피해갈 살기를 내뿜고 있었다.

*   *   *

그 시각 비설은 조장들과 함께 유성객잔에서 식사를 막 끝내고 있었다.

객잔은 사방에서 몰려온 무인들로 북적거렸다. 그들의 화제는 두 가지였다. 첫째는 단연 일심회의 몰락이었다. 그에 대해 분분한 의견들이 나돌았는데 가장 신빙성있는 가설이 토사구팽이었다. 모종의 일로 당문에 의해 제거된 것이 아니냐란 추측은 모두의 고개를 끄덕이게 만들었다.

두 번째 화제는 수배 중인 색마였다. 하지만 그 색마가 아직 청천에 남아 있을 리 없다는 의견이 대부분이었고, 그를 추격하기 위해 몰려온 무인들은 작은 단서라도 찾기 위해 분주히 움직이고 있었다.

백위가 진패의 눈치를 살폈다.

"형님, 우리 딱 한 병만 먹읍시다. 긴장도 풀 겸."

어지간히 술이 먹고 싶은가 보다 싶어 옆에 있던 비설이 그를 거들었다.

"그래요, 한 병 정도는 괜찮지 않겠어요?"

하지만 진패는 딱 잘라 거절했다.

"대주님을 뵙기 전에는 절대 안 됩니다."

워낙 단호했기에 비설도 더 이상 그에 대해 말하지 못했다. 백위가 긴 한숨을 내쉬었다.

비호가 안됐다는 듯 고개를 내저었다.

"차라리 이번 기회에 술 끊어요."

"차라리 날 죽여라."

"굳이 내 손으로 안 죽여도 형님 눈이 퀭한 게 곧 가실 것 같습니다요. 증상이 심각하다니까요."

주위에서 풍겨나는 술 냄새를 맡으니 미칠 것 같았는지 백위가 코를 막았다.

진패가 어이없다는 듯 혀를 찼다.

"이제 곧 헛것이 보이겠군."

"죽은 사람 소원도 들어준다는데 죽어가는 사람 소원 들어줍시다."

비호의 지원에 백위가 기대에 찬 눈빛을 진패에게 보냈다.

딱!

진패에게 호되게 뒤통수를 맞은 비호가 울상을 지었다.

"왜 절 때려요."

"이놈아, 술 중독이 무섭다는 것을 아는 놈이 그래? 저놈이야 무식해서 그렇다 치더라도, 넌 말려야지."

비호가 입맛을 다시며 백위에게 말했다.

"그렇다는군요."

"우아아아!"

그렇게 백위의 술타령이 이어지던 그때였다.

백위의 눈이 번쩍 뜨였다. 그리고 큰 소리로 외쳤다.

"여기 술 가져와!"

진패의 인상이 무서워졌다.

"이놈이 정말 내 손에 죽어볼 테냐."

그러자 백위가 흐뭇하게 웃으며 말했다.

"사람이 한 입으로 두말하면 안 되지요."

"그게 무슨 말이야? 드디어 미친 거야?"

"대주님 오시면 술 먹어도 된다면서요?"

"그런데? 뭐?"

진패가 깜짝 놀라 뒤를 돌아보았다. 자신들이 앉은 곳으로 걸어오는 사람은 유월과 검운이었다. 유월은 죽립을 깊게 눌러쓰고 있었다. 조장들이 벌떡 자리에서 일어났다.

비설이 유월에게 달려갔다.

"오라버니."

유월의 품에 안긴 비설은 벌써 눈물을 쏟아내고 있었다. 그간 참았던 눈물이 한꺼번에 쏟아지는지라 금방 유월의 옷자락이 눈물에 젖었다. 유월이 비설의 머리를 쓰다듬어 주었다.

"미안하구나."

"아니에요. 제가 죄송해요. 제가……."

비설이 말을 잇지 못했다. 두 사람은 서로에게 미안했다. 유월을 사지로 내보낸 것 같아 미안했고, 비설에게 일찍 돌아오지 못해 미안했다. 언제나 그렇듯 진실한 미안함은 상대를 가장 잘 이해했을 때 나오는 법이다. 하산하기 전에는 남남과 다름없었던 두 사람은 몇 차례의 사지를 넘으면서 이제 누구보다 서로를 잘 이해하는 사이가 되어 있었다. 그래서 서로에 대한 이 미안함은 애틋함이 담뿍 담긴 진심이었다.

그녀를 다독이는 유월에게 진패를 비롯한 조장들이 다가

왔다.

"오셨습니까?"

진패의 얼굴이 격정으로 가득 찼다. 유월이 미소를 지으며 고개를 끄덕였다. 든든한 미소였다. 주위의 이목이 집중되자 모두들 자리에 앉았다. 비설은 유월의 옆에 딱 붙어 앉았다. 그녀는 이제 대천산으로 돌아가면 돌아갔지 절대 위험한 일에 유월을 보내지 않겠다고 마음먹었다. 물론 지금 이 순간 비설은 알지 못했다. 그 굳은 다짐은 채 하루도 지나지 않아 깨어져야한다는 것을. 그들 앞에 놓인 위기는 여전히 진행형이란 점을.

조장들의 간단한 인사가 끝나자마자 세영이 검운에게 물었다.

"부상을 입었군?"

과연 검운에 대한 관심만큼은 세영이 최고였다.

"다행히 대주님 덕분에 살았다."

검운의 목소리는 생기가 없었고 맥이 빠져 있었다. 그만큼 부상이 컸다는 의미였다.

세영이 반농담조로 말했다.

"요즘 유독 많이 터지네."

"그렇군."

씁쓸하게 웃는 검운에게 비호가 한마디 거들었다.

"제일 센 사람이 맞아야지요. 형님이 이 정도인데 우리가 맞으면 죽어요, 죽어."

아주 틀린 말이 아니었기에 모두들 피식 웃었다.

"우리 애들 피해는?"

유월의 물음에 진패가 앞서 철기대와의 싸움에 대해 간략히 보고했다. 묵묵히 듣고 있던 유월의 얼굴에 그늘이 졌다. 상대를 생각하면 다행이었지만 그래도 피해가 너무 큰 것이다.

옆에 있던 비설이 미안한 표정을 지었다. 모든 게 자신 때문이란 자책감이 든 것이다. 그녀가 자신도 모르게 한숨을 내쉬자 유월이 진지한 어조로 말했다.

"아가씨."

"네."

유월이 아가씨란 호칭을 하자 비설이 긴장했다.

"다시 한 번 말씀드리지만 이번 일은 아가씨 때문이 아닙니다. 그들과 저희는 반드시 맞부딪쳐야 할 숙적입니다. 그 시기가 당겨졌을 뿐 아가씨의 하산과는 전혀 관계가 없는 일입니다."

유월이 못 박듯 말했다. 그런 유월의 배려가 고마웠다.

"말이 나왔으니 여쭙고 싶은 게 있어요."

"말씀하십시오."

"그들은 도대체 누구죠?"

유월의 대답은 쉽게 나오지 않았다. 마검에게 들은 이야기를 그녀가 어떻게 받아들일까 걱정이 되었다.

"그들은 전대 교주님과 관련된 마인들입니다."

그 말에 비설은 물론이고 조장들까지 깜짝 놀랐다.

"거기에는 복잡한 사정이 있습니다. 자세한 이야기는 교주님께 여쭤보시는 것이 좋을 것 같습니다. 다만 한 가지 분명한 사실은 그들은 저희의 적이란 사실입니다."

반란에 대한 일은 말하지 않았다. 유월은 그게 옳다고 판단했다.

다행히 비설은 더 이상 캐묻지 않았다.

"알겠습니다, 대주님."

꾸벅 인사를 한 후 고개를 드는 비설의 표정은 밝아져 있었다.

"자, 아가씨 대주님은 여기까지예요. 이제부터 다시 오라버니입니다."

유월이 미소를 지었다. 그 얼마나 보고 싶은 미소였던가? 비설은 절로 신이 났다.

"이제 복잡한 이야기는 뒤로 미루고 오랜만에 한잔해요."

백위의 입이 함박만 해진 것은 말할 필요도 없었다.

유월이 모두에게 술을 따라주었다. 재회의 기쁨이 담긴 힘찬 건배에 모두들 기쁘게 술잔을 비웠다. 몇 순배의 술이 돌자 비호가 유월을 흘겨보며 말했다.

"참, 대주님. 실망입니다."

"무슨 말이냐?"

"색마라니요! 대주님께 그런 양면성이 있었다니."

비호의 장난에 모두들 낄낄거렸다.

유월이 기억을 잃었을 때의 일들을 설명해 주었다. 모두들 흥미진진하게 이야기를 들었다. 그 과정에서 부용에 대한 이야기가 나오자 세영이 깜짝 놀랐다.

"다시 만났군."

검운이 복잡한 심정으로 고개를 끄덕였다.

"그녀는 지금 어디에 있나?"

"평이가 따로 데리고 있다."

"상심이 컸겠군."

세영은 과연 검운과 부용이 깊은 인연이 있다고 생각했다. 그렇지 않다면 이렇게 다시 만날 수는 없었을 것이다. 다만 그 과정에서 부용의 부친이 죽은 것은 안타까운 일이었다. 결국 세월이 약이리라.

두어 병의 술을 마셨을 무렵 엽평이 들어왔다.

"임시 거처를 마련했습니다."

모두들 자리에서 일어났다. 한 병만 더 먹고 가자고 백위는 진패가 질질 끌고 나갔다.

第六十章

천마출현

刀霸
魔爭

엽평이 마련한 임시 거처는 청천 시내에서 십여 리 떨어진 변두리 장원이었다. 그곳은 천마신교 사천지부의 안전가옥이었다. 흩어져 있던 조원들이 모두 그곳으로 모였다.

삼엄한 경계를 펼치며 모두들 돌아가며 휴식을 취했다. 검운의 내상을 다시 한 번 살펴준 후 유월은 홀로 방에서 운기조식에 빠져들었다.

두 번째로 오색천마혼이 발현한 후 다시 몸 상태가 달라졌다. 마치 심장의 고동 소리처럼 오색천마혼의 기운을 뚜렷이 느낄 수 있었던 것이다. 더 이상 오색천마혼은 말을 걸어오지 않았다.

바뀐 것은 또 있었다. 내력을 모으는 속도가 비약적으로 빨라진 것이다. 좋다고만 할 수 있는 일이 아니었다. 속성이란 말이 붙으면 반드시 그에 따르는 부작용이 있게 마련.

유월은 두려운 마음이 들었다. 멸천환혼술 속에서 들었던 오색혈마공은 결국 그 사용자의 인성을 완전히 지배한다고 했다. 언젠가 몸 안의 오색천마혼이 자신을 지배해 버리는 날이 오지 않을까 걱정이 된 것이다.

저녁이 되었을 때는 유월의 몸 상태는 최고가 되어 있었다. 내력은 터질 듯 넘쳐흘렀고 은은한 마기가 향기처럼 풍겨 나왔다. 그 누구에게도 지지 않을 자신감이 마음속에 충만했다.

한편으론 마음속의 오색천마혼의 존재가 더 이상 커지지 않게 되기를 경계하고 또 경계했다. 단지 강력하다는 이유만으로 몸 안에 담아두기에 그것의 정체성은 지극히 사악했다. 유월은 느끼고 있었다. 그것이 원하는 것은 지배와 파괴란 것을. 그 궁극에는 세상의 모든 것을 파멸시키고자 하는 근원적인 욕망이 존재한다는 것을.

운기를 마친 유월이 조장들을 불렀다.

유월은 그들에게 비운성의 반란에 대해 솔직히 이야기를 해주었다. 내막을 알게 된 이상 부하들을 적의 정체도 모른 채 싸우게 할 수는 없었다. 물론 자신의 가문과 관련된 일은 언급하지 않았다.

어쨌든 비운성이 반란을 일으켰다는 사실에 모두들 크게 놀란 눈치였다.

"결국 그들은 저희와 배다른 형제들이군요."

비호의 비유가 모두의 마음에 와 닿았다. 적이라고 하기에도, 그렇다고 아군이라 하기에도 상대는 애매한 위치였다. 조장들의 갈등이 느껴지자 유월이 그 부분에 대해 단호히 매듭지었다.

"우린 당대 교주님의 부하들이다. 이전에 있었던 일 따윈 신경 쓸 필요가 없다."

모두들 고개를 끄덕였다. 어렵게 생각할 문제가 아니었다. 유월은 비운성을 믿고 따르고, 자신들은 유월을 믿고 따를 뿐이었다. 조직이란 원래 그런 것이니까.

남은 것은 앞으로의 행로에 대한 결정이었다.

"이제 어떻게 하실 작정이십니까?"

"진 조장은 어떻게 생각하나?"

진패는 유월이 어떤 결정을 내렸으리라 생각했다. 직감상 자신의 의견과는 반대인 결정을. 그래도 솔직한 자신의 의견을 밝혔다.

"대천산으로 돌아가는 게 가장 안전한 선택이라 생각됩니다. 아가씨의 안전 문제를 떠나 교 내에도 심각한 문제가 있다고 생각됩니다. 돌아가서 그것부터 정리해야 하지 않을까요?"

맞는 말이었다. 모두들 유월의 눈치를 살폈다.

유월이 뜻밖의 말을 내놓았다.

"난주로 돌아가자."

그 이유는 과연 모두의 예상대로 비설 때문이었다.

"물론 지금 난주를 비롯한 강호의 상황이 범상치 않다는 것을 안다. 진 조장 말처럼 돌아가는 것이 옳을 수도 있다. 하지만 우리의 임무는 아가씨가 무사히 일을 마치는 것을 돕는 것이다. 그 임무는 어떤 일이 있어도 지키고 싶다. 물론 난주로 간다면 지금과는 달리 좀 더 치밀하고 조심스럽게 움직여야겠지? 표국 일도 대리인을 내세워 처리하고."

백위가 그답게 찬성했다.

"잘 생각하셨습니다. 자존심 상해서 어찌 그냥 돌아가겠습니까?"

진패가 묵묵히 고개를 끄덕였다. 지옥까지도 가라면 갈 텐데 그깟 난주로 돌아가는 일은 두렵지 않았다.

비호가 싱긋 웃으며 말했다.

"그나저나 돌아가면 아가씨 사업을 좀 도와야겠습니다. 파산 직전이랍니다."

유월이 미소를 지었다. 이렇게 순순히 자신의 의견을 따라주는 수하들이 너무나 고마웠다.

그 순간 엄청난 내력이 실린 말이 들려왔다.

"칠초나락—"

건물이 진동했고 외침만으로 모두의 가슴이 섬뜩해졌다.

모두의 표정이 대번에 굳어졌다. 그 한마디 외침으로 상대의 무공이 얼마나 대단한지 느낀 것이다. 목소리에 실린 내력이 말하고 있었다. 당사자를 빼고는 그 누구도 나서지도 끼어들지도 말라고. 그럴 만한 자격이 있는 외침이었다.

그에 비해 유월은 차분했다. 드디어 올 게 왔다는 생각이 들었다. 자신을 부르는 소리는 예전 비검과의 하룻밤을 보낼 때 꿈속에서 들었던 그 목소리와 닮아 있었다.

'귀도.'

유월이 나락도를 챙겨 들며 말했다.

"만약 내가 죽는다면 아가씨와 함께 투항하라. 아가씨와 너희들을 죽이진 않을 것이다."

그런 확신이 들었다. 가장 무섭고, 가장 강한 상대. 하지만 그렇기에 오히려 자신의 목숨만으로 모든 일이 해결될 수도 있는 상대. 자비를 베풀 수 있는 것은 결국 강한 사람만의 권리. 그리고 결정적으로 그는 과거의 흑풍대주였다.

하지만 조장들로서는 그야말로 의외의 명령이었다. 절대 포기를 모르는 유월이었다. 투항 따윈 유월의 인생 사전에 없는 말이었다. 그럼에도 유월이 투항하란 명령을 내리고 있었다. 모두들 느꼈다. 지금 찾아온 적은 지금까지의 그 모든 적을 다 합쳐 놓은 것보다 더 무서운 자란 것을.

그랬기에 그 누구도 말도 안 되는 소리라며 발끈하지 않았다. 온전히 지킬 수 있는 명령이 아니었다. 버티다 안 되면 최악의 순간에는 모두 자결로써 그 이름과 의리를 지킬 것이다. 상대가 애초에 비설을 살려줄 작정이라면 자신들이 죽더라도 비설은 살아남을 것이다. 반항 좀 하고 죽어도 마찬가지겠지.

유월과 조장들이 방을 나섰다. 문 앞에 비설이 기다리고 있었다.

"나가지 마세요. 아니, 그들이 원하는 게 저라면 제가 나가겠어요."

유월의 성격상 절대 들어주지 않을 청이었지만 그건 그녀의 진심이었다. 이제 겨우 다시 만난 유월이었다. 다시 그를 잃을 수는 없었다. 더구나 저렇게 공공연히 유월을 부른다는 것은 그만큼 자신이 있다는 뜻이었다. 벌써 비설의 눈에 눈물이 맺혔다.

"듣지 않았더냐? 그들이 원하는 것은 네가 아니라 바로 나다."

"오라버니."

"이것은 나의 싸움이다."

손가락으로 눈물을 닦아주며 유월이 든든한 얼굴로 대답했다.

"약속해라. 앞으로 절대 울지 않겠다고."

그것이 마치 자신에게 남기는 마지막 말처럼 느껴져 비설은 서러움이 복받쳐 올랐다.

가만히 비설의 머리카락을 쓰다듬어 주곤 유월이 입구로 걸어갔다.

비설을 호위한 채 조장들이 그 뒤를 따라 걸어갔다. 집 안에 있는 것이 오히려 위험했기 때문이었다. 이 싸움은 일장에 집이 무너지고 일도에 천지가 뒤집히는 싸움이 될 것이다. 그리고 이 한 번의 싸움에 모두의 생명이 걸려 있었다.

건물 밖으로 유월이 걸어나왔다. 부서진 대문 앞에 귀도가 홀로 서 있었다. 그와 멀찍이 떨어진 사방에 흑풍대원들이 비격탄을 겨누고 있었다. 함부로 공격을 하지 않음은 상대의 공력이 자신들과 비교할 수 없이 높음을 느꼈기 때문이었다.

"모두 물러나라."

유월의 명령에 흑풍대원들이 모두 물러났다.

흑풍대원들이 진패 쪽으로 모두 물러났다. 비설을 철통같이 에워싼 채 그들이 건물 한구석에 물러섰다.

유월이 연무장 가운데로 걸어갔다. 유월의 발걸음에 맞춰 귀도가 다가왔다.

오 장 정도의 거리를 둔 채 두 사람이 마주 섰다.

드디어 처음 그를 만났다. 사실 엄밀히 따지자면 그를 만난 것은 이번이 네 번째였다. 기억은 나지 않지만 어린 시절 멸문을 당하던 그날 이후, 꿈에서도, 멸천환혼술 안에서도 그를 만났다. 그래서였을까? 의외로 마음은 담담했다.

귀도의 맑은 눈을 들여다보는 순간 유월은 한 사람이 떠올랐다. 비검이었다. 왜 지금 이 순간 비검이 떠오르는지 알 수 없었다. 그녀가 보고 싶다는 생각이 들었다.

진패를 비롯한 다섯 조장들의 표정이 일제히 어두워졌다. 상황을 봐서 어떻게든 유월을 돕겠다는 마음으로 밖으로 나온 그들이었다. 하지만 귀도를 처음 딱 보는 순간, 힘이 쭉 빠졌다. 보는 순간 알 수 있었다.

다른 차원의 경지.

길은 오직 두 가지였다. 항복하거나 자결하거나.

어쨌든 귀도와 비슷한 존재감으로 마주 서 있는 유월이 새삼스럽다는 느낌이 들었다.

입을 먼저 연 쪽은 귀도였다.

"많이 컸군."

유월이 피식 웃었다.

"당신은 늙지도 않았군."

너라고 칭하지 않고 당신이라 칭한 것은 그에 대한 증오가 극에 달했기에 오히려 차분해진 탓이었다.

"해야 할 일이 많이 남았으니까."

"여전히 더럽고 치사한 일이겠지?"

"깨끗하고 좋은 일이라면 어찌 우리가 마인이라 불리겠는가?"

모욕을 당하는 것이 익숙하지 않은 귀도였지만 그는 태연하게 반응하고 있었다. 지금 이 순간 귀도는 강호의 순리에 감탄하고 있었다. 강호가 은원을 다루는 방식에 대해. 언제나 결과를 요구하는 그 핏빛 인과율에 대한 감탄이었다.

"네가 살아남아 비운성의 밑으로 들어갔다는 소식을 듣고 꽤나 웃었지. 원수의 자식을 주인으로 모신다? 그 삶, 재밌던가?"

그 말에 비설은 물론 듣고 있던 모두가 깜짝 놀랐다. 두 사람이 서로 아는 사이라는 것이 놀라웠고, 복잡한 은원을 맺은 상대란 것이 놀라웠다. 원수의 자식을 주인으로 모신다는 말은 곧 비운성의 아버지가 유월의 원수란 뜻, 자신이 태어나기 전에 돌아가셨다고 알고 있던 할아버지에 대한 이야기가 나오자 비설은 크게 놀라고 당황했다.

정작 당사자인 유월만이 담담했다.

"그대의 주인과는 비할 바가 아니지."

서로를 향한 모욕은 돌고 돌았다.

"그때처럼 살려달라고 애원해 보지?"

"당신의 말처럼 그때는 어렸으니까. 아직도 그 큰 도로 어린 애를 죽이고 다니나? 그 삶은 재밌나?"

순간 귀도의 살기가 폭발했다.

"이놈!"

쏴아아아아!

사방으로 살기가 쏘아져 나갔다.

"하아압!"

유월이 길게 소리쳤다. 쏟아져 나가던 살기가 유월의 마성(魔聲)에 충돌하며 흩어졌다. 그대로 날아갔다면 비설이 내상을 입었을 살기였다.

유월이 조소했다.

"당신은 여전히 가볍고 추잡하군."

귀도의 눈빛이 매서워졌다.

"옛정에 가볍게 다뤄주려 했건만."

"그냥 당신답게 행동해. 어울리지 않는 짓 말고."

"그때 직접 죽여 버렸어야 했는데."

"그래, 그렇게."

그것으로 대화는 끊어졌다.

귀도가 대도를 뽑아 들었다. 그의 독문병기 지옥도(地獄刀)였다. 거의 나락도의 두 배 크기였는데 나락도와 지옥도는 비슷한 시기에 한 사람의 장인에 의해 만들어진 병기였다. 따라서 크기와 모양이 다를 뿐, 도의 재료도 거기에 담긴 기술과 혼도 같았기에 같은 도라 해도 무방했다.

유월이 나락도를 뽑아 들었다. 지옥과 나락. 두 개의 도가 서로를 겨누며 저승의 문을 활짝 열었다. 이제 남은 것은 그곳에 들어갈 사람을 정하는 일이다.

핏.

유월의 신형이 사라졌다.

쇄애애애액!

어느새 유월은 귀도의 코앞에서 나락도를 내리찍고 있었다.

까아앙!

두 개의 도가 불꽃을 만들어냈다.

도신 너머 서로를 노려보는 눈빛이 살기로 번뜩였다.

쉬잉! 쉉, 쉬이잉!

연이어 바람 소리가 들렸다. 벼락처럼 빠르게 허공을 가르는 도 사이로 두 사람이 춤을 추듯 몸을 움직였다. 너무나 빨랐기에 지켜보는 이들은 그들이 어떤 동작으로 공격을 하고, 어떻게 그것을 피하는지 알아볼 수 없었다. 간간이 도와 도가 부딪치는 소리만이 두 사람이 치열하게 싸우고 있다는 것을 알게 해주었다.

까아아앙!

긴 마찰음과 함께 두 사람이 서로에게서 떨어졌다.

지옥도를 한 바퀴 회전해 다시 움켜쥐곤 귀도가 씩 웃었다.

"겨우 이 정도로 큰소릴 친 것인가?"

유월은 아무 대답도 하지 않았다. 상대는 상상했던 딱 그만큼 강했다. 강기를 일으키지 않는 초식의 겨룸이었는데 혼신을 다한 자신의 공격을 귀도는 가볍게 피했다. 반대로 자신은 그 공격만큼이나 최선을 다해 귀도의 도를 피해야 했다. 만약 극마의 단계로 진입하지 않았다면 이 탐색전에서 자신은 죽었을 것이다.

귀도 역시 극마의 경지. 하지만 자신과 차원이 다른 극마였다.

휘류류류류류류!

지옥도가 도풍(刀風)을 일으키며 회전하기 시작했다.

핏.

유월의 어깨에서 핏물이 튀었다. 평범한 도풍이 아니었다. 보이지도, 느껴지지도 않는 바람이 유월을 향해 불기 시작한 것이다.

유월이 호신강기를 끌어올렸다.

지잉, 지이잉.

무쇠를 잘라내는 바람이 어깨와 허벅지를 스치며 맹호의 발톱처럼 유월의 호신강기를 긁어댔다. 유월은 도를 앞으로 세운 채 오직 호신강기를 끌어올리는 데 집중했다. 인간이 바람을 피할 순 없었다. 방법은 오직 하나, 견뎌야 했다.

'버텨라! 버텨야 한다.'

미풍은 강풍이 되었고 이내 돌풍이 되어 유월의 주위를 휘감았다. 마치 악공의 연주처럼 바람은 강약을 타고 유월을 괴롭혔다.

푸푸푸푹!

유월 주위의 땅이 바람에 쓸려 움푹 파였다. 유월은 그저 무심한 얼굴로 호신강기에 의지할 뿐이었다. 내력의 소모가 심한 쪽은 분명 유월이었다.

이윽고 바람이 잦아들었고 죽음의 연주는 끝이 났다. 그 순간.

번쩍.

유월이 나락도를 내질렀다. 구화마도식 제이초식 뇌격세가 발출되었다. 극마에 이른 뇌격세였다. 귀면과의 싸움에서 보여줬던 것과는 비교가 되지 않을 속도였고 위력이었다. 과연 천하의 귀도였지만 그것을 피하지 못했다.

지이이익.

벼락 문양이 귀도의 가슴에서 불타올랐다. 옷자락이 타올랐다. 그러나 그뿐이었다. 벼락 모양의 구멍만 냈을 뿐 귀도의 살갗은 그을음조차 허용하지 않았다.

격돌 이후 유월의 표정이 처음으로 굳어졌다.

귀도가 가슴을 내려다보곤 웃었다.

"뇌격세. 이거 반갑군."

그리고 이내 고개를 내저었다.

"하지만 어디 가서 이걸 뇌격세라 하진 말아라."

그 순간 지옥도가 번쩍였다.

꽈아아앙!

엄청난 폭음과 함께 유월이 뒤로 주르륵 밀려갔다.

지이이이이이익!

유월의 가슴이 거대한 벼락 모양으로 불타올랐다. 유월의 벼락보다 두 배는 더 컸고 위력은 네 배에 달했다.

"으아아아아!"

유월이 내력을 극한으로 끌어올렸다. 엄청난 내력을 소모하고 나서야 비로소 불타오르던 벼락이 사라졌다. 유월이 거친 숨을 몰아쉬었다.

"이게 뇌격세라네."

말이 끝나는 순간 지옥도가 다시 허공을 갈랐다.

쿠아아아앙!

들려온 소리는 분명 용트림이었다. 유월을 향해 날아드는 도강은 적룡의 형상을 하고 있었다. 지켜보던 이들의 눈이 부릅떠지고 절로 입이 쩍 벌어졌다. 용의 형상을 한 강기는 태어나 처음 보는 광경이었다.

꽈아아아앙!

몸을 회전해 그것을 피하려던 유월의 가슴에 강기가 정통으로 적중했다. 마치 살아 있는 것처럼 강기가 크게 회전하며 유월을 덮친 것이다.

적룡이 유월의 몸을 휘감았다.

"오초식 용격세지. 네 것과는 많이 다르지?"

그의 조롱 담긴 말처럼 확실히 달랐다. 더욱 패도적이었고 강력했다.

결국 유월에게서 비명이 터져 나왔다.

"오라버니!"

당장이라도 뛰어나가려는 비설의 손을 진패가 낚아채듯 잡았다. 진패가 묵묵히 고개를 내저었다.

"하지만, 하지만……."

그 순간에도 유월은 고통에 찬 비명을 내지르고 있었다. 진패뿐만 아니라 그곳의 모든 흑풍대원들은 느끼고 있었다. 전율스런 공포를. 그저 지켜볼 수밖에 없는 무기력함이 싫어 당장이라도 뛰쳐나가고 싶은 마음조차 무기력하게 만드는 귀도란 인간이 주는 무서움.

그리고 유월은 거짓말처럼 그 무시무시한 강기를 이겨냈다.

유월의 몸을 휘감아 죄던 강기가 승천하듯 허공으로 사라졌다.

비틀거리며 쓰러지려던 유월이 나락도를 땅에 박으며 몸을 지탱했다. 후우, 후우. 세찬 숨결 소리가 모두의 귀에 들려왔다.

귀도가 감탄한 표정을 지었다.

"대단하군. 정말 이 정도까지 성장했을 줄은 몰랐군. 환마와 철기대 애들이 당했다는 소식을 듣고 사실 의아했었지. 한데 이젠 이해가……."

귀도의 말이 채 끝나기도 전, 유월이 의지하고 있던 나락도가 벼락처럼 뽑혀 나왔다.

휘이이이잉!

제일초식 풍격세가 날아갔다. 살아 있는 모든 것을 찢어발기는 죽음의 바람이었지만 유월은 알았다. 귀도에게 풍격세는 그저 조금 거친 봄바람에 불과하다는 것을. 유월은 앞서 초식의 결과를 기다리지 않았다. 나락도가 쉬지 않고 허공을 갈랐다. 구화마도식 칠초연격술을 시전한 것이다. 오직 믿을 것은 마지막 칠초식 마격세였다. 앞서 했던 생각은 취소다. 귀도가 딱 생각한 만큼 강하다는 말. 귀도는 생각보다 훨씬 강했다.

두 번째로 내보이는 칠초연격술이었다. 귀면 때와는 비교할 수 없는 속도였고 위력이었다.

뇌격세의 벼락이 날아갔고 혈격세가 수백 가닥의 강기의 비가 되어 귀도에게 쏟아졌다. 무형의 강기가 공간을 찢어발기듯 날아든 파격세에 이어 용격세가 발출되었다. 나락도가 붉은 광채를 쏟아내며 한 마리의 붉은 용을 풀어놓았다. 이미 유월은 허공으로 날아올라 있었다. 태양처럼 날아든 붉은 구체가 귀도를 태웠고 일격세는 이제 마지막 초식으로 이어졌다.

제칠초식 마격세가 소리없이 날아들었다. 눈 깜짝할 시간에 유월은 구화마도식 전 칠초식을 모두 발출해 낸 것이다. 이것이 바로 극마로 진입한 유월의 구화마도식이었다.

흙먼지 속의 귀도를 중심으로 거대한 빛의 구가 커지기 시작했다.

스스스스.

구 안의 모든 것이 소멸했다.

모두들 그 장대한 광경에 넋을 잃었다. 그리고 그들은 또 보아야 했다.

거대한 웅덩이 속에 우뚝 서 있는 귀도의 모습을.

귀도는 죽지 않았다. 세상의 그 무엇으로도 그를 죽일 수 없다는 생각이 들게 만드는 순간이었다.

귀도가 천천히 걸어나왔다.

"후반 칠초식이라면 모를까 전반 칠초식으로 날 죽일 순 없다."

그는 분명 유월을 조롱할 자격이 있었다.

"하지만 비운성이 쉽게 밑천을 내놓지 않을 거야."

유월은 다가서는 귀도를 피할 수도, 피하지도 않았다. 그저 담담한 시선으로 귀도를 응시할 뿐이었다. 몇 초식 나누지 않았지만 결과적으로 할 수 있는 모든 것을 다 했다. 자신의 가장 강력한 무공인 마격세가 통하지 않는다면 죽을 수밖에 없었다.

유월이 힐끔 비설 쪽을 돌아보았다. 비설은 거의 쓰러지기 직전의 모습으로 자신을 바라보고 있었다. 그녀의 일렁이는 눈동자 주위로 보이는 자신을 향한 안타까운 시선들. 따스했다.

유월이 씩 미소를 지어 보였다. 서른두 해의 짧은 인생에 이렇게 두고 가기 아쉬운 이들을 남겼으니 그리 후회할 만한 삶은 아니리라.

유월이 다시 귀도를 쳐다보았다. 그를 보자 또 비검이 생각났다.

'다음 생애에서……'

모든 것을 초월한 유월의 행동에 귀도가 사납게 소리쳤다.

"네까짓 것 때문에!"

빠아악.

유월의 허리가 접혔다. 배에 날아든 귀도의 주먹은 온몸의 장기를 뒤흔들고 머릿속 골마저 흔들었다. 음마가 죽기 전 느꼈던 주먹이리라.

빠악.

유월의 몸이 허공을 붕 날아 바닥을 뒹굴었다.

"넌 알아야 한다. 너 하나 때문에 우리가 얼마나 먼 길을 돌아와야 했는지."

다시 귀도의 발길질이 날아들었다.

"그날의 그 일로 교주님께서 어떤 일을 겪어야 했는지. 이제 오늘로 그 한은 풀겠다."

지옥도가 번쩍 들렸다.

그 순간 몸 안에서 무엇인가 거대한 것이 밖으로 나오려는 것을 느꼈다. 오색천마혼이었다.

'안 돼!'

유월이 이를 악물고 그것을 막았다.

"나를 화나게 하지 마라."

유월은 차라리 그냥 이대로 죽고 싶었다. 이 무서운 것을 자신의 몸속에 감춰두고 있었다는 것을 비설에게도 부하들에게도 보여주고 싶지 않았다.

그 순간, 지옥도가 날아들었다.

쐐애애애앵.

유월이 몸을 굴러 지옥도를 피했다.

귀도가 흠칫 놀랐다. 더 이상 피할 수 없으리라 생각했는데 유월이 예상 밖의 움직임을 보인 것이다. 피한 것은 유월이 아니라 오색천마혼이었다.

도를 피한 유월이 빛처럼 빠르게 귀도에게 쇄도했다.

퍼엉!

유월의 주먹과 귀도의 주먹이 허공에서 충돌했다. 그 충격에 서로가 반대쪽으로 주르륵 밀려났다. 귀도가 경악했다. 자신과 비슷한 위력으로 주먹을 날린 것도 놀라웠지만 그보다 더 놀라운 일이 벌어지고 있었다.

유월의 눈빛에서 광채가 흘러나오고 있었다. 적, 황, 청, 자, 흑의 다섯 빛깔이었다. 귀도가 깜짝 놀라 소리쳤다.

"오색혈마공? 어떻게 네가?"

유월은 대답하지 않았다. 두 눈에서 광채를 뿜어내며 유월이 상대를 노리는 맹수처럼 천천히 귀도에게 다가섰다.

그때 하나의 생각이 그의 머릿속을 스쳤다. 곧이어 귀도의

330 마도쟁패

눈빛이 깊어졌다.

"…과연 그랬군."

무엇인가 확실히 알았다는 눈빛이었다. 그것은 지난 이십
년간 품어온 가장 큰 의문이기도 했다. 그것이 오늘 풀린 것이
다. 귀도가 사악한 미소를 지었다.

"…교주가 날 속였군. 내게 그랬단 말이지."

뜻 모를 말을 내뱉은 그에게 유월이 달려들었다.

꽈아앙!

다시 폭음과 함께 귀도가 뒤로 튕겨져 날아갔다. 귀도의 주
먹이 파르르 떨리고 있었다.

"하지 마!"

유월의 마음속에 울려 퍼지는 절규는 유월의 것이었다. 유
월이 필사적으로 자신의 발현을 막자 오색천마혼이 그의 육체
를 지배해 버린 것이다. 이제 입장이 바뀌어 유월이 오색천마
혼에게 갇혀 버린 것이다.

두 사람의 마음의 대화가 이어졌다.

'그럼 이대로 죽고 싶은 것이냐?'

'그래.'

잠시 침묵하던 오색천마혼이 말했다.

'진정한 마인이라면 그 어떤 구속도 받지 않는 법이지.'

귀도를 응시하던 유월이 몸을 돌렸다. 그가 바라보는 곳은

비설과 흑풍대가 있는 곳이었다. 그들을 향해 내뿜는 것은 분명 살기였다.

유월은 오색천마혼의 뜻을 짐작했다. 자신을 말리면 그들부터 모두 죽여 버리겠다는 협박이었다. 과거 비운성이 왜 그토록 비현상이 오색혈마공을 익히는 것을 두려워했는지 유월은 알 수 있었다. 오색천마혼은 마를 넘어선 절대악이었다.

유월의 두 눈에서 나오는 광채가 더욱 강렬해졌다.

유월이 다시 귀도 쪽으로 돌아섰다. 자신을 향해 걸어오는 유월을 보며 귀도가 들리지 않게 중얼거렸다.

쉭쉭쉭쉭쉭!

귀도 앞으로 십여 가닥의 붉은 빛줄기가 허공에서 떨어져 내렸다. 그것은 빛이 아니라 사람들이었다. 붉은 무복으로 통일한 십삼 인의 마인들. 귀도가 직접 키워낸 호신마(護身魔)라 불리는 수신호위들이었다. 그 하나하나의 기세가 무섭도록 날이 서 있었다. 하산 전, 유월의 무공 수위에 비견될 자들이었다. 특히 그들의 수장으로 보이는 사내의 기도는 그들 속에서도 한눈에 알아볼 수 있을 정도로 뛰어났다. 앞서 철염기와 같은 존재감을 주며 귀도의 명을 받들던 바로 그 사내의 이름은 석이명(席二銘)이었다.

"합공한다!"

귀도의 명령에 그들이 일제히 날아올랐다.

유월은 오직 귀도를 향해 돌진했다.

쐐애애애애액.

유월을 향해 열세 가닥의 검강이 쏟아졌다. 거기에 귀도의 지옥도가 허공을 날았다. 이기어도였다.

꽈꽈꽈꽈꽈광!

날아든 지옥도를 피해낸 유월의 몸에서 열세 갈래의 강기가 충돌했다. 유월의 몸이 크게 휘청거렸다. 하지만 유월은 쓰러지지 않았다. 뒤를 회전해 다시 등을 찔러오는 지옥도를 몸을 회전해 피했다. 유월의 몸 밖으로 출현했다면 오색천마혼은 지옥도를 그대로 잡아낼 위력을 지니고 있었다. 하지만 유월의 몸 안에 갇힌 이상, 그 무공의 한계가 있었다.

"나를 내보내라. 그렇지 않다면 이길 수 없다."

유월은 대답하지 않았다. 침묵으로 일관하는 유월의 태도에 오색천마혼의 분노가 끓어올랐다. 유월의 육체를 지배했지만 유월 자체를 완전히 지배한 것이 아니었다. 유월은 끝없이 자신의 영향력에 대해 저항했다. 내력 운용이 원활하지 못했고 몸의 움직임이 마음과 일치하지 않았다.

"…감히 인간 따위가."

꽈꽈꽈꽈꽝!

쏟아지는 강기에 유월이 휘청거리며 물러섰다. 오색천마혼이 직접 만들어낸 호신강기로 유월은 전혀 상처를 입지 않았다. 하지만 분명 유월은 충격을 받고 있었다. 쏟아지는 강기의 위력은 제아무리 오색천마혼이라도 끝없이 버틸 수 있는 것이 아니었다.

마치 지닌 내력을 일시에 쏟아버리겠다는 듯 호신마들의 공격은 끝이 없었다. 그들을 향한 반격조차 쉽지 않았다. 오직 십삼 인의 합공만을 위해 태어난 자들처럼 그들의 공수는 완벽했다. 거기에 귀도가 함께였다.

얼굴을 감싸 쥔 채 유월이 점차 허물어져 갔다. 끔찍한 광경이었다. 그 무서운 공세를 견디는 유월은 인간의 모습이 아니었다. 그리고 이제 유월이 한계를 맞고 있었다. 오색의 기운과 몸을 감싸던 호신강기가 옅어지기 시작했다.

"으으으으."

유월의 입에서 신음이 터져 나왔다. 이제 직접적인 고통이 전해지기 시작한 것이다.

육체는 고통에 휩싸였지만 유월의 마음속은 적막하리만치 고요했다.

고요함 속에서 유월과 오색천마혼이 대화를 나누고 있었다.

'이해할 수 없군.'

'……'

'저들을 죽이고 싶지 않은가? 저자는 네 부모와 동생을 죽인 자다.'

'죽이고 싶다.'

'하면 왜?'

'너 역시 죽여야 할 대상이니까.'

'헛소리. 넌 내가 아니었으면 벌써 몇 번이나 죽었어. 이게 그 보답인가?'

'그건 네가 살기 위함이었겠지.'

'……'

'네가 죽어야 할 이유는 저 귀도만큼이나 중요해.'

'그게 뭐지?'

'넌 언젠가 이들뿐만 아니라 죽어선 안 될 이들까지 모두 죽일 테니까.'

'……!'

'그냥 나와 이대로 함께 가는 거다.'

'네가 죽어도 난 죽지 않는다.'

'그렇다면 왜 나를 떠나지 않은 거지? 차라리 저자의 몸속으로 들어가면 네가 원하는 바를 쉽게 이룰 수 있을 텐데. 애초에 왜 내게 머물러 있었던 거지?'

'……'

'왜지? 도대체 왜?'

'……?'

드디어 유월이 쓰러졌다. 쏟아지던 공격은 이제 멈추었다.

비설의 눈에서 눈물이 흘러내렸다. 진패가 조용히 눈을 감았다. 이제 자신들에게도 죽음이 다가왔음을 깨달았다.

귀도가 유월의 몸을 일으켜 세웠다. 축 늘어진 유월이 눈을 힘겹게 떴다. 광채는 완전히 사라진 후였다.

귀도가 섬뜩한 얼굴로 말했다.

"괴물 같은 놈. 이제 가라."

유월이 피식 웃었다.

지옥도가 유월의 목을 베기 위해 허공에 들려지는 순간, 귀도를 향해 무시무시한 장력이 날아들었다. 소리도 모양도 없었다.

지옥도가 방향을 바꿨다. 지옥도가 빈 허공을 내려치는 순간.

꽈아앙!

폭음과 함께 귀도가 뒤로 튕겨났다. 그가 붙잡고 있던 유월이 바닥을 뒹굴었다. 날아든 것은 구화무형장(九禍無形掌)이라 불리는 절세의 마공이었다. 그리고 그것은 지금 장원으로 걸어 들어오는 이의 독문무공 중 하나였다.

들어온 이를 확인한 순간 비설이 소리쳤다.

"아버지!"

들어선 이는 바로 비운성이었다.

진패를 비롯한 흑풍대들이 일제히 부복했다.

"신교불패 천마불사!"

우렁찬 외침에 귀도를 비롯한 호신마들이 일제히 낯빛을 굳혔다.

쉭쉭쉭쉭쉭쉭쉭쉭!

일백 명의 무인들이 허공에서 뛰어내리듯 나타났다. 천마의 수신호위인 적호단의 무인들이었다. 푸른 무복을 맞춰 입은 그들이 이렇게 모두 모습을 드러낸 것은 근래 들어 처음 있는 일이었다. 단주인 이막수는 물론이고 그 하나하나의 기세가 귀도의 호신마들에 필적했다. 그 숫자가 무려 백 명이었다.

자신을 향해 달려오려는 비설을 비운성이 손을 들어 제지했다.

그리고 천천히 귀도 쪽을 향했다.

오직 이 강호에 그만이 할 수 있는 광오한 말이 담담히 흘러나왔다.

"물러가라. 오늘 하루 이 강호는 내 것이다."

복잡한 심경을 담은 눈빛으로 귀도가 비운성을 응시했다.

한참 후, 귀도가 천천히 입을 열었다.

"그렇다면… 내일을 기약해야겠군. 친구."

소주라 불리던 호칭이 친구로 바뀌자 비운성이 조금 안타까운 마음이 들었다.

"가서 전하게. 일간 한번 찾아뵙겠다고."

"후계자는 정하고 와야 할 거네."

"내가 죽으면 네가 다 가지면 되겠지."

귀도의 볼이 꿈틀거렸다.

"그러지."

귀도와 호신마들이 그대로 사라졌다. 마치 원래부터 그들은 그 자리에 없었던 것 같은 신출귀몰한 신법이었다.

그제야 비설이 비운성에게 달려왔다.

"아버지!"

그녀의 눈에서 눈물이 끝없이 흘러내렸다. 비설을 꼭 안아주며 비운성이 말했다.

"고생 많았지?"

비설이 고개를 들었다. 눈물로 얼룩진 얼굴로 비설이 억지로 웃었다.

"…돈 벌기 힘드네요."

비운성이 대견한 듯 딸의 눈물을 닦아주었다. 그 따스한 손길에 그간의 모든 피로가 한순간에 풀리는 것만 같았다. 아버지의 손길은 다정했으며 안락했다. 두 번 다시 떠나기 싫은 마음이 들 만큼. 그래서 비설은 최대한 빨리 비운성의 품에서 한 발 물러났다. 비설의 그러한 마음을 느꼈을까? 그녀를 바라보는 비운성의 눈가가 살짝 붉어졌다.

비운성이 바닥에 쓰러진 유월 쪽으로 몸을 돌렸다.

비운성이 손짓하자 쓰러져 있던 유월이 허공에 떠서 그에게 날아갔다.

비운성이 그를 감싸 안았다. 그가 따스하게 말했다.

"유 대주."

유월이 눈을 떴다.

"…교주님."

"약속을 잘 지키고 있구먼."

비설을 꼭 살려 데려오란 말이었다. 유월이 존경을 담은 미소를 지었다.

"그럼 나도 약속을 지켜야겠지?"

뜻 모를 말이었기에 유월이 비운성의 다음 말을 기다렸다.

"이제부터 이 강호에 자넬 혼낼 수 있는 사람은 오직 둘이 될 걸세."

여전히 무슨 말인지 몰라 유월은 의아해했다.

비운성의 온화한 얼굴이 진지해졌다. 그가 손을 내밀자 땅바닥에 떨어져 있던 나락도가 날아들었다.

징징징징징—

나락도가 준엄하게 울기 시작했다.

비운성이 우렁차게 소리쳤다.

"지금부터 구화마도식 후반 칠초식을 전수하겠다!"

말이 끝나는 순간, 두 사람의 신형이 하늘로 솟구쳐 날아올랐다. 그 드넓은 창공에서 나락도가 한 번 번쩍인 순간, 두 사람은 하늘 저 멀리 점이 되어 사라졌다.

『마도쟁패』 제6권 끝

무한 상상 · 공상 세계, 청어람 신무협&판타지

『한백무림서』11가지 중『무당마검』,『화산질풍검』을
잇는 세 번째 이야기 『천잠비룡포』의 등장!!

천잠비룡포(天蠶飛龍袍) / 한백림 지음

천상천하 유아독존!!
새로운 무림 최강 전설의 탄생!!

『천잠비룡포』
(天蠶飛龍袍)

천잠비룡황, 달리 비룡제라 불리는 남자.

그는 누군가의 명령을 받고 움직이는 남자가 아니다.
그는 자신의 적을 앞에 두고 물러나는 남자가 아니다.
그는 자신의 이름 안에 있는 자들의 원한을 결코 잊는 남자가 아니다.

그 누구보다도 결정적이고 파괴력있는 면모를 지닌 남자.
황(皇)이며, 제(帝). 그것은 아무나 지닐 수 있는 칭호가 아니다.
그는 제천의 이름으로도 제어할 수가 없는 남자였다.

무적의 갑주를 몸에 두르고
가로막은 자에게 광극의 진가를 보여준다.

유행이 아닌 자유추구 -
WWW.chungeoram.com

고검추산

허담 新무협 판타지 소설
FANTASTIC ORIENTAL HEROES

두 사형제가 난세(亂世)를 헤치며 만들어 나가는
기이막측(奇異莫測)한 강호(江湖) 이야기!

천하가 사패(四覇)의 대립으로 혼란스러운 시기,
세상이 혼탁해지자 강호(江湖)에는 온갖 은원(恩怨)이 넘쳐난다.
그러자 금전을 받고 은원을 해결해주는 돈벌레[黃金蟲]가 나타난다.
그런데… 비천한 황금충(黃金蟲) 무리 가운데 천하팔대고수(天下八大高手)가
나타나니…

천검(天劍) 능운백(陵雲白)!
천하팔대고수이자 강호제일 청부사의 이름이다.

그리고… 그가 두 제자를 들이니, 고검(孤劍)과 추산(秋山)이 그들이었다.
훗날 강호제일의 해결사가 되어 무림을 진동시킬 이들이었다.

유행이 아닌 자유추구 -

WWW.chungeoram.com

Book Publishing CHUNGEORAM

입소문을 통해 아는 분은 다 알고 계십니다!
올 한해 공인중개사 최고의 화제작!

1~2권 합본 | 이용훈 지음
3~4권 합본 | 이용훈 지음
5~6권 합본 | 이용훈 지음
용어 해설 | 이용훈 지음

수험생 기본 필독서
만화 공인중개사

제목 : 만화공인중개사 쓰신 분에게 감사드립니다.

학원을 두 달 다녔어요. 근데 과연 그 숫자 외우기 그런 게 몇 문제나 나올까 생각을 했어요.
아니라는 생각이 드네요. 학원강의를 뒤로하고 서점을 갔어요. 내 머리에 가장이해될수있는
책이 없나 하구요. 거기서 만화를 발견했어요. 무조건 세 번 봤어요. 3개월 걸렸어요. 문제집을 보라고
했는데 그건 시행을 못했어요. 근데 합격을 했네요.
어떻게 감사의 말을 해야 될지……
도서관에서 만화책 들고 다니니까 사람들이 비웃더라구요. 만화책으로 공인중개사를 공부한다고
미친 사람처럼 보더라구요. 근데 그거 다 감수하고 했던 내가 자랑스럽습니다.
어떻게 감사의 말을 해야 할지… 정말 감사합니다.
부디 행복하세요. 제 나이 41살에 좋은 스승을 만난 것 같습니다.
엎드려 감사드립니다.

―본사 홈페이지에 독자분이 올린 메일 中에서 발췌―